앞으로 올 사랑

앞으로
올
사랑

디스토피아 시대의 열 가지 사랑 이야기

정혜윤

유고

우리 도시에서는 이제 그 누구도 고양된 감정을 느끼지 못
했다. 사람들은 하나같이 단조로운 감정만 느꼈다. "이제
끝날 때도 됐는데."
— 알베르 카뮈, 『페스트』[1]

인간과 동물 간의 교류가 꾸준히 증가할 것이므로 팬데믹
의 빈도도 더욱 증가할 것이다. [⋯] 인간들을 죽음에 몰아
넣을 정도로 괴롭힐 것이며, 지역경제까지 파괴해서 최악
의 화산 폭발, 허리케인, 지진 등 우리가 상상하는 것보다
훨씬 더 가혹하게 인류를 위협할 것이다.
— 네이선 울프, 『바이러스 폭풍의 시대』[2]

에이즈와 사스와 기타 병원체들은 비유적인(또는 문자 그대
로의) '불가항력'이라 할 것이다. 지진이나 화산 폭발이나
운석이 충돌하는 것처럼 수습할 수 있을 뿐, 피할 수는 없
는 가슴 아픈 사건이다. 수동적이며 거의 금욕적인 관점이

다. 틀린 관점이기도 하다.

분명히 말하건대 이런 질병들이 번갈아 계속 찾아오는 현상은 서로 밀접하게 연관되어 있다. 각각의 질병은 저절로 생긴 것이 아니다. 우리가 저지른 일들의 의도하지 않은 결과일 뿐이다. 질병들은 우리가 사는 행성에서 진행 중인 두 가지 위험이 한 점에서 만난 결과 생겨났다. 첫 번째 위험은 생태학적인 것이고, 두 번째는 의학적인 것이다.

— 데이비드 콰먼, 『인수공통 모든 전염병의 열쇠』[3]

우리 시민들이 다른 사람들보다 더 잘못한 것도 아니었다. 그들은 겸손해야 한다는 것을 잊고 있었을 뿐이다. 그리고 자기들에게는 여전히 모든 것이 가능하다고 생각하고 있었다. 그 생각은 재앙이 일어날 수 없다는 것을 전제로 하고 있었다. 그들은 계속 사업을 했고, 여행 준비를 했고, 제각기 의견을 갖고 있었다. 미래와 여행, 토론을 금지하는 페스트를 그들이 어떻게 상상할 수 있었겠는가? 그들은 자유롭다고 믿었지만, 재앙이 존재하는 한 그 누구도 결코 자유로울 수 없을 것이다.

— 알베르 카뮈, 『페스트』[4]

이 일은 이렇게 시작되었다.

　나는 8월 15일부터 17일까지 평범한 광복절 연휴를 보냈다. 다음 날도 평온할 줄 알았다. 착각이었다. 연휴 다음 날인 18일 저녁에 〈정관용의 시사자키〉라는 우리 방송 프로그램에서 더불어민주당 대표 후보 토론회를 열었다. 그때까지도 분위기는 좋았다. 하지만 끝나고 나니 더는 별일 없는 상황이 아니게 되었다. 우리 회사 최초로 코로나 확진자가 나왔고 그 확진자는 후보 토론회를 열었던 바로 그 스튜디오에서 그 전날 아침 방송을 했다. 그 소식을 듣자마자 어찌나 놀랐던지.

　그 스튜디오에서 방송을 했던 사람은 물론이고 그 사람을 바람처럼 스쳤던 사람 모두 코로나 검사를 받았다. 결과가 나올 때까지 정규방송은 중단되었다. 난생처음 시간대별로 있는 모든 5분 뉴스를 5분 비상음악으로, 아침 저녁 종합뉴스를 아침 저녁 종합 비상음악으로 편집했다.* 40여 명 되는 피디, 출연자 들이 보건소나 선별진료소로 전속력으로 달려가 검사를 받기까지 별의별 해프닝이 다 있었다. "선배,

* 선곡할 때 많이 망설였다. 클래식이면 〈신이여, 우리를 용서하소서〉 혹은 〈신이여, 우리를 불쌍히 여겨주소서〉, 힙합이라면 〈갓 뎀〉 혹은 〈갓 블레스 유〉. 결국 팝 음악과 가요 중에 애절하지만 희망을 포기하지 않고, 어떤 일이 일어나더라도 당신의 사랑은 잊을 수 없다는 톤으로 선곡했다.

이 보건소가 아니라는데요", "그럼, 저 보건소인가?" 같은, 며칠 뒤면 농담거리가 될 (꼭 그렇게 되어야 할) 해프닝들.

결과는 모두 음성이었다. 말 그대로 진짜로 손으로 가슴을 쓸어내렸다. 확진자가 나온 뒤 징규방송을 시작하자 "이제 괜찮지요? 이제 정상이지요?" 같은 질문을 받곤 했다. 그때마다 뭐라고 말해야 할지 망설이다가 결국 대답을 못했다. 대답을 못하는 마음속에는 무슨 생각이 있었을까?

슬픔으로 무엇을 하는가

2020년 대구에 첫 폭염주의보가 내려진 6월의 어느 날, 나는 코로나 환자들을 돌봤던 의사와 간호사 들을 인터뷰하기 위해 대구에 내려갔다. 폭염주의보가 내려졌지만 많이 덥지는 않았다. 대구 중앙역 근처에서 비빔냉면 한 그릇을 먹었다. 2018년에도 나는 중앙역 근처에 있었다. 그때는 대구 지하철 참사 유가족들을 인터뷰했고 함께 비빔밥을 먹었다. 중앙역이 아무리 현대적인 모습으로 탈바꿈해도 유족들은 중앙역 지하에 묻힌 이야기를 잊을 수 없다. 같은 이야기가 그들의 가슴에도 묻혀 있기 때문이다.

재난은 유족이 아닌 사람들에게는 충격으로 다가오고 그다음에는 잊힌다. 유족들에게만 재난은 충격으로 그치지 않고 삶의 이야기, 목소리가 된다. 최초의 충격에서 약간이라도 정신을 차린 유족들이 대구시와 정부에 제일 먼저 요구한 것은 지하철을 불연재로 바꾸라는 것이었다. 유족들은 실제로 그 일을 해냈다. 이것이 유족이라면 누구나 하는 "이런 일이 반복되지 않았으면 좋겠습니다"라는 말의 의미다. 말은 행위로 드러난다. 우리는 운명을 바꾸는 법을 유족들에게 배워야 할 것이다.

취재를 위해 동산병원으로 이동하면서 유족의 눈으로 지하철을 보았다. 소방용품은 잘 비치되어 있는지, 저 많은 광고판들*은 불연재일지. 내가 유족들을 만나지 않았더라면 결코 가질 수 없는 시선이었다.

사건 초기, 코로나 확진 판정을 받고 중환자실에 들어간 환자들은 크게 당황했다. 환자들이 공포에 사로잡히게 된 데는 의사와 간호사들의 차림새도 한몫했다. 의사가 입고 있는 방역복이란 이름의 저 우주복 같은 옷은 대체 뭐지? 머리에 쓴 것은? 내 몸에 무슨 일이 벌어지고 있는 거지? 어떤 환자들은 괴기스러운 것이 몸에서 튀어나오는 영화 〈에일리언〉을 떠올리고 공포에 사로잡혔을지 모른다. 일부 환자들은 섬망증세를 보였고 현실을 잃었다. "여기가 어디예요?", "오늘이 몇 년도예요?" 한 할머니는 중환자실에서 생을 마감할 준비를 했다. 임종을 지킬 수 없는 가족들은 급히

* 서울-대구 간 KTX가 개통된 후 메디시티를 표방한 대구의 지하철 광고는 대부분 병원과 관련된 것이다. 치질, 대상포진, 역류성 식도염, 이쁜 엉덩이 등 몸과 관련된 거의 모든 것에 대한 광고가 있었다. 전염병 병원에 관한 광고는 없었다.

몇 장의 사진들을 챙겨 의사 손에 맡겼다.

인공호흡기를 쓴 할머니는 사진을 받아 들고 무슨 생각을 했을까? 고독한 죽음을 느꼈을까? 가족들의 사랑을 느꼈을까? 나는 궁금하다. 이것은 죽음의 순간인가, 사랑의 순간인가? 수세기를 살아남은 영광스러운 책들은 내게 끝없이 말해줬다. 사랑과 죽음의 차이를 알아야 한다고. 심장이 뛰는 순간과 뛰지 않는 순간의 차이를 알아야 한다고. 그러나 나는 아직도 사랑과 죽음의 차이를 모르는 사람처럼 살고 있다.

간호사를 인터뷰하는 도중 '장의 매뉴얼'이라는 것이 사건 초기 존재했음을 알게 되었다. '시신'*과 관련된 '장의' 문제는 간호사들이 가장 힘들어하던 업무 중 하나였다. 인터뷰 두 달 뒤 나는 장의 매뉴얼을 구해 볼 수 있게 되었다. 그 내용의 일부분을 옮겨보겠다.

- 들것에 시신 백을 펼친다.
- 시신을 시신 백으로 옮기기(시신 백 투명창에 얼굴이 위치하도록 주의).
- 시신 백 안의 방부제 팩을 오픈(방부제 팩이 없는 경우도 있음).

* 이 단어를 쓰기가 꺼려진다. 우리는 몸을 언제부터 더 이상 몸이라고 부르지 않을까?

- 시신 백 밖 네임 태그에 환자 정보(이름, 생년월일, 주민등록번호, 성별, 나이) 기입.
- 시신 백의 외관에 소독제(물 400ml+락스 100ml)를 분무하여 소독.
- 시신 백의 커버를 닫은 후 소독제를 분무하여 소독.
- 들것에 시신 백을 싣고 건물 밖으로 이동. 소독제를 가지고 이동.
- 1층 건물 앞으로 이동하여 시신 백에 소독제를 분무하여 소독.

이 매뉴얼을 읽던 날 락스 냄새가 하루 종일 나를 따라다녔다. 시신과 락스는 슬픈 이야기다. 이럴 때 슬픔을 느끼는 것은 우리의 자연스러운 본성이다. 그러나 슬픔으로 무엇을 하는가는 '자연'과는 다른 이야기다. 우리가 어떤 사회에, 어떤 '문화'에 사느냐에 달린 이야기다. 슬픔과 죽음을 아무것도 아닌 것으로 만들면서 문명은 종말을 맞는다. 그러나 또 하나의 문제 — 오랫동안 나를 사로잡고 있었던 문제이기도 한 — 가 남는다. 우리는 왜 죽음을 특별히, 특별히 슬퍼하는가? 죽음이 소중하다면 삶도 소중한 것 아닐까? 죽음과 삶을 차별할 이유가 있는가? 이미 우리가 삶을 잃고 있다면 그것은 누가 애도하는가?

우리 방송사에서 확진자가 나온 순간부터 내가 속한 제작부서의 초미의 관심사는 타인의 '침'이 되었다. 밀폐된 스튜디오에서 어떻게 비말 전파를 막을 수 있을까? 마스크를 써야 한다, 덴탈 마스크를 써야 한다, 투명 마스크를 써야 한다, 진행자와 출연자 사이에 가림막을 설치해야 한다, 마이크에 필터를 설치해야 한다, 마이크에 일회용 캡을 씌워야 한다, 항균 티슈로 마이크 테이블과 의자 손잡이를 출연자가 바뀔 때마다 닦아야 한다, 이 모든 것은 일회용 장갑을 끼고 수행되어야 한다, 피디와 작가 들이 방역복을 입어야 한다, 아예 침 닦는 전문 아르바이트를 고용해야 한다…. 온갖 대응책이 궁여지책으로 쏟아져 나왔다. 이 대화의 한가운데에 있던 나는 피로했다. 내게는 이 모든 말들이 다른 중요한 이야기가 너무 거대한 나머지 오로지 작은 이야기에만 몰두하는, 불행한 비밀을 가진 가족들의 대화처럼 들렸다.

존 버저는 말했다. 미디어의 언어는 모든 것을 계량화하고 본질에 대해서는 좀처럼 언급하지 않는다고. 여론조사의 결과나 실업률, 성장률, 증가하는 채무 등등은 이야기하지만 삶이나 고통받는 신체에 대해서는 말하지 않는다고. 후회나 희망에 대해서는 이야기하지 않는다고. 세상을 떠난 존 버저가 하늘에서 내가 하는 행동을 지켜보다가 나 들으라고 하는 말 같았다. 나도 코로나 초기 며칠 동안은 생방송 스튜디오에 올라가서 침을 닦고, 거의 매일 확진자의 숫자를 방송하고, 코로나가 경제에 미치는 영향 때문에 한숨을 쉬었다. 후회나 희망에 대해서는 이야기하지 않았다. 사망자는 하나의 숫자였다. 그러나 사람은 하나의 숫자가 아니라 이야기다.

우리가 어떻게 살든 우리는 우리가 잃은 것, 슬픔과 고통, 죽음 등에 대해 알고 이해해야 한다. 그러므로 사태를 제대로 파악하는 것은 중요하다. 2020년 여름, 우리는 코로나와 기후위기를 한꺼번에 겪었다. 우리의 사랑, 우리의 미래, 우리의 인간적 가능성은 꽤 오랫동안 코로나와 기후위기라는 단어들 위에 구축될 것이다. 코로나와 기후위기는 일자리, 식량, 생명, 죽음 등 인간의 거의 모든 문제에 관여하기 시작할 것이다. 코로나와 기후위기, 두 가지 위험은 모두 생태와 우리의 잘못된 연결 관계에서 비롯된 것이다. 우리는 침이나 마스크 말고 더 근본적인, 더 본질적인 변화에 대해서 더 많이 이야기해야 한다. 그것만이 '코로나 2021' 같은 감염병의 반복과 다가올 기후 재앙을 그나마 막을 수 있을 것이다.

『데카메론』, '아직은 없던 사랑'에 대한 이야기

그러나 아직은 그렇게 하고 있지 않다. 이것이 나에게는 우리를 향한 디스토피아의 손짓 같아 보인다. 분명히 우리는 각자 살아생전 경험해보리라 생각지도 못했던 일을 겪고 있다. 중국 어디선가, 아프리카 어디선가, 저기 멀리 저 밖에 있을 줄 알았던 문제가 여기 우리의 문제가 돼버렸다. 이제 변화는 피할 수 없는 것이라고들 한다. 뒤를 돌아보지 말라고, 우울을 떨치라고, 변화된 세상에서 살아야 한다고. 그렇다면 하나의 문제가 남는다. 변화가 피할 수 없는 것이라면 어떻게 해야 새로운 세계로, 삶으로 잘 들어갈 수 있을까?

우리는 처음 겪는 일이지만 수세기 전의 누군가는 겪었을 것이다. 나는 흑사병을 떠올렸다. 그리고 피렌체의 빼어난 인문학자 보카치오를 떠올렸다. 그는 흑사병이 창궐하던 피렌체에서 부모와 친구들을 잃었다. 보카치오의 증언에 따르면 흑사병은 이렇다.

감염 초기에는 남자든 여자든 겨드랑이에 사과나 달걀만한 종기가 생기는데 이 종기는 순식간에 온몸으로 퍼져나간다. 팔다리에는 납빛 또는 검은색의 반점이 수없이 생긴다. 사람에 따라 반점은 크기가 크면 수가 적고 크기가 작으면 수가 많아지는 차이가 있지만 어쨌든 그것은 누구에게나 죽음의 전조였다. […] 흑사병은 무서운 기세로 번져나갔다. 환자를 잠시 쳐다보기만 해도 바짝 마른 장작이나 기름종이에 불이 옮겨 붙듯 건강한 사람들에게도 금방 전염되었다. […] 밤낮을 가리지 않고 숱한 사람들이 거리에서 죽어갔다. 시체들을 묻을 묘지가 동이 나 나중에는 커다란 구덩이를 파서 마치 짐을 선적하듯이 시체들을 겹겹이 쌓아올리고 사이마다 흙을 조금씩 덮어씌우는 식이었다.[5]

코로나로 사망자가 많이 나온 나라에서 시신을 어떻게 처리했는지를 들은 우리에게 보카치오가 설명한 흑사병이 낯설지만은 않을 것이다. 당시 부모와 친구들을 잃고 큰 충격에 빠진 보카치오가 구상한 책이 『데카메론』이다. 상황상 『데카메론』은 슬픈 책일 것이다. 그러나 그 시대에 꼭 필요한 말을 했을 것이다. 나는 바로 그 이유, '이 시대에 꼭 필요한 말을 시작하는 방식을 배우기 위해' 『데카메론』을 읽기 시작했다.

책은 이렇게 시작한다. 1348년 흑사병이 전 유럽을 휩쓸던 어느 화요일 아침, 서로 친구이거나 이웃 또는 친척 관계로 평소에도 잘 알던 사이인 귀부인 일곱 명이 피렌체의 산타 마리아 노벨라 교회에서 만난다. 나이는 열여덟 이상 스물아홉 미만. 모두 귀족 가문 출신에 낙천적인 성격이다. 그들은 눈앞에 보이는 것이 현실이라면 대체 뭣 하러 계속 여기에 있느냐며, 우리 생명이 위협당하는 것을 계속 무시할 수는 없지 않느냐며, 그러니 이 지역을 빠져나가 이성의 경계를 넘지 않는 선에서 기쁨과 즐거움과 쾌락을 맛보는 것이 좋지 않겠느냐고 의견을 모은다. 그때 마침 젊고 잘생긴 청년 셋이 교회에 들어온다. 청년 셋은 이렇게 세상이 어려울 때 혼란을 치유할 최적의 방법은 연인을 만나는 것이라는 믿음을 가지고 있었다. 일곱 명의 귀부인과 세 명의 청년은 만나자마자 의기투합해서 바로 다음 날 피렌체 교외 언덕 위 자그마한 별장으로 간다. 별장은 방마다 사계절 꽃으로 뒤덮여 있고 훌륭한 정원엔 신선한 물이 샘솟는 우물이 있었다. 그들 열 명은 슬픔을 벗어버리고 즐겁게 지내기 위해서 춤을 추고 노래를 부르고 포도주를 마시면서 열흘 동안 이야기를 나누기로 한다. 다만, 이야기는 마구잡이가 아니라 일정한 주제에 맞춰 진행된다. 각 주제에 따라 열 명 모두 이야기를 한다. 이렇게 해서 열 명, 열 개의 주제, 모두 백 개의 이야기가 탄생한다. 이야기의 구성은 이렇다.

첫째 날, 각자 좋아하는 이야기

둘째 날, 쓴맛을 본 뒤 결실을 맺는 이야기

셋째 날, 오랫동안 열망하던 것을 손에 넣는 이야기

넷째 날, 불행한 결말로 끝나는 사랑 이야기

다섯째 날, 역경을 딛고 행복한 결론에 이르는 사랑 이야기

여섯째 날, 날카로운 통찰로 위기를 모면하는 이야기

일곱째 날, 골려먹는 이야기

여덟째 날, 농담이든 뭐든 재미난 이야기

아홉째 날, 각자 좋아하는 이야기

마지막 날, 관대한 마음으로 모험을 행하는 자의 이야기

나는 열심히 『데카메론』을 읽기 시작했고 이내 어안이 벙벙해졌다. 앞에서도 말했듯이 나는 『데카메론』이 슬플 것으로 예상했다. 그리고 '십자가'라는 단어가 자주 나올 줄 알았다. 하지만 십자가보다 '잠자리'라는 단어가 많이 나왔다. 마음껏 즐기다, 수도 없이 즐기다, 오래오래 즐기다, 힘껏 즐기다, 반복해서 즐기다, 상상도 못할 즐거움을 맛보다…. 모두 성관계를 용의주도하게 즐길 때 나오는 말이었

다. 역시 책은 직접 읽어봐야 맛을 안다. 『데카메론』은 흑사병 시대의 『천일야화』나 다름없었다. 내가 왕이라면 사람을 죽이는 일 따위는 집어치우고 이 열 명의 사람들과 함께 영원한 밤을 즐길 수 있을 것 같았다. 이 책에 나오는 여인들은 자신을 짓누르는 것이 있다면 그것에서 벗어날 방법을 찾고 싶어 했고 그 방법을 얻어내는 데 일단 성공하면 일말의 죄책감이나 후회 없이 그 맛을 오래오래 즐기는 방식으로 현세의 즐거움을 한껏, 듬뿍, 한아름 맛보고자 했다. 이 책 중 몇몇 장면을 읽을 때 나는 혼자인데도 괜히 뒤를 돌아보았다. 수줍었다. 내 말이 사실이라는 증거로 백 편 중 한 편만 짧게 말해보겠다.

옛날 옛날에 신성하기로 유명한 수녀원이 있었다. 수녀원에는 여덟 명의 수녀와 한 명의 수녀원장이 있었고 남자로는 집사와 정원을 가꾸는 정원사가 있었다. 정원사는 급료에 불만을 품고 고향으로 돌아가버렸는데 그의 고향엔 엄청 잘생긴 마세토라는 이름의 젊은 남자가 있었다. 마세토는 수녀들과 놀아볼 생각으로 정원사 일을 이어받고 싶어 했다. 그는 자신의 잘생김이 수녀원에 들어가 일을 하는 데 방해가 될까 싶어 벙어리 행세를 해 수녀원의 정원사가 되었다. 어느 날 어린 수녀 두 명이 벙어리인 척하는 마세토 앞에서 대략 이런 류의 비밀 대화를 시작했다.

"사는 게 너무 따분해. 남자라곤 늙은 집사와 벙어리 정원사뿐이니. 듣자 하니 세상에서 남자랑 노는 것만큼 즐거운 일도 없다는데. 그래서 생각해봤는데 이 벙어리의 도움으로 그 말이 사실인지 알아보면 어떨까 싶어. 좀 덜떨어졌지만 힘도 좋아 보이고 젊고….”

“어머, 너는 어쩜 그런 말을 하니. 하느님께 순결을 맹세해놓고선.”

“하느님은 당신을 위해서 순결을 맹세한 다른 여자들을 얼마든지 찾을 수 있을 거야. 우리 둘이 이 남자의 손을 잡고 헛간으로 가서….”

마세토는 어서 빨리 그 일이 일어나길 침이 마르도록 기다렸다. 밤이 되어서 수녀들이 오자 마세토는 순박하게 응했고 수녀들이 해달라는 것을 다 해줬다. 수녀들은 듣던 대로 너무너무 즐거운 경험이라는 결론을 냈고 기회가 닿는 대로 즐거운 한때를 보냈다. 그런데 다른 수녀가 이것을 목격하고 자신도 즐기기 시작했고 이렇게 해서 여덟 명의 수녀 모두 즐거운 시간을 보내게 되었다. 나중에는 수녀원장 또한 그 기쁨을 실컷 반복해서 맛보았다. 마세토는 더 이상 벙어리 행세를 하다가는 몸이 망가지고 말겠다는 결론에 이르렀다. 그래서 벙어리 행세는 때려치우고 원장에게 조치를 강구했다. 수녀원장과 수녀들은 마세토가 수호성인들의 도움으로 말하는 능력을 회복하게 되었음을 선포하고 마세토가 무리하지 않고 감당할 수 있게 규칙을 만들어….

요약하자면 이런 내용이다. 이 글은 내 눈에는 미풍양속과는 상당히 거리가 먼 것으로 보였다. 보카치오가 풍기

문란 같은 죄로 화형을 당하지 않았을까 우려돼 자료를 찾아봤는데, 그는 병으로 자연사했다. 내가 소심했다. 그렇다면… 여기서 좀 과격하지만 완전히 허무맹랑하지만은 않은 나 나름의 상상을 해볼 수 있다.

『데카메론』에서 실컷 즐기는 사람들이 사실은 이미 죽어 땅 속에 묻혀 있는 사람들이라면? 발칙한 아홉 명의 수녀와 마세토 모두 유골이라면? 그렇다면 산 자는 죽은 자들에게 이런 이야기를 만들어주고 싶어 하지 않았을까? 이렇게 허망하게 죽어버릴 거면 살아 있을 때 어떻게 살아야 한다는 강박에서 벗어나 현실을 더 즐기는 게 낫다고 생각하지 않았을까? 하긴, 사후 세계가 아니라 현실 세계에서 쾌락을 더 맛보길 바라는 것이 대체 뭐가 문제란 말인가? 단식기도나 철야기도보다, 한숨 쉬며 사는 것보다 훨씬 스릴 넘치고 흥분되고 신나는 삶이 있는데….

보카치오는 사랑이 아니라 위선이 가득한 도시에서 그곳에 '아직은 없던 사랑'에 대해 쓴 것일까? 아니면 아직은 없는 것처럼 보이지만 이미 현실화되고 있는 사랑의 가능성에 대해서 쓴 것일까? 어느 경우든 보카치오는 당시 사람들의 꿈이 원했던 이야기를 들려준 셈이다. 다른 사람들과는 다른 이야기를 들려줬을 것이다. 바이러스만 전염되는 게 아니고 행복도 웃음도 기쁨도 전염된다. 어쩌면 사랑도 전염된다.*

* 『데카메론』의 위치는 근대의 시작을 언제로 보느냐에 따라 달려 있겠지

새로운 상황은 새로운 사랑 이야기를 필요로 한다

흑사병이 초토화시킨 지구에서 하필이면 '사랑'에 대해서 썼다는 것이 나에겐 의미심장했다. 사실, 우리 시대는 긴급하게 사랑을 필요로 한다. 우리 시대는 전례 없는 '변화'를 앞두고 있다. 이미 백만 명 가까운 사람이 죽었고(이 서문의 마지막 문상을 끝내기도 전에 사망자 수는 백이십오만 명을 넘어섰다) 헤아릴 수 없는 많은 사람이 죽음 직전의 위기 상황으로 몰리고 있다. 이런 죽음의 경험이 우리에게 아무런 영향도 미치지 못한다면 우리가 어떻게 서로를 지켜줄 수 있겠는가? 한번 변화의 흐름을 탄 사회는 절대로 되돌아가지 않는다. 토대부터 흔들리는 상황에선 인간의 삶도 위태롭다. 상실은 우리 마음속 깊이 새겨질 것이다. 이 상실은 분노를 동반할 것이다. 당분간은 우울하고 화난 얼굴들을 좀 더 자주 마주치게 될 것이다. 이렇게 위태로운 상황에선 가치 있는 변화만이 유일한 희망이다.

아직 살아 있는 우리는 다른 어느 때보다도 더 우리가 '연결'되어 있다는 것을 느끼고 있다. 코로나는 우리가 그토

만 크게 봐서는 중세에서 근대라는 새로운 세계로 들어가는 길목의 초입 정도에 있다. 『데카메론』에서 드러난 피안이 아니라 현세에서 삶을 즐기려는, 현실을 천국으로 삼고 싶은 인류가 세계 역사에 곧 등장했다. 나 역시 이 코로나가 지나면 새로운 인류, 전과는 다른 방식으로 살고 싶어 하는 사람들이 세계사에 등장하길 바란다. 전과는 다르게 생명 전체와 새로운 관계 맺기를 할 줄 아는 사람들이 세계사에 등장하길 바란다.

록 오래 '자아!' 혹은 '나!'를 외쳤지만 우리가 조금도 독립적이지 않고 그렇기는커녕 서로의 운명에 심하게 의존적이라는 것을 드러낸 셈이다. 언제나 우리에게 혼란을 주는 복잡하고 애매모호한 단어들이 있다. 정체성, 사랑, 행복, 자유. 이 단어들에는 공통점이 있다. 내가 너를 필요로 한다는 것. 나 혼자서는 아예 성립조차 불가능하다는 것. 이 모든 게 우리가 맺는 '관계'의 문제라는 것. 그리고 코로나 시대는 그 관계 안에 우리가 거의 생각하지 않고 살았던 박쥐나 야생동물, 자연도 포함된다는 것을 알려준 셈이다.

당한 일의 상처와 고통이 아무리 깊더라도 크고 좋고 새로운 관계를 맺을 수 있는 사람들은 늘 살아났고 새롭게 인생을 재구성할 수 있었다. 이것이 사랑의 힘이다. '계속 살아라'라는 말은 '매순간 있는 힘껏 사랑하라'라는 말과 같다. 지금 우리의 새로운 상황은 새로운 사랑 이야기를 필요로 한다. '뉴노멀 뉴로맨스', '뉴노멀 뉴러브'다.

'알아차리게' 되고, '읽어내게' 된다

『데카메론』은 8월 말의 늦은 여름, 코로나로 들끓는 21세기를 사는 나에게도 영향을 미쳤다. 사람들이 나에게 "괜찮지요?"라고 물을 때 나는 다른 생각을 하고 있었던 것이다. 그 다른 생각이 뭐였을까? 사랑이었다.

서로 어떻게든 접촉을 피하고 황급히 멀찍이 떨어져야

할 판에 사랑이라니… 나는 속으로 이런 질문을 던지고 있었다. 백만 명이 넘게 사망한 이 디스토피아 시대에 죽지 않고 살고 싶어 한다는 것은 무엇인가? 이 시대에 삶을 사랑한다는 것은 무엇인가? 이미 지치고 진이 빠진 우리가 다시 삶을 사랑하려면 무엇이 필요한가?

우리 인간은 생존 그 자체로는 절대 만족하지 않는다. 생존 그 이상의 무언가를 원한다 우리의 몸만 관찰해도 알 수 있다. 우리에게 몸은 몸 이상의 의미가 있다. 하나의 몸은 우리의 모든 인간적인 추억을 담고 있다. 한 사람이 죽을 때 그와 함께 살아 있던, 우리에게 사랑스러움을 불러일으켰던 모든 것이 떠난다. 톨스토이가 『전쟁과 평화』에서 말한 바 그대로 타인의 몸은 입 맞추고 싶은 우리의 가장 가까운 추억이다. 우리의 몸이 하는 일, 우리는 그것을 영혼이라 부른다.

그랬다. 천지 사방에서 육체의 온도를 재고 있을 때 나는 다른 온도, 우리의 몸을 몸 이상으로 만들어주는 영혼의 온도를 생각하고 있었다. 영혼의 온도는 몇 도가 적합할까? 영혼이 섭씨 몇 도일 때 인간은 건강하게 서로 지키고 살리고 사랑하면서 살 수 있을까?

이런 연유로 8월의 늦여름밤, 나는 흑사병 시대의 보카치오처럼 코로나, 기후위기 같은 디스토피아를 배경으로 사랑 이야기를 써보고 싶은 충동에 휩싸였다. 『데카메론』처럼 아직은 없어 보이지만 현실에 이미 가능성이 나타난, '앞으로 올 사랑' 이야기를 하고 싶어졌다.

　　나는 코로나 초기부터 코로나의 본질적 원인에 대한 취재를 했지만, 이 글에서는 문학작품을 더 많이 인용할 것이다. 제임스 우드의 말마따나 문학은 무슨 일이 일어나는지 '알아차리게' 도와준다. 그 연쇄작용으로 우리는 삶도 더 잘 '읽어내게' 된다. 우리는 늘 상황을 잘 읽어내는 데 어려움을 겪는다. 그 순간을 살아내느라 정신이 없다. 의미는 얼마 뒤에야 따라온다. 지금이 바로 그런 순간이다. 그러나 모든 행복한 이야기에는 제대로 알아보는 사람이 있고 모든 불행한 이야기는 잘못 보는 데서 시작된다(나는 언제나 내가 보지 못하는 것을 볼 수 있게 되기를 원해왔고 상황을 더 잘 볼 수 있게 해주는 것들은 모두 천사로 여긴다. 이 글도 대천사들의 도움으로 써보겠다).

　　보카치오가 『데카메론』을 썼던 흑사병 시대를 포함해 어느 시대든 최고의 글에는 글 속의 누군가가 가치 있는 변화를 원한다. 세상이 변할 것이라는 사실은 나쁘기도 하지만 좋기도 하다. 상상해본 적 없는 거대한 단절의 시기인 지금, 이 균열 속에서 좋은 무엇인가가 나와야 한다. 우리가 어떻게 하느냐에 달려 있다. 우리에게 아무런 힘이 없다고 생각하는 순간, 어리석음은 꽃피고 나쁜 일은 벌어진다.

　　나는 이 디스토피아 시대에 유토피아적 열정으로 사랑에 대한 이야기를 해보려고 한다. 나의 사랑 이야기 안에는 우리의 실패한 사랑, 고독, 피로한 밤, 사랑을 나누는 밤, 깨끗한 사랑, 현실을 구한 꿈 같은 사랑, 파괴와 창조가 함께

한 사랑, 우리가 한번도 마음을 주지도 않았고 그럴 필요조차 느끼지 않았던 존재에 대한 사랑, 아주 멀리 가는 헌신적이고 영원한 사랑, 이 모든 것이 들어 있을 것이다. 그리고 글의 어딘가에서는 향기로운 바람이 불고 초록색 빛이 반짝이고 동물의 눈동자와 긴 꼬리가 얼핏 보일 것이다.

이제 흑사병 시대의 최고 인기작 『데카메론』의 열 가지 주제를 그대로 따라가면서 이야기를 시작해보겠다. 만약 나의 이야기를 듣고 누군가 심장이 다시 뛰기 시작한다면, 우리는 사랑과 죽음의 차이를 알게 된 것이고, 바로 그 장소에서 삶을 다시 시작하게 될 것이다.

차례

미래인지 감수성

첫째 날, 좋아하는 이야기

질병은 곧 멈출 것이고 자기들은 물론 가족들도 그 병에 걸리지 않을 거라는 기대도 여전했다. 따라서 뭔가를 반드시 해야 한다는 생각은 아직 하지 않고 있었다. 그들에게 페스트는 예기치 않게 찾아온 것처럼 언젠가는 떠날 불쾌한 방문객에 불과했다. 그들은 공포에 사로잡히긴 했지만 절망하지는 않았다. 페스트가 그들의 생활양식 그 자체처럼 보이는 순간, 그리고 그들이 지금까지 영위해왔던 존재방식을 잊게 될 순간은 아직 도래하지 않았던 것이다.

— 알베르 카뮈, 『페스트』[6]

고대 그리스인들에게도 판은 무시무시한 모습으로 인식되었다. 패닉이란 단어는 사람들이 동물을 지나치게 많이 사냥한 뒤 야생의 숲을 통과할 때 숲의 으스스한 우는 소리를 듣고, 이것을 판의 소리로 생각하고 느꼈던 두려움에서 유래한다.

— 제이 그리피스, 『땅, 물, 불, 바람과 얼음의 여행자』[7]

나에게는 아주 까다로운 친구가 있다. 그 친구는 매사에 비판적이고 어디서나 어떻게든 단점을 찾아내 분위기에 찬물을 끼얹기 일쑤였다. 천만다행으로 그에게도 대화 상대가 있었는데 바로 나다. 나는 그와는 정반대의 성격으로 매사에 긍정적이었고 어디서나 어떻게든 장점을 찾아내 내가 나타나면 분위기가 환해지는 것이 한두 번이 아니었다. 우리가 같이 버스를 다고 어딘가 간다고 생각해보라. 나는 시시각각 달라지는 풍경에, 삭막한 도로 위에 피어난 꽃 한 송이에 눈길을 두고 흐뭇한 미소를 짓는다. 한편 나와 나란히 서 있되 정반대편을 바라보는 친구는 아무리 풍경이 바뀌어도 변치 않는 모습들 — 거리에 가래와 침을 뱉는 사람, 마시던 테이크아웃 잔을 슬그머니 벤치에 두고 가버리는 사람에게 눈길을 두고 '거봐! 내 저런 걸 보게 될 줄 알았다니까!' 하는 득의만만한 표정을 지으며 내 옷을 잡아당겨 굳이 나도 같이 보게 만든다.

"사람들이 공적인 공간이 뭔지를 몰라. 공공성이 다 죽었어. 왜 테이크아웃 잔은 아무 데나 두고 가도 된다고 생각하는 거야?"

나는 이렇게 대답한다.

"곧 가지러 올 거야. 핸드폰을 두고 갔을 때처럼 '어머 내 쓰레기 두고 갔네' 하면서."

물론 헛소리다. 그러나 헛소리라고 해도 그 속에 희망

이 담겨 있지 않은 것은 아니다. 아무튼 우리는 다른 방향을 보는 친구 사이다. 그러나 인정하자. 내 친구는 비판 정신을 가지려는 사람들과 세상에 속지 않으려는 사람들, 자기 자신도 속이지 않으려는 사람들에게만은 보석 같은 존재라는 것을 보증하겠다.

그러던 어느 날, 그러니까 코로나 초기의 봄날, 우리는 사회적 거리두기를 충실히 지킨 결과로 아주 오랜만에 만났다. 불쑥 친구가 나에게 이런 질문을 던졌다.

"이탈리아에 코로나 환자가 왜 많은 줄 알아?"

'아, 그렇지. 내 친구가 그사이 나의 근황을 모르는구나!'

그즈음 나는 '코로나에 관한 라디오 다큐멘터리'(라디오이므로 영상 다큐가 아니라 소리 다큐다)를 만들기 위해 맹렬히 취재 중이었다. 나는 우한[武漢] 시내에 양쯔강이 흐른다는 것, 무척 더운 여름날 밤 젊은 연인들은 유람선을 타고 강바람을 즐긴다는 것, 우한이 야생으로 둘러싸인 한적한 시골이 아니라 중국의 시카고를 꿈꾸는 거대 자본주의 도시라는 것, 우한의 수많은 공장과 대학을 밝히는 전기는 모두 삼협댐에서 온다는 것을 알아냈다(뿐만 아니라 사건 초기 우한의 기차 시간표, 비행기 시간표까지 알아냈다). 또 발이 묶여 일자리로 돌아가지 못한 농민공이 어떤 존재인지, 중국의 경제개발 과정, 도시화 과정에서 중국 정부가 농민들을 상대로 얼마나 강압적인 강제 이주정책을 펼쳤고, 그 결과 얼마나 많은 사람들이 야생으로 더 가까이 다가갈 수밖에 없게 되었는지도 알아냈다. 중국의 야생동물 밀수입 루트는 동남아시아(특히 라오스) 쪽이 많고, 그 야생동물의 종류가 혀를 내두를 정도라는 것과(버마 별거북 같은 멸종위기종 포함) 가장 인기가 많은 야생포유동물인 족제비오소리, 돼지코오소리, 히말라야 팜시벳은 아예 농장사육을 시작했다는 것, 야생동물을 먹는 이유는 경제성장의 결과 수입이 늘어난 사람들의 과시욕이 작용했다는 것을 알아냈다. 박쥐는 중국 사람들에게 행운과 복을 가져다주는 상징적 존재로 박쥐를 먹는 것에는 '복'을 섭취한다는 믿음이 작용한다는 것도 알아냈다. 어쨌든 중국의 전문가들은 한목소리로 말했다. 우한같이 급성장한 거대 도시들은 전 세계에 아주 많이 있다고. 핵심적인 질문은 코로나가 왜 우한에서 발발했느냐가 아니라 왜 우한 같은 거대 도시에서 발발했느냐라는 점이라고.

이뿐만 아니라 나는 우리나라 과거 질병의 역사까지도 공부했다. 나의 연구 결과 변강쇠가 죽은 이유는 만 가지 정도의 역병을 한꺼번에 겪어서였다. 온갖 치료에도 낫지 않은 변강쇠는 최후의 수단으로 민간요법에 의존하는데 그때 먹은 것은 지렁이즙, 굼벵이즙, 우렁이탕, 올빼미 등 열네 가지의 단약이었다. 변강쇠 이야기가 탄생하기 전 가장 끔찍한 전염병은 1821년 순조 때의 콜레라(괴질)였다. 이 괴질은 그야말로 불꽃이 튀듯 전염되었고 일단 전염된 사람은 순식간에 죽는 경우가 많아 아예 전문적으로 시신을 처리하는 사람까지 있었다.

한편 팬데믹에 걸맞게 다른 나라의 상황까지도 알아봤다. 그중 가장 눈에 띄는 것은 소위 '안보 개념'이었다. 인간 안보, 생물학적 안보, 생태학적 안보라는 단어들인데 이것은 이제 즉각적인 위협은 군사적인 위기보다는 생명의 위기, 생태학적 위기와 관련이 있다는 뜻이다. 전염병의 안보화는 AIDS에서 뚜렷하다. 점점 더 많은 군인들이 에이즈에 감염되고 있고 전쟁에서 강간은 상습적으로 이뤄진다. 다른 감염병의 문제도 국가비상사태를 유발할 만큼 심각한데 이것은 성장률 저하, 불황 수준의 실업률, 시장의 붕괴로 이어진다. 여기에 가뭄 같은 기후위기까지 더해지면 식량 안보 문제가 발생해 대규모의 기아를 불러오고 이에 따라 대규모 난민이 발생할 수 있다. 심란한 것은 이 와중에도 제약회사들의 이익(이 말은 '경제적 권리'라는 말로 불린다)에 대한 침해라는 이유로 개발도상국이 자국민에게 저렴하게 약을 제공할 수 있는 공중보건 국가비상사태 선포를 막는 움직임이 있었다는 점이다. 이것이 대략 1990년대 이래의 상황이다.

취재의 결론은 코로나는 가장 무서운 감염병도 아니고 유일한 감염병도, 마지막 감염병도 아니라는 점이다. 이탈리아를 두고도 맬서스주의에 입각해 의견을 내는 사람들이 있었다. 인구 조절을 위해 노인층을 포기한 것이 아니냐는 의견이었다. 노인들은 경제적으로 별 이득이 되지 않는다고 생각한, 더할 나위 없이 이성적으로 보이는 그러나 참으로 비정한 자본주의의 논리에 따라서 말이다. 그러나 노인문제에 관한 한, 이미 우리는 수많은 노인들이 요양병원에서 생을 마감하는 것을 이상하게 여기지 않을 정도로 과거와는 다른 사회에서 살고 있다.

나는 이런 말을 전혀 입 밖에 내지 않았다. 언제나 상대방에게 기회를 주고 격려하는 나는 이탈리아에 "왜" 코로나 환자가 많은지 전혀 모르겠다고 했다.

"혹시 너는 이유를 알아?"

"알지."

"알려줘."

"이탈리아 사람들이 키스와 섹스를 계속하고 있어서야."

내 친구의 말은 당시 나에게는 상당히 파격적으로 들렸다. 그때 전 세계는 패닉 상태였고 코로나를 두고 농담을 하는 사람은 나로서는 단 한 명도 못 봤다. 나는 속으로는 허튼소리라고 생각하면서도 겉으로는 이렇게 말했다.

"어머 참신하다!"

"그래, 다들 왜 이 생각을 못하는지 몰라."

"아주 새로운 관점이야. 그러니까 코로나 시대의 사랑 이야기네."

"그렇다니까."

"그럼 우리나라는? 방역을 잘해나간다고 평가받는 이유가 키스를 안 해서?"

"맞아. 딱 그만큼만 사랑하는 거지. 사랑은 안 해도 상관없는 일인 거야."

"하지만 너무 사랑한 나머지 온 힘을 다해 자제하는 중이라면?"

"우리나라에 현재 제일 없는 게 자제심이야. 힘이 있어도 그 힘을 쓰지 않으려는 사람 못 봤어. 그 많은 갑질들을 봐."

하여간 친구는 늘 '사랑이 문제'라고 했다

우리가 이런 대화를 했다고 해서 내 친구를 사랑숭배론자로 오해하면 안 된다. 내 친구는 사랑혐오론자에 가깝다. 우선, 그는 부모가 자식을 사랑한다는 것을 믿지 않는다.

"어른들은 어린아이들이 마실 물을 펑펑 쓴다고. 사우나에 가봐. 온갖 이상한 포즈로 마음껏 물을 써대고 있어."

"플라스틱 빨대에 일회용 컵을 쓰면서 바다를 오염시키고 물고기를 죽게 하고 씨가 마르게 싹쓸이해. 왜 꼭 씨가 마르게 잡아야 해? 왜 놔두질 못해? 그 이유를 설명할 수 있어? 전 국민 취미 1위가 낚시라는 게 가당키나 해? 바다가 리필 공장이야? 저절로 리필이 돼?"

"자식의 미래는 좋은 학원을 알아보고 말고의 문제가 아니야. 우리가 생각하는 미래가 아니라고. 학교에 며칠 가느냐 마느냐 이걸 따질 때가 아니야. 미래에 기후난민이 몰려오면 일자리가 있을까? 식량값이 폭등할 텐데 밥은 뭘로 먹어?"

"쓰레기를 끝없이 양산하는 소비문화를 봐! 프린터의 평균수명이 몇 년인지 알아?"

"몰라."

"핸드폰의 평균수명이 몇 년이지?"

"나는 10년째 같은 거 쓰는데⋯."

"나도 절대 새걸로는 못 바꾸지. 그것 때문에 고릴라가 죽잖아. 대체 새로운 모델은 누가 원해서 나오는 거야? 쓰레기는 어떻게 할 거야? 이렇게 살면 지구가 몇 개 필요한지 알아? 다섯 개야."

그러나 미래를 그 정도까지 생각한다는 것은 쉬운 일이 아닐 것이다. 우리의 자기중심성 지수는 상당히 높아서 '당장 2021년도 모르겠는데 어떻게 몇 년 뒤를 생각하고 살아? 지금 당장 내 코가 석자야'라고 말할 만큼, 자기중심적이다. '내 코가 석 자'로 자신의 선택을 설명하기 시작하면 제일 먼저 포기하는 것이 타인과 미래다. 내가 불안한데 어떻게 남까지 생각해? 현재가 불안한데 어떻게 미래를 생각해? 그러나 위험은 늘 현재만을 생각할 때 온다. 미래에 어떤 일이 일어날지 누구도 확신할 수 없는 지금 가장 필요한 것이 일명 '미래인지 감수성'— '내가 이렇게 하면 미래한테 너무 폭력적인 거 아닐까?'라는 질문 — 이다.* 하여간 내 친구의

---

* 성인지 감수성, 노동 감수성은 나에게만 좋은 세상이 아니라 우리가 '함께' 살 만한 세상을 만드는 데 말할 수 없이 보탬이 되었다. 미래인지 감수성은 미래에 우리가 '함께' 살 만한 세상을 만드는 데 가장 핵심적인 감수성으로 나 혼자 만든 말이다. 아직까지 아무 반향도 없다. 딱 한 명 내 친구에

애타는 포효는 계속된다. 친구는 연인들이 서로를 사랑한다는 것 또한 믿지 않는다.

"함께 있을 때 뭘 하는지 보라고. 각자 자기 핸드폰을 봐. 심지어 함께 인증샷을 찍을 때도 각자 자기 얼굴만 본다니까."

"네가 그걸 어떻게 알아?"

"다 지켜봤지. 사진 찍고 확인하고 바로 자기 머리 매만진다니까."

내 친구의 의견에 따르면 우리 시대의 사랑은 자기중심적인 나르시시스트들의 이중주에 불과하다.

"사랑은 요구사항이 더럽게 많은 나르시시즘을 가리키는 말이야. 인정 욕구로 넘치면서 왜 또 계속 우쭈쭈 해주길 바라는 거야?"

보다시피 내 친구의 사랑관은 각양각층의 사람들의 분노 또는 무시를 골고루 일으키기 좋다. 한마디로 "재수 없어! 그러는 너는?"이라는 반항심을 불러일으키기 딱 좋은 사랑관이다. 우리가 사는 세상은 문제가 있다고 말하면 문제적 인물이 되는 곳이다. 그런 점에서 다른 사람들이 조금도 듣고 싶어 하지 않는 말을 일관되게 주장하는 내 친구야

게 말했는데 아까 말한 대로 매사에 비판적인 이 친구는 그 와중에도 왜 미래 감수성이 아니라 미래인지 감수성이냐고 물었다. 감수성이란 단어에 이미 인지라는 뜻이 포함되어 있는데. 어쨌든 좋다. 미래인지 감수성이든 미래 감수성이든 이 단어가 우리 생활의 중요한 감수성이 되었으면 좋겠고 내가 창조자로 기록되면 좋겠다는 야심을 품어본다.

말로 진정으로 '미움받을 용기'를 구현하고 있는 우리 시대의 '성자'라고 볼 수 있다.*

내 친구의 입장에서 보면 자신의 지극히 상식적인 생각이 상식이 아니라는 것이 이해가 되지 않을 뿐이다. 사실 내 친구의 사랑관은 자신이 사랑하는 것의 고통을 깊게 느끼는 사람의 애타는 사랑관이다. 내 친구는 생명을 사랑한다. 생명 파괴를 다른 무엇보다 슬퍼한다. 내 친구는 불타 죽은 동물, 멸종된 동물, 함부로 여겨지는 노동자, 아름다움 없이 살아갈 미래 세대 모두에게 '진지한' 관심을 쏟는다. 이제는 없는, 말 없는 혹은 말을 뺏긴 생명들을 자신의 일부처럼 고통스럽게 바라본다. 동물들의 고통, 생명 있는 것들의 고통을 느끼는 사람에게 현실은 무한지옥이다. 사랑하는 누군가를 고통스럽게 잃은 대부분의 사람들에게도 현실은 지옥이다. 안타깝게 죽은 동물들은 내 친구의 가슴에서만큼은 살아 있다. 그들은 자신이 죽어서도 이렇게 사랑받는 것을 모를 것이다. 아직 태어나지 않은 생명들도 자신이 미리부터 이렇게 사랑받는 것을 모를 것이다. 내 친구는 죽은 생명과 아직 태어나지 않은 생명, 모두를 사랑한다. 이런 상태를 가리켜 우리는 (때로는 조롱하면서) 꿈속에 산다고 한다. 현실은 다른

* 깜짝이야! 농담으로 쓴 말인데 써놓고 보니 이런 사람이 돌팔매질 당해 고독하게 죽으면 훗날 성자가 되기도 했던 것 같다. 단어를 바꿔야겠다. 내 친구는 '미움받을 용기'를 구현하는 우리 시대의 '반체제인사'다.

것을 생각하라고 하고 우리에게 다른 것을 내놓는다. 죽은 동물의 몸, 일하다 죽은 노동자의 몸 같은. 내 친구는 언제나 일관되게 꿈을 현실보다 우위에 놓고 있을 뿐이다.

사실, 친구의 사랑관은 우리가 사는 모습의 모든 면을 문젯거리로 느끼게 만들기 때문에 불편하다. 그러나 이 불편함이 현실을 사는 내 모습을 다시 보게 만든다. 의심을 품으면 자유, 의심을 품지 않으면 부자유라는 말에 입각해서 보면 내 친구는 자유다.* 분명한 것은 아무것도 사랑하지 않는다면 아무것도 반대할 일이 없다는 점이다. 아파할 일도 없다. 내 친구도 마찬가지다. 친구는 쓰레기를 양산하는 상품보다 생각을 혹은 지식과 꿈과 경험을 나누면서 사랑하고 싶어 했다. 소비가 아니라 인간관계에서, 대화에서 즐거움을 느낄 수 있는 삶을 사랑했다. 함께 소비하는 것보다는 함께 추구하는 것을 사랑했다. 사물들로 이뤄진 세상이 아니라 가치들로 이뤄진 세상을 사랑했다. 지금 이대로의 삶이 아니라 지금 이대로의 삶을 고치고 수선하는 삶을 사랑했다. 내 친구는 새로운 인간관계를, 새로운 대화를 만드는 전문가일 수 있었지만, 할 수 있는 한 그렇게 해냈지만, 꽤 고독했다. 한 도시에서 가장 먼저 일어나 혼자 깨어 있는 사

---

* 예를 들면 내 친구의 말은 자식의 '미래'를 위해 물려줄 아파트가 없음을 가슴 아파하는 것이 부모 사랑이라는 생각을 자연스럽게 받아들이는 세상에 문제 제기를 한다. 어떤 것을 자연스럽게 받아들이게 하는 것을 우리는 이데올로기라고 부른다. 우리는 이런 종류의 이데올로기에 깊게 물든 세상에 살고 있다. 우리는 이데올로기 없이 사랑도 하지 못한다.

람처럼, 누군가 일어나는 기적을 기다리는 사람처럼 고독했다. 꿈과 욕망이 달랐고 보는 눈이 달랐기 때문이다.

그런 나날들이 모여 내 친구는 내가 '사랑'이라는 단어를 입에 올릴 때마다 마치 내가 강제로 독약을 먹이기라도 한 듯 얼굴을 찡그렸다. 그러나 사랑은 아주 큰 단어다. 사랑이 없다면 우리 중 누가 태어날 수 있었겠는가? 그리고 존재할 수 있었겠는가? 우리는 우리가 알든 모르든 수많은 크고 작은 사랑의 힘으로 어찌어찌 여기까지 왔다.

하여간 친구는 늘 '사랑이 문제'라고 했다. 그래놓고도 난데없이 이탈리아식 사랑 운운하는 걸 보니 내 친구가 무슨 꿍꿍이가 있는지 저의가 의심스러웠다. 나는 이런 대화는 얼른 그만두는 게 상책이라고 생각하면서도 입으로는 이렇게 말했다. "더 이야기해봐. 더 듣고 싶어." 하지만 사실 더 이야기하고 싶은 것은 나였다. 나는 키스에 대한 이야기를 더 하고 싶었다. 순간의 키스가 아니라 영원한 키스에 대해서.

지구의 소리들

내가 라디오 피디라는 정체성을 유지하는 한 타임머신을 타고 가보고 싶은 과거가 있다. 두 개인데 첫 번째는 1977년이다. 그해 8월 20일과 9월 5일, 각각 보이저 1호, 보이저 2호라는 이름의 우주탐사선이 발사되었다. 이 두 우주탐사선은

1986년까지는 토성의 아름다운 고리들을 조사하고 그다음에는 목성과 천왕성까지 조사한 후 태양계를 벗어나 지구인의 우주사절단 역할을 하도록 설정되어 있었다.

두 보이저호에는 특별한 물건이 하나씩 장착되어 있었다. 금박을 입힌 축음기용 구리 레코드판이 그것인데, 레코드판에는 지구인이 우주인에게 보내는 메시지가 기록되어 있다. 118장의 사진과 90분에 가까운 인류 최고의 음악들, 그리고 지구와 생명의 진화를 표현한 12분짜리 소리 에세이 〈지구의 소리들〉, 대략 50여 개국 언어로 녹음된 60개의 "안녕"이라는 인사말(이중에는 고래의 인사말도 있다)이 그 내용들이다. 이 프로젝트는 여러 사람의 아이디어가 불쑥불쑥 튀어나오면서 형태를 갖췄는데 대략 6주 안에 "안녕"이라는 인사말과 소리와 음악을 모조리 녹음해야 했다.*

음악은 피그미 소녀들의 성년식 노래, 세네갈의 타악기 연주, 루이 암스트롱의 〈멜랑콜리 블루스〉, 모차르트의 오페라 〈마술피리〉 중 '밤의 여왕의 아리아', 스트라빈스키의 〈봄의 제전〉 중 '신성한 춤', 나바호족의 밤의 찬가, 아제르바이잔의 백파이프 곡 〈우감〉 등 스물아홉 곡이 실렸는데 그중 『지구의 속삭임』에 실린 두 곡에 대한 설명이 유달리 아름답다.

첫 번째는 불가리아 양치기의 노래 〈이즈렐 예 델요 하

---

* 이 레코드판에 수록된 소리, 인사말, 사진, 음악에 대한 정보는 『지구의 속삭임』이라는 책에 잘 정리되어 있다.

그두틴〉이라는 곡에 관한 글인데 양치기의 노래가 우주선에 실린 것은 특별한 의미를 지닌다. 밤에 누가 가장 별을 많이 볼까를 상상해보면 그 이유를 알 수 있다. 양치기다. 양치기는 밤에 양을 돌봐야 했기 때문에 깨어 있어야 했고 덕분에 별을 공부하는 학생이자 별자리 작성자가 되었다. 그런데 양치기들은 어둠 속에서 어떻게 양들을 돌봤을까? 양치기 개의 도움으로? 대답은 다른 곳에 있다. 양들을 달래고 한곳에 모아 두기 위해서 양치기들이 이용한 것은 백파이프였다. 옛날 백파이프 소리는 양 울음소리를 닮았을 뿐만 아니라 백파이프 자체도 양을 닮았다. 양가죽으로 만들어졌고 심지어 발굽까지 달린 것도 있었다. 그 결과 양들은 백파이프를 자기 동료처럼 여기며 반응했다. 백파이프는 아픈 어린 양처럼 양치기의 팔에 안겨 매 하고 울고 양들은 풀을 뜯어먹다가도 그 소리를 쫓아와서 양치기 곁에 앉아 동료의 소리인 듯한 음악에 귀를 기울인다. 양치기들은 수많은 음악을 창작했다. 왜냐하면 그들에게는 흘러넘치는 시간과 언제나 귀 기울이는 믿을 만한 청중이 있었으니까.

이 이야기는 양치기 주위에서 음악에 귀를 기울이는 양들의 곱슬곱슬한 작은 머리통을 떠올리게 한다. 그리고 별들은 첫 번째 천사이므로 별이 있는 한 우리는 천사와 함께 있는 셈이라고 한 보르헤스의 말도 떠올리게 한다. 보르헤스는 이 이야기를 읽은 우리보다 먼저, 우리가 별들을 존경하게 된 데는 천문학자들의 노력만이 아니라 양치기와 양들의 역할도 있었다는 것을 알고 있었고 밤과 별과 노래에 아름다움을 부여한 양들이라면 우리는 자자손손 양에게 영광을 돌리고 찬양해야 한다는 생각 또한 가지고 있었다.

알퐁스 도데의 『별』에서 양치기는 사랑하는 주인집 아가씨에게 모든 별 중 가장 아름다운 별은 '양치기의 별'이라고 말해준다. 그 별은 새벽에 양치기가 양을 몰고 나갈 때 빛나고, 저녁에 양들과 함께 돌아올 때도 빛난다. 7년마다 한 번씩 양치기의 별에게 달려가 결혼하는 별도 있다. "뭐라고, 양치기야? 그럼 별들도 결혼을 한단 말이야?", "그럼요 아가씨." 우리는 별들의 결혼이 무엇인지 아가씨가 양치기의 어깨에 기대 잠들어버리는 바람에 설명을 들을 기회를 놓쳤다. 어깨에 기대 잠든 아가씨를 깨우지 않으려고 양치기가 새벽이 올 때까지 꼼짝 않고 앉아 있는 동안 몇 마리 양들은 별과 맛있는 풀을 꿈꾸며 입맛을 다시고 있었을 것이다. 밤은 그렇게 숨죽이고 그렇게 평화롭고, 별은 양치기의 마음속에서 아가씨에 대한 사랑과 함께 머뭇거리고, 노래는 그렇게 태어났고 밤과 잠처럼 오래도록 우리 곁에 머물러 있다.

또 하나는 중국의 고금(古琴) 연주곡 〈유수(流水)〉에 대한 설명이다. 고금 기보에는 왼손으로 현을 누르는 방식이 자그마치 백 가지가 넘게 나열되어 있는데 백여 세대에 걸쳐 전수되는 동안, 각각의 운지법에는 시적인 장식 문구가 겹겹이 덧붙여졌다고 한다. 예를 들면 '희미하게 잦아드는 절의 종소리'라고 명명된 중간-느림 속도의 비브라토(진동음)에는 현에 댄 손가락을 '개천에 떠내려가는 꽃잎'처럼 떨라는 주석이 달려 있고, 화려한 꾸밈 악구로 끝나는 화음에는 '물고기가 튀어 오르는 소리'라는 이름이 붙어 있다. '표범이 와락 덮치는 것' 같은 기법도 있고, '물에 앉은 잠자리'처럼 가뿐하게 연주하라는 기법도 있고, '까마귀가 눈밭을 쪼듯이' 스타카토로 연주하라는 기법도 있다.

이 이야기의 아름다움은 인간이 자연을 닮으려고 하는 데서 나온다. 이 글에 나오는 인간의 손동작 중 어느 하나도 부자연스럽거나 억지스러운 데가 없다. 이럴 때 인간은 섬세하고 우아하다. 이중 내가 보지 못한 것은 표범이 와락 덮치는 것뿐인데, 경험해보고 싶은 종류의 일은 아니다. 나머지 것들은 자연을 다시 한번 자세히 보고 싶게 만든다. 이럴 때 자연도 나도 다시 한번 생명력을 얻는다. 자연이 나를 길들인다.

영원한 키스 소리

12분가량의 소리 에세이는 앤 드루얀이 담당했다. 그녀는 북아메리카 전역의 소리 도서관에 전화를 걸었는데 대화 내용은 이런 식이었다.

"제가 듣기로 선생님은 가장 훌륭하게 개굴거리는 개구리 울음소리, 혹은 가장 야비한 하이에나 울음소리, 가장 파괴적인 지진 소리를 가지고 계시다는데 혹시 복사본을 구할 수 있을까요?"

당시 우주로 지구의 소리를 보낸다는 계획은 하도 허무맹랑해서 소리를 구하는 취지를 설명할 때 그녀는 최대한 '안 미친' 사람처럼 보여야 했다. 내가 그녀의 전화를 받았다 해도 우주인과 교신할 수 있다고 주장하는 사이비 종교 집단에서 사기 전화를 걸어 온 건 아닐까 의심했을 것이다. 그러나 그녀의 설명을 듣던 사람들 중에는 듣자마자 환호성을 지르는 사람도 있었다. 록펠러대학의 고래 박사가 그랬다.

　　"아 멋져요. 제가 가진 걸 다 쓰셔도 좋아요. 아니 아예 제가 가져다 드리겠습니다. 고래의 인사말 가운데 가장 아름다운 것은 1970년경 버뮤다 앞바다에서 녹음한 것입니다. 그걸 우주로 보내주세요."

　　1970년의 고래는 뭐라고 말했을까? 한 번만이라도 고래의 언어를 알아듣고 싶다. 소리를 배열한 순서는 대체로 지구의 진화 방향을 따랐다.

- 천체
- 화산, 지진, 천둥
- 끓어오르는 진흙탕
- 파도, 바람, 비
- 귀뚜라미, 개구리(비로소 지상에 시끄러운 소리를 내는 존재들이 등장했다)
- 새, 하이에나, 코끼리(지구가 생명으로 북적댄다)
- 침팬지(영장류의 목소리가 등장. 무리 속에서 높이 솟아오르는 한 침팬지의 목소리)

- 들개(불안한 소리. 인류와 동물은 아주 우호적이지만은 않은 환경에서 삶을 만들었다는 의미)
- 발자국 소리, 심장 뛰는 소리, 웃음소리(드디어 인류의 소리)
- 불과 언어(드디어 인간의 목소리. 리처드 리 교수가 칼라하리 부시먼 부족의 언어인 '!쿵 어'로 인사하는 소리)

이렇게 진행되다가 16번에 '키스 소리'가 나온다. 앤 드루얀의 말에 따르면 키스 소리가 녹음하기 제일 어려웠다고 한다. 그 이유는 녹음실 엔지니어가 자기 팔을 빨아서 키스 소리를 내려고 애를 쓰다가 그래도 우주로 보내는 '영원한 키스'인데 기왕이면 진짜 키스 소리가 낫지 않겠느냐는 결론에 이르렀는데, 진짜 키스 소리는 너무 희미하거나 너무 끈적거려서 쓸 수 없었다는 것이다. 그럼 대체 영원한 키스 소리는 어떤 것이었을까? "팀(동료)이 뺨에 부드럽게 입을 맞추었다. 느낌도 소리도 좋았다." 이게 바로 영원한 키스 소리다(혹시 다른 키스 소리를 기대했던 사람들은 좀 김이 빠졌을 것 같다).*

* 앞으로 동료 간의 이런 접촉은 사라질지 모른다. 이제 친밀한 접촉은 강아지랑만 하게 된다 해도 놀랄 일이 아니다. 기적적으로 인간 사이의 소중한 일상적 접촉법을 찾아내지 않는다면 말이다.

코로나의 소리들

1977년으로 날아가 보이저호 레코드판 녹음실에 꼭 한번 가 보고 싶다. 현장에 쥐 죽은 듯 있다가 누군가 커피라도 쏟으면 번개같이 달려가 마루라도 닦고 싶다. 그곳에는 나를 괴롭혀온 마음 깊은 곳의 가난함이 없다. 완전히 좋아하는 일을 하고 있지 않다는 데서 오는 가난함, 사랑하는 사람들, 사랑하는 것들 속에 있지 않다는 데서 오는 가난함. 둘 다 치명적으로 우리 마음속 깊은 곳을 외롭게 한다. 그런데 우리에겐 최근 또 다른 가난함이 생겼다. 조회수에 매달리면서 생긴 가난함이다. 조회수와 그에 따르는 수익 창출에 관심을 쏟으면서 우리는 창조성을 많이 잃었다. 레코드판을 녹음하는 순간 그들이 신경 쓴 것은 조회수도 아니고 수익도 아니고 남의 이목도 아니었다. 그렇다면 무엇을 신경 썼을까? 우주였다. 그리고 인류였다. 영원이었다. 우주와 인류를 위해서 영원히 최고로 좋은 것을 고르는 것.

우리가 사는 첨단 자본주의 시대는 첨단 유행의 시대이기도 해서 시대적 분위기가 '영원히' 가는 것을 썩 좋아하지 않는다. 우리는 '영원성'의 관점에서 볼 때만 볼 수 있는 수많은 삶의 좋음을 잃어버렸다. 그들의 선택은 우리 시대와 역행하는 것이다. 사실 남의 이목이나 조회수가 아니라 우주와 영원함을 신경 쓴다니 얼마나 우습고 비웃음의 대상이 되기 딱 좋은 말인가! 하지만 이런 광활한 마음은 낯설고 별처럼 너무 멀리 있고 매우 사랑스럽다. 그 녹음실에서라면 현실이 꿈처럼 진행되었을 것이다. 그러나 우리는 그 녹음실에서처럼 일하지 않는다. 영원히 변치 않을 좋음이 아니라 지금 당장의 이익을 추구한다. 우리는 (영원히 변치 않을 것 같은) 별을 잃고 또 하나의 사랑을 잃고 또 한 번의 체념을 배울 뿐이다. 우리가 한 행동들이, 사는 방식이 우리가 할 수도 있었던 일들을, 가능했을 수도 있었던 일들을 잃어버리게 한다.

내가 보이저호의 레코드판 이야기를 왜 이렇게 길게 하는지 혹시 눈치챈 사람이 있을까? 앞에서 나는 코로나에 관한 라디오 다큐멘터리, 말하자면 '소리 다큐'를 제작하고 싶어 했다고 말했다. 만약 앤 드루얀처럼 지구와 인류에 대해 알려주는 12분짜리 〈코로나의 소리들〉을 제작한다면 어떤 소리들이 들어가게 될까? 같이 상상해봐도 좋을 것 같다. 내가 뽑은 후보는 이런 것들이다.

- 증기기차 소리 같은 산업혁명 소리
- 총소리
- 단 한 마리 남은 멸종동물이 마지막으로 포효하는 소리
- 숲이 불타고 파헤쳐지는 소리
- 도시화를 재촉하는 불도저, 기계톱 소리
- 수많은 동물들이 서식지를 잃고 울부짖는 소리
- 날아다닐 줄 아는 유일한 포유류, 박쥐가 내는 소리
- 야생동물 사냥 소리, (주로 공장식 축산으로 생산된) 가

축, 인간의 소리가 뒤섞여 있는 시장 소리

- 야생동물 사냥 소리
- 가축이 도축되는 소리 혹은 살처분 되는 소리
- 비행기 소리
- 지글지글, 보글보글, 후루룩, 요리와 식사와 관련된 소리
- 여행객들 소리
- 앰뷸런스 소리, 의료진이 뛰는 소리, 온갖 뉴스 속보 소리

이것이 내가 뽑은 코로나의 소리들이다. 내 취재 결과와 인수공통감염병에 관한 책들, 자료들은 이 소리들이 차곡차곡 모여서 '코로나 바이러스'라는 이름을 갖게 되었음을 이구동성으로 말하고 있다. 이 코로나의 소리가 품고 있는 삶이, 전염병의 관점으로 본 '우리는 어떻게 살아왔는가?'라는 질문에 대한 답이자 지금도 여전히 우리가 어떻게 하고 있는지에 대한 대답이다. 동시에 앞으로 우리가 어떻게 될 것인가에 대한 합리적인 예견이 될 수 있다.* 그러나 내가 뽑은 '코로나의 소리들'을 듣고 충격적이라거나 창의적이라고 할 사람은 거의 없을 것이다.

---

* 같은 방식으로 〈기후위기의 소리들〉 또한 뽑아볼 수 있을 것이다. 이를 통해 도시의 삶― 특히 에너지와 식습관의 문제― 이 이산화탄소 배출에서 얼마나 큰 비중을 차지하는지와 우리나라가 왜 기후 악당국으로 불리는지 알 수 있게 되면 좋겠다. 우리가 어떻게 살았길래 엄청 큰 나라들보다 더한 기후 악당국일 수 있을까? 그 원인을 알면 고쳐나가야 할 일이 보일 것이다 (기후위기는 전염병에도 영향을 미친다).

우리 중 상당수는 2020년이 오기 전에도 이미 구제역, 조류독감, 에이즈, 사스, 메르스 같은 단어들을 들어봤고, 이제는 인수공통전염병이나 팬데믹, 언택트란 단어까지도 알게 되었다. 지난 50년간 이런 뉴스들은 빠른 속도로 늘어났다. 그사이에 '기후변화'라는 말은 '기후위기'라는 말로 바뀌었다. 앞으로 또 어떤 신종 단어들을 알고 살아야 할지 모른다. 앞으로도 기이한 신종 질병이 등장한다면 인수공통전염병일 가능성이 높다고 전문가들은 말한다. 그러면 2020년 같은 상황이 또 반복될 것이다. 동물이 없다면 인수공통전염병은 없다. 그러나 동물 없이 살아가는 것이 가능한가? 그렇다면 지구는 더 이상 지구가 아닐 것이다. 동물이 살 수 없는 지구는 인간도 살 수 없는 곳이다.

동물-인간

나는 결국 소리 다큐를 제작하지 못했다. 있었는데 없어진 것을 살려낼 수는 없다. 파괴된 아름다움은 살려낼 수 없다. 이것은 실제로 일어난 일, '진짜'이기 때문이다. 너무 많은 것이 파괴되었고 우리는 너무 많은 것을 살려내지 못했다. 그 사실이 가슴 아프다. 이탈리아 작가 쿠르초 말라파르테의 『망가진 세계』에 나오는 이야기 하나가 떠오른다.

"가끔 뒤숭숭한 꿈을 꿉니다. 제가 어떤 광장 같은 곳으로

걸어 들어갑니다. 잔뜩 모여든 사람들은 하나같이 위를 쳐
다보고 있어요. 그래서 올려다보니까 높다란 산이 광장 위
에 깎아지른 듯이 서 있는 거예요. 그 산꼭대기에 커다란
십자가가 서 있어요. 그리고 그 십자가에 말 한 마리가 대
롱대롱 매달려 있습니다. 사형집행인들이 사다리에 올라서
서 마지막 못질을 하고 있어요. 망치로 못을 쾅쾅 박는 소
리가 들립니다. 십자가에 매달린 말은 좌우로 머리를 흔들
며 나직하게 히히힝 울고 있습니다. 침묵한 군중들은 울고
있습니다. 말 그리스도의 희생, 동물의 골고다 언덕의 비극
이지요. 이 꿈의 의미를 이해하는 데 왕자님이 도움을 주시
면 좋겠습니다. 말의 죽음이 인간의 고귀하고 순수한 모든
것의 죽음을 뜻하는 것은 아닐까요? 전쟁을 이야기하는 꿈
이라고 보지 않으세요?"

"전쟁 자체가 한바탕 꿈이지." 오이겐 왕자는 이렇게 말하
며 한 손으로 이마와 눈을 쓸어내렸다.

"유럽의 그 모든 고귀하고 사랑스럽고 순수한 것이 지금 죽
어가고 있습니다. 말은 우리의 고향입니다. 무슨 뜻인지 잘
아실 겁니다. […] 줄기차게 울부짖는 소리, 전쟁의 길목마
다 죽어 널브러진 말들의 끔찍하고도 처연한 냄새… 그런
것들이 전쟁의 잔혹상을, 우리의 목소리를, 우리의 냄새를,
죽은 유럽의 악취를 상징한다고 보지 않으세요? 제 꿈이 그
비슷한 뭔가를 의미한다고 생각지 않으십니까? 어쩌면 꿈
은 해석하지 않는 편이 나을 겁니다."

"됐네." 오이겐 왕자가 말했다. 그러고는 내 쪽으로 고개를

숙이더니 나지막한 목소리로 말했다. "아, 나도 자네처럼 아파할 수 있으면 좋으련만…"[8]

우리는 안다. 못질 당하는 몸의 고통을. 겪어봐서도 아니고 배워서도 아니고 그냥 안다. 감각적으로 안다. 마치 마취 없이 수술받는 것이 어떤 것인지 알듯. 우리에게 몸이 있기 때문이다. 우리의 몸은 다른 몸이 고통받는 것을 보면서 아파한다. 그럴 때 우리도 동물이다. 고통받는 몸을 보고 즉각 가슴에서 솟구쳐 우리를 아프게 히는 것이 동물적 연민이다. 동물적 연민을 '느끼는', 이것이 '동물-인간'이다. 서로의 고통을 몸으로 아는 것은 거의 본능적인, 사랑과 유대의 기초 중의 기초, 근본 중의 근본이다.

"그해는 예외였어요." […] "해빙이 6월에 피오르에서 사라졌어요. 겨울엔 눈도 아주 적게 내렸죠. 그런 해는 처음이었어요. 보통 지금이면 해협이 얼음으로 가득 차 있어야 하거든요. 2주 전에는 쿨루수크 근처에서 헤엄치는 곰이 목격되었어요. 아마 필사적이었을 거예요. 아무도 그 곰을 쏘지 않았죠."[9]

어둡고 슬픈 일은 나쁜 일이라고 우리는 알고 있다. 그러나 어둡고 슬픈 그 일이 너무나 아파서, 아픈 나머지 길을 찾기 시작할 수도 있다. 아파해야 한다. 그 아픔을 막기 위해서 아무것도 하지 않고 있음 또한 아파해야 한다. 가슴 아

54

파함 없는, 안쓰러움 없는, 연민 없는 사랑은 없다. 가슴 아
파할 수 있음이 앎과 변화를 낳는다.

무엇을 할 힘과
무엇을 하지 않을 힘

둘째 날, 쓴맛을 본 뒤 결실을 맺는
이야기

누가 잃어버린 것을 사랑했으며 누가 마지막 남은 걸 보호
했는가?
— 네루다

많은 동물과 식물은 곰곰이 생각할 거리를 준다는 점에서
성스럽다.
— 클로드 레비스트로스

우리는 성행위나 분만 등을 사적인 행위로 생각하는 경향
이 있다. 그런 행위들이 일반적인 상호작용에서는 기대할
수 없는 수준까지 당사자들을 맺어주는 것은 분명하다. 그
러나 병원균의 관점에서 보면 사냥과 도축이 최고로 친밀
한 행위이다. 어떤 종을 다른 종의 모든 조직과 긴밀하게
이어주기 때문이다. 따라서 그런 조직들 하나하나에 잠복
된 병원균들에게는 다른 종으로 이동하기에 더할 나위 없
이 좋은 기회이다.

— 네이선 울프, 『바이러스 폭풍의 시대』[10]

실버백 고릴라 한 마리가 에볼라로 죽는 일은 과학과 의학
의 관찰 범위 밖에서 일어난다. 숲속에서는 고통을 겪는 과
정을 지켜볼 사람이 아무도 없다(동료 고릴라들은 볼지도
모르지만). 아무도 체온을 재지 않고 목 안을 들여다보지 않
는다. 암컷 고릴라가 에볼라로 쓰러질 때도 아무도 호흡수
를 측정하거나 특징적인 발진이 나타나는지 살펴보지 않는
다. 수천 마리의 고릴라가 바이러스로 죽어갔겠지만 곁에
서 지켜본 사람은 단 한 명도 없다.

— 데이비드 콰먼, 『인수공통 모든 전염병의 열쇠』[11]

―――――――――――

『은하수를 여행하는 히치하이커를 위한 안내서』를 쓴 더글
러스 애덤스는 동물학자 마크 카워다인과 함께 멸종위기 동
물들을 찾는 기획에 참여했다. 더글러스 애덤스의 역할은
무슨 일만 생기면 까무러치게 놀라는 것이고 마크 카워다인
의 역할은 전문가답게 들을 만한 말을 하는 것이다. 그 둘은
그 역할을 정말 잘해냈다.

　이를테면 마크 카워다인 — 그에게는 자기 자신이 아니
라 자신이 사랑하는 것을 보게 만드는 능력이 있다 — 은 다

른 사람들은 한번도 본적이 없는 새를 심지어 그 새가 점처럼 보일 때조차 알아채는 능력을 발휘한다. 그는 헬리콥터에 앉아서 저 멀리 아득하게 멀어지는 한 점 새를 보고 외친다. "케아앵무다!" 그는 이름만 말하는 데서 그치지 않는다. "케아앵무는 알아보기 쉬우라고 제 이름을 부르면서 날아요. 케아! 케아! 아주 이상한 습성을 지닌 흥미로운 새죠. 저새는 둥지를 지을 때 까탈스러울 정도로 애를 쓰는데 1958년에 집을 짓기 시작한 케아앵무는 1965년까지 이것저것 손질하고 더하고 하느라 들어가서 살지를 않아요." 그가 이런말을 할 때마다 내 가슴에 발그스름한 사랑이 새순처럼 뾰족 고개를 내민다.

신은 어쩌자고 카카포를 이렇게 만들었을까?

두 사람의 멸종위기 동물 추적기 『마지막 기회라니?』를 읽으면서 나는 솟구치는 질투심에 시달리며 신세 한탄을 하느라 바빴다. 두 사람과 동행한 사람이 하필이면 나와 같은 직종인 BBC의 라디오 피디였다. BBC 피디 대신 내가 마이크를 들고 눈부신 활약을 했더라면 나는 생이 다하는 날까지 더 이상 아무것도 바라지 않고 천사같이 살았을 것이다. 그리고 맹세코 내가 BBC 피디보다 잘 해냈을 것이다.

더글러스-마크 일행은 양쪽으로는 몇십 미터의 낭떠러지가 있고 산등성이의 폭은 고작 몇 미터인 곳에 헬리콥터를 타고 착륙한 적이 있다. 바람만 불어도 헬리콥터가 낙엽처럼 훅 날아가버릴 것만 같은 곳이다. 그곳에서 BBC 피디는 헬리콥터 조종사와의 인터뷰를 시도한다. 대화는 대략 이렇게 이어진다.

"저는 피오르드랜드 상공을 15년째 날고 있어요. 뉴질랜드에서 가장 가기 힘든 곳으로 관리인들을 날라주는 일을 주로 해요. 그런 일에는 헬리콥터가 아주 유용해요. 도무지 갈 수 없을 것처럼 보이는 곳에도 헬리콥터는 착륙할 수 있으니까. 저기 저 바위 봉우리 보이죠?"

"아니요."

BBC 라디오 피디는 바닥에 눈을 붙인 채 고개를 들지 못한다.

"아직은 쳐다보고 싶지 않아요. 그냥 말씀만 해주세요."

바로 이때 내가 홀연히 나타나 비록 평소에는 롤러코스터도 못 타지만 그곳에서라면 BBC 피디는 흉내도 내지 못할 호연지기를 내뿜으며 "저기 말이죠? 네, 완벽하게 잘 보입니다. 또 어디를 볼까요?" 하면서 건너편 바위 봉우리를 불타는 눈으로 쏘아보았을 것이다.

그들 일행이 그곳에 간 이유는 뉴질랜드의 날지 못하는 새 카카포를 보기 위해서였다. 그곳은 뉴질랜드 본토에서 마지막으로 카카포가 대규모로 서식했다고 알려진 곳이다. 야행성 녹색 앵무새인 카카포는 뉴질랜드에 사람들이 살지 않는 동안 날 수 있는 능력을 잃었다. 자신이 옛날에는 날았다는 사실조차 잊었다.* 유럽에서 사람들이 고양이와 개를 데리고 왔을 때 뉴질랜드의 날지 못하는 새들은 죽기 살기로 달려야 했는데 그중 하나가 카카포였다. 더구나 카카포에게는 뭔가가 자기를 해칠 것이라는 개념 자체가 없어서 적이 공격을 해도 어리둥절한 채 눈을 동그랗게 뜨고 그냥 둥지에 앉아 있다. 대체 이 새가 이 험한 세상에서 어떻게 살 수가 있겠는가? 이 문제는 내 근심거리가 되었는데 속 썩을 일은 또 있다. 짝짓기를 할 때 수컷은 양쪽 가슴의 커다란 공기주머니를 부풀려서 그 속에 머리를 묻고 웅웅거리는 저음을 낸다. 들어본 사람들의 말에 따르면 새소리라기보다는 심장이 고동치는 듯한 소리라고 한다. 대부분이 고음인 새소리와 달리 카카포의 울음소리는 대단히 멀리까지 퍼져나가는데 어디가 진원지인지 알 수가 없을 정도다. 문제는 암컷 카카포도 그 소리가 어디서 나는지 감을 잡을 수 없다는 것이다.

"자기, 어디야, 어디?"

"여기라니까."

"여기가 어디야?"

"아, 글쎄 여기라니까."

"이런, 젠장."**

* 인간도 그렇다. 불과 몇 년 안에 우리는 우리가 과거에 어땠는지를 잊을 것이다. 어쩌면 사랑 때문에 울고불고 했다는 것도 잊을 수 있다.
** 이것은 나의 버전이고 더글러스 애덤스는 도대체 어디 있는지 알 수 없게 웅웅거리기나 하는 수컷을 향한 암컷의 분노를 더욱 적나라하게 썼음을 밝힌다.

한 암컷 카카포는 밤에 짝을 찾아 32킬로미터를 걸어갔다가 아침에 다시 '걸어서' 돌아왔다고 한다. 하지만 암컷이 이렇게 행동하는 기간은 아주 짧은데 암컷은 (나로서는 난생 처음 들어보는) 포도카르푸스가 열매를 맺을 때만 짝짓기를 하려고 한다. 가슴 아리게도 이 나무는 2년에 한 번만 열매를 맺는다. 그때까지는 수컷이 아무리 웅웅거려도 아무런 소용이 없다. 그 결과 카카포는 3, 4년에 한 번 알을 달랑한 개 낳는데 그마저도 족제비가 먹어치우기 일쑤다. 신은 어쩌자고 카카포를 이렇게 만들었을까? 더글러스에 따르면 신은 어떻게든 생존경쟁에서 살아남을 것들을 만들어야 한다는 압박감에서 벗어나 '그냥' 되는 대로 한번 만들어본 것이다. 이것이 사실이라면 나는 '인간중심주의자'가 아니라 '카카포중심주의자'가 되고 싶다. 어떻게든 생존하느라 지칠 대로 지친 나도 '그냥' 만들어진 창조물 계보에 속해 나를 있는 그대로 봐주고 나 같은 사람도 내가 무슨 쓸 만한 능력을 가졌는지 증명할 필요 없이 살게 해달라고 카카포의 목소리로 말하고 싶다.

결국 더글러스-마크-BBC 피디 일행은 카카포를 보지 못했다. 본토에는 카카포가 살아 있다는 흔적 자체가 없었다. 이제 카카포를 보는 유일한 방법은 카카포를 보호하는 섬에 들어가는 것뿐이었다. 하지만 섬에서도 카카포를 만날 가능성은 희박했다. 뛰어난 프리랜서 카카포 수색자인 아랍이 도와준다면 혹시 모를까. 하지만 헌신적인 카카포 보호단체에서 그들이 섬에 들어가는 것을 반대했다. 가장 대놓고 반대하는 사람이 아랍이었다. 하지만 온갖 고난 끝에 더글러스-마크-BBC 피디 일행은 코드피시 섬 — 수많은 새들의 마지막 안식처 — 에 상륙 허가를 받았다. 그렇다고 해서 카카포가 달려와 웰컴 인사를 보내지는 않는다. 프리랜서 카카포 수색자 아랍과 카카포 수색견 보스와 함께 숲을 쏘다녔지만 카카포는 결코 보이지 않았다. 대신 카카포의 똥이 보였다.

카카포 똥을 발견한 우리는 신이 나서 그걸 손으로 비비고 냄새를 맡았는데 뉴질랜드 북섬의 고급 샤르도네 와인을 음미하는 소믈리에가 울고 갈 풍경이었다. 똥에서는 신선하고 깨끗한 풀 향기가 났다.[12]

나도 이런 여행을 한 적이 있다. 홋카이도 불곰 투어였는데 여행의 규칙은 불곰을 절대 보면 안 되는 것이었다. 불곰을 보는 것이 아니라 어떻게든 불곰을 보지 않는 것이 목표인 이 여행에서 여행자들은 불곰의 똥을 볼 때마다 감탄을 토하며 거의 먹을 듯한 기세로 얼굴을 들이박았다. 나도 그랬다. 불곰의 똥은 아주 향기롭지는 않았다. 그러나 여행의 목표는 달성했고 불곰이 산다는 말만 전해 들은 숲은 더욱 신비로워 보였다.

어쨌든 더글러스-마크-BBC 피디 일행은 신비로운 기운이 뿜어져 나오는 초록색 새벽에 카카포를 만났다. 수색견 보스가 찾았고 아랍이 그다음에 발견했다. 발견하는 장면을 그대로 인용해보겠다.

갑자기 모두가 활력을 찾았다. 소리를 치고 환호성을 지르며 넘어지는지 미끄러지는지도 모르는 채 도랑 바닥을 가로질러 맞은편 제방을 다시 넘어갔더니, 저 건너 가파른 비탈로 이어지는 이끼 덮인 제방 위에 세상에서 가장 기이한 장면이 펼쳐져 있었다.

그 장면과 비슷한 게 뭔지 떠올리기까지는 잠시 시간이 걸렸고, 그걸 깨닫는 순간 멈칫 걸음을 멈췄다가 좀 더 조심스럽게 다가갔다.

그건 피에타, 성모자(聖母子)였다.

아랍은 이끼 덮인 제방에 양반다리로 앉아 있었고 축축하게 젖은 희끗한 수염이 무릎 위에서 나부꼈다. 그리고 그의 품에 안겨 수염에 가볍게 부리를 비비고 있는 것은 크고 뚱뚱하고 더러운 녹색 앵무새였다. 옆에서는 여전히 재갈을 단단히 물린 보스가 가만히 서서 고개를 한쪽으로 기울인 채 그 모습을 뚫어져라 쳐다보고 있었다.

그 기운에 눌린 우리는 조용히 그들에게 다가갔다. 마크는 나지막하게 앓는 소리를 냈다.

새는 매우 조용했으며 꼼짝도 하지 않았다. […] 부리로는 아랍의 오른손 검지를 가볍게, 하지만 단단히 물고 있었고, 거기서 피가 났는데, 새에게는 그게 진정 효과를 발휘하는 모양이었다. 아랍은 슬그머니 손가락을 빼려 했지만 카카포는 그 손가락을 좋아했고, 그래서 결국 그대로 됐다. 손에서는 피가 조금 더 흘렀고, 어느 새 모든 걸 적시고 있던 빗물에 섞여 방울방울 떨어졌다.

오른쪽에 서 있던 마크가 카카포에게 물리는 것도 영광이라는 취지의 얘기를 웅얼거렸는데, 나로서는 도저히 이해할 수 없는 시각이었지만 꼬투리는 잡지 않기로 했다.[13]

이들의 모습에서는 투명한 숲 냄새가 난다. 아무것도 가릴 게 없는 투명한 기쁨으로 충만한 부드럽고 따뜻한 냄새가 난다. 여기서는 아무도 춥거나 외롭지 않다. 카카포를 사랑하는 것은 행복한 일이다. 우리도 이런 일에 기쁨을 느낄 수 있다면 좋을 것이다. 그렇게 된다면 세상의 기쁨이 얼마나 무궁무진하게 많아질까? 그리고 역시 나는 마크 카워다인에게 마음이 간다. 그가 물리면 나도 물리고 싶다. 더글러스-마크-BBC 피디-아랍-보스 일행이 카카포를 만났을 당시 지구상에 남아 있던 카카포의 개체수는 마흔세 마리였다. 이 취재는 1990년대 말에 이루어졌을 것이다. 그 뒤 카카포의 소식은 세계에서 가장 못생긴 동물로 선정돼 카카포 보호단체의 격한 반발을 불러일으켰지만 그래도 이렇게라도 카카포에 대한 관심이 생기는 것도 나쁘지만은 않다는 식의 부드러운 결말을 맺었던 사건이 있었다는 것을 빼면, 비교적 순조롭게 흘러가 2019년경 카카포의 개체수는 2백 마리 가까이 늘었다.

인간이 진짜로 해결하기로 마음먹으면 아주 불가능하지는 않다, 어떻게든 해결책을 찾으려 할 것이다, 라는 결론으로 이야기를 끝내도 좋을 것 같다. 둘째 날의 주제가 쓴맛을 본 뒤 결실을 맺는 이야기이므로 인간의 헌신적이고 적절한 개입으로 한 멸종위기종 생물을 지켜낸 이야기로 훈훈하게 끝내야 마땅하다. 그런데 이 이야기를 더 해야 하나 말아야 하나….

그 거대한 동물을 사랑하게 되었다

아무래도 하지 않으려니 양심에 걸리는 이야기가 있다. 지금이 인수공통감염병 시대임을 감안하면 피해 갈 수 없을 것 같다. 더글러스-마크 일행은 자이르라고 불리는 나라에 고릴라를 만나러 간 적이 있다. 결론부터 말하면 그들은 온갖 고초를 겪다가 실버백 고릴라(등에 은색 또는 회색 털이 난 고릴라)를 만난다. 이 장면도 아랍과 카카포의 피에타 장면만큼이나 정겹고 아름다우니 그대로 옮겨보겠다.

수풀 속에 모로 누운 그 실버백은 긴 팔을 머리 위로 접어 반대편 귀를 긁적이며 나뭇잎사귀를 바라보고 있었다. 녀석이 뭘 하고 있는지는 단박에 알 수 있었다. 녀석은 생각에 잠겨 있었다. 그건 너무나 명백했다. 또는 명백하다고 믿고 싶은 유혹이 너무나 간절했다. […]
나는 손과 무릎을 땅에 대고 기어서 슬금슬금 천천히, 그리고 조용히 다가갔다. 녀석과 나의 거리는 50센티미터도 채

되지 않았다. 녀석은 눈을 돌려 대합실에 새로 들어온 사람을 보듯 무심하게 나를 쳐다보더니 다시 생각에 잠겼다. […]

내가 다시 움직이자 녀석도 15센티미터쯤 더 멀찌감치 물러났는데, 마치 소파에서 내가 너무 다가앉자 툴툴거리며 거리를 벌리는 것 같았다. 그러더니 배를 바닥에 대고 주먹 쥔 손으로 턱을 괸 다음, 다른 손으로 태평하게 뺨을 긁었다. 나는 개미들이 물어대는 통에 죽을 지경이었지만 최대한 숨을 죽이고 가만히 앉아 있었다. 녀석은 크게 우려하는 기색 없이 우리를 한 명씩 쳐다보더니, 관심을 제 손에 돌리고는 엄지로 손가락에 묻은 흙을 긁어냈다. 녀석에게는 우리의 존재가 텔레비전 앞에서 보내는 일요일 오후만큼이나 지루한 모양이었다. 녀석이 하품을 했다. […]

한참을 조용히 앉아 있다가 가방에서 분홍색 노트를 꺼내 지금 하는 이 얘기를 쓰기 시작했다. 녀석은 그런 내 모습에 흥미가 조금 동하는 눈치였다. 어쩌면 분홍색 종이를 한 번도 본 적이 없었기 때문인지도 모른다. 녀석의 눈이 종이 위에서 미끄러지는 내 손을 쫓았고, 조금 있으려니 손을 뻗어 처음에는 종이를, 이어서 볼펜 윗부분을 만졌는데, 그걸 나한테서 빼앗거나 심지어 나를 방해하려는 게 아니라, 그게 뭔지, 감촉은 어떤지 알고 싶어서였다. 나는 녀석의 행동에 깊은 감명을 받았고, 바보처럼 내 카메라도 꺼내서 보여주고 싶은 충동이 일었다.

녀석은 조금 물러나서 1미터 남짓 떨어진 곳에 다시 누웠고, 이번에도 주먹으로 턱을 받쳤다. 나는 유난히 생각에 잠긴 듯한 녀석의 표정이 마음에 들었고, 주먹이 밀어 올리는 힘에 주름이 잡힌 입술도 좋았다.[14]

나는 고릴라의 턱에 대한 이만큼 사랑스러운 글을 본 적이 없다. 고릴라가 주먹으로 턱을 받치는 이 사소한 행동이 인간들의 사소한 사랑의 행위들 — 사랑하는 사람의 입술 주름을 살며시 어루만지는 — 처럼 무한히 반복되길 바랐다. 그러나 그렇게 되지 않았다.

더글러스-마크 일행이 방문한 자이르는 1997년까지 존재했고 이후 콩고민주공화국으로 이름이 바뀌었으니 이 취재도 1998년 이전 일일 것이다. 1996년 가봉과 콩고 접경지역 마을에서 침팬지를 도살하여 먹은 뒤 열여덟 명이 갑자기 앓아눕는 사건이 발생했다. 열여덟 명 모두 통나무배에 실려 강을 따라 여덟 시간 거리에 있는 인근 소도시의 병원으로 옮겨졌다. 그중 병원에 도착했을 때 이미 빈사 상태였던 네 명은 이틀 만에 죽었고, 다른 한 명은 병원을 탈출해 집으로 돌아가려고 숲을 헤매다 죽었다. 곧 이들을 돌봤거나 시신을 수습했던 사람들이 감염되었다. 최종적으로 스물한 명이 사망했다. 사망률은 68퍼센트였다. 에볼라 바이러스가 원인으로 판단되었다.

얼마 뒤 마을 사람 중 하나가 괴상한 이야기를 들려줬다. 마을이 온통 공포로 사로잡혀 있을 때 열세 마리의 죽은 고릴라들이 숲속에 쌓여 있었다는 것이다. 그로부터 4년 뒤 그 마을 근처를 지나던 과학자 팀은 몇 주간 단 한 마리의 고릴라도 보지 못했다는 사실을 깨닫는다. 가슴을 두드리는 소리도 듣지 못했고 똥도 보지 못했다. 한때 번성했던 고릴라들은 다 어디로 간 것인가? 뭔가가 고릴라들을 한 마리도 남김없이 죽여버렸단 말인가? 결국 『사이언스』에는 「에볼라 유행으로 5천 마리의 고릴라가 몰살당하다」라는 제목의 논문이 발표되었다.

1976년 처음 모습을 나타낸 에볼라 바이러스의 특징은 나타났다 사라지고 다시 나타났다 사라진다는 점이다. 주로 수단, 가봉, 우간다, 콩고, 콩고민주공화국 등 아프리카에서만 나타났지만 미국에서도 나타났다. 미국으로 들여온 필리핀 마카크원숭이들을 통해서였다. 검역 과정에서 한 마리가 양성 반응이 나오자 같은 방에 수용되었던 마흔아홉 마리는 예방 조치로 모두 안락사되었다.* 이 경우 미스터리는 어떻게 아프리카 적도 지방에 머물던 에볼라 바이러스가 필리핀까지 가게 되었을까 하는 점이다. 지금까지 에볼라에 대해서는 이렇게 설명된다. "바이러스들은 정글에서 암약하는 게릴라처럼 흔적도 없이 사라진다." 그러면 최소한 다음에 언제 나타날지라도 알 수 있을까? 그런 건 바이러스의 마음인 것 같다. 에볼라 바이러스에 대해서 많은 과학자들이 동

---

* 사후 검사에서 모두 음성이 나왔다. 원숭이들의 하역 및 운송에 참여한 인부들도 모두 음성이었다. 아무도 안락사되지 않았다.

의하는 사실이 있다. "에볼라-자이르 바이러스로 많은 사람들이 사망했지만 그 수는 고릴라에 비하면 아주 적다."

내가 지금 적은 내용은 데이비드 콰먼의 『인수공통 모든 전염병의 열쇠』에 나오는 에볼라 바이러스에 관한 방대한 내용 중 손톱만큼의 양을 축약 설명한 것이다. 그중 잊을 수 없는 부분이 있다. 고릴라 전문 추적자인 프로스퍼 발로에 대한 이야기다. 그는 고릴라를 찾아 수도 없이 많은 길을 걸었고 그 거대한 동물을 사랑하게 되었다.*

그는 가문에서 대대로 전해오는 성경처럼 애지중지하는 책을 우리에게 보여주었다. 성경이 아니라 일종의 식물도감 같은 책의 맨 뒷장에 그는 직접 망자들의 이름을 적어두었다. 아폴로Apollo, 카산드라Cassandra, 아프로디타Afrodita, 율리시스Ulises, 오르페오Orfeo 등 스무 명이 넘었다. 사람이 아니라 고릴라들의 이름이었다. 로시에서 그가 애정을 갖고 매일 따라다니며 관찰했던 고릴라들을 전부 적어둔 것이었다. 프로스퍼가 가장 좋아한 고릴라는 카산드라였다. 아폴로는 실버백이었다. "한 마리도 남김없이 2003년 유행 때 죽었지요." 사실 죽었다기보다 한 마리도 남김없이 사라져버린 것이었다. 그와 다른 추적자들은 고릴라 무리의 마지막

---

* 더글러스 애덤스가 표현한 고릴라의 거대함은 어느 정도냐 하면 앞발을 말아 쥐고 땅을 딛고 서 있는 모습이 비스듬한 산등성이에 세운 거대한 근육질 텐트 같아 보여서 마운틴고릴라라기보다는 고릴라마운틴이란 말이 더 어울릴 정도라고 한다.

흔적을 따라가다 여섯 마리의 사체를 발견했다. 정확히 누구였는지는 말하지 않았다. 파리 떼가 새까맣게 내려앉은 사체 중에 카산드라도 있었을까? "정말 힘들었습니다." 그가 말했다. 그는 '그의' 고릴라 가족들을 모두 잃었고, 몇 명의 인간 가족도 떠나보내야 했다.

프로스퍼는 오래도록 그 책을 들고 서서 이름들을 보여주었다. 그는 인수공통감염병을 연구하는 과학자들이 주의 깊은 관찰과 모델 연구와 데이터 분석을 통해 아는 것을 정서적으로 이해했다. 인간과 고릴라, 말과 다이커영양과 돼지, 원숭이와 침팬지와 박쥐와 바이러스… 우리는 모두 하나라는 것이다.[15]

프로스퍼 발로는 시체 무더기 속에서 고릴라들을 구분할 수도 있었을까? 이름을 불러보기도 했을까? 그 이름 하나하나에 담긴 기억과 의미는 결코 없던 것으로 할 수 없었을 것이다. 모르긴 몰라도 그는 그 자리를 쉽게 떠나진 못했을 것이다. 그가 오래도록 책을 들고 서 있을 수밖에 없었던 마음이 느껴진다. 그는 책을 펼칠 때마다 매번 자신이 사랑했던 것들의 고통을 함께 느꼈을 것이다.

손에 든 것을 오래도록 들여다봐야 할 것이다

한 가지만 짚고 넘어가겠다. 주민들이 나눠 먹은 침팬지 고기 같은 부시미트(육상척추동물의 고기를 가리키는 명칭)에 대한 논문이 2004년 『사이언스』에 실렸다. 세계 경제와 자연환경이 맺고 있는 상호 연결망을 개념화하는 이 논문은 마이크 데이비스의 『조류독감』에 대략 요약되어 소개되어 있다.

서아프리카인들은 전통적으로 대부분의 동아시아인들과 마찬가지로 생선을 주요 단백질 공급원으로 소비해왔다. 나아가 어업은 일부 국가에서는 전체 노동력의 거의 4분의 1이 종사하고 있는 주요 산업이다. 그러나 지역의 작은 배들은 정부의 지원 속에서 기니만을 싹쓸이하는 유럽의 현대적인 어선단과 경쟁을 할 수가 없었다. 이런 대규모 어선단과 외국 국적의 해적 어부들은 "상업적으로 가장 가치가 높은 생선들을 불법적으로 약탈해간다. […] 그 과정에서 전체 어획량의 70~90퍼센트는 잡어로 취급되어 전부 버려진다." 그리하여 1977년 이래 어족 자원은 최소 절반가량 감소했다. 서아프리카 각지의 시장에서 생선은 점점 더 귀해졌고 값은 계속해서 올랐다. 부시미트가 생선의 대용품으로 부상했다. 이제는 매년 약 40만 톤의 야생 육류가 서아프리카인들의 식탁에서 소비된다.[16]

이 외에도 벌목회사들의 삼림 벌채도 부시미트 거래에 엄청난 역할을 한다. 그 결과는 이것이다. "열대우림과 산악지역에서 전에는 격리된 채로 존재했던 미생물 보유 숙주들이 의도치 않게 도시의 식품 경제로 통합된 것이다. 바로 이런 저변의 기회를 발판 삼아 바이러스가 동물에서 인간으로 일련의 도약을 시도해왔다."

　우리는 이런 이야기에서 미미하게나마 우리를 둘러싼 관계망을 감지한다. 조금이나마 우리가 어떻게 연결되었는 지를 알게 되고, 그 안에서 나의 삶도 보이고, 타인의 삶도 보이고, 동물의 삶도 볼 수 있게 된다. "인간과 고릴라, 말과 다이커영양과 돼지, 원숭이와 침팬지와 박쥐와 바이러스… 우리 모두가 하나"라는 것은 상징적인 말이 아니다. 빈곤의 문제가 인수공통감염병에도 영향을 미쳤고 그 빈곤이 식탁에 오르는 음식 때문이라면 슈퍼에서 음식을 한번 고를 때마다 머릿속이 꽤 복잡할 것이다. 도리가 없다. 먼저 알게 된 사람들부터 음식을 고를 때마다 불편함을 감수해야 할 것이다. 프로스퍼 발로처럼 손에 든 것을 오래도록 들여다봐야 할 것이다. 인수공통감염병이든 기후위기든 알면 알수록 일상의 선택 하나하나에 찜찜함과 불편함이 깃든다. 그러나 전에는 아무렇지도 않게 하던 일이 마음 불편해지는 일이 되는 것에 희망이 있다. 뭔가를 불편하게 여기느냐 아니냐, 그것을 감수하느냐 마느냐, 전과는 다른 선택을 하느냐 마느냐가 우리의 행과 불행을 가르는 갈림길이 될 것이다. 아마존을 탐사했던 영국 작가 제이 그리피스의 말에 따르면 정글에서는 길을 잃기가 너무나 쉬운데 그것은 길이 금방 사라져버리기 때문이다. 그래서 정글에선 길을 반복해서 걷는 것이 사랑의 행위가 된다는 것이다. 올바른 선택을 반복해서 하는 것도 사랑의 행위다.

최근에 환경에 대한 관심으로 자신의 일상적인 식습관이나 소비습관 등을 바꾸는 사람들이 점점 늘어나고 있다. 그들은 자신이 과거에 하던 일을 더 이상 하지 않으려고 한다.* 내 눈에 그들은 주의력과 절제야말로 우리 삶의 아름다움의 일부라는 것을 알고 있는 것처럼 보인다. 앞으로 올 시대를 위해서라면 어떤 불편함을 감수하고서라도 자신이 만든 삶의 원칙을 지키는 것에 해방의 가능성이 있고, 그것이 일상에 활기와 아름다움과 품위를 부여하고 심지어 새로운 의미까지 줄 수 있다는 사실이 더 많이 이야기되었으면 한다. 삶의 해방은 다른 방식으로는 결코 쉽게 오지 않는다. 삶의 해방은 내가 하기로 한 일을 해내면서 온다.

다행히 우리에게는 무엇을 할 힘과 무엇을 하지 않을 힘이 다 있다(그런데 역설적으로 무엇을 하는 순간은 무엇을 하지 않는 순간이고, 무엇을 하지 않는 순간은 무엇을 하는 순간이다). 무엇을 하는 힘과 무엇을 하지 않는 힘, 이 둘을 합하면 능력이다. 그리고 무엇을 하는 힘과 무엇을 하지 않는 힘

---

* 내게는 이들이 거의 지상의 작은 신들처럼 보인다(실천하면서 보이는 창조력에 있어서 신에 버금간다는 의미로). 나와 비교하면 확실히 그렇다. 오랜 시간 시사 피디로 살고 있는 내가 앞에서 말한 자연과 인간사회의 복잡한 연결망을 몰랐다고 하면 거짓이다. 그러나 이런 연결망에 세심하게 주의를 기울이면서 살았다고는 말할 수 없다(습관을 바꾸는 것은 정말 힘든 일이고 나 역시 습관의 노예다). 그러나 뭐라고 정의하든 간에 결국 삶이란 일생에 걸쳐 우리가 주위에 미친 영향일 뿐이다.

의 관계를 바꾸는 것을 변신이라고 부른다. 무엇을 하는 힘과 무엇을 하지 않는 힘 사이의 균형을 평화라고 부른다. 이 균형을 잡으면서 우리는 자기 삶의 주체가 된다. 이렇게 마침내, 자신이 누구인지 알아가게 된다.

자신을 알아가게 되는 과정에는 혜성의 꼬리 같은 것이 필수적으로 붙는다. 선택과 행동이다. 페터 한트케는 타인의 뿌리를 뽑는 것은 범죄 중에서도 가장 잔악한 범죄이나 자신의 뿌리를 뽑는 일은 가장 위대한 성취라고 했다. 하긴, 상황이 이 지경까지 왔는데 내가 사랑하는 사람들과 그들이 살아갈 지구를 위해서라도 다르게 살기를 선택하지 못할 이유가 뭐가 있겠는가? 우리가 지금 선택한 사랑의 행위들은 우리가 죽은 뒤에도, 아주 오래된 사랑이 있었다는 증거로 영원히 살아남을 텐데.

그래서 이런 질문이 남는다. 우리의 사랑 이야기에 무엇이 빠져 있는가? 우리의 사랑에 무엇이 없어서는 안 되는가? 너를 위한 나의 변신이다. 나는 너를 위해 나를 바꿀 것이다!

이 어려운 것을 해내는 것이 사랑의 놀라운 힘이다.

그녀는 그녀 삶의
예언자가 되었다

셋째 날, 오랫동안 열망하던 것을 손에
넣는 이야기

나더러 어디서 왔느냐고 묻는다면 나는 망가진 것들 얘기
부터 할 수밖에 없다.
— 네루다

쇠콘도르의 왕성한 소화력은 숲 공동체에 영향을 미친다.
[…] 탄저균과 콜레라 바이러스는 쇠콘도르의 소화관을 통
과하면서 몰살당한다. 포유류와 곤충의 소화관에는 이런
능력이 없다. 따라서 쇠콘도르는 땅을 질병으로부터 보호
하는 데 누구보다 뛰어나다.
— 데이비드 조지 해스컬, 『숲에서 우주를 보다』[17]

곧 죽으리라는 걸 알면서도 난 그게 참 낯설게 느껴진다.
난 이기적인 놈이라 그저 글을 계속 더 쓰고 싶을 뿐이다.
글 덕분에 내 맘속에 따뜻한 빛이 자리 잡는가 하면, 글 덕
분에 난 황금빛 대기 속으로 홀쩍 솟구치기도 한다. 하지만
사실 내가 얼마나 더 계속할 수 있을까? 마냥 계속하는 건

옳지 않다. 염병, 죽음은 연료 탱크 속 휘발유다. 우리에겐 죽음이 필요하다. 내게도 필요하고, 네게도 필요하다. 우리가 너무 오래 머물면 여긴 쓰레기로 꽉 찬다.

— 찰스 부코스키, 『죽음을 주머니에 넣고』[18]

———————

레이첼 카슨은 어려서부터 글을 쓰고 싶어 했다. 그녀에게 그것을 가능하게 한 것은 생명이었다. 레이첼은 열아홉 살 때 실험실 동료에게 이런 말을 했다. "생물학을 공부하면서 쓸 거리가 생겼어." 생명은 그녀에게 단어를 줬다. 그녀만의 목소리를 줬다. 그녀는 과학을 시처럼 쓸 줄 알았고 그녀의 글을 읽은 많은 사람들은 어떤 부분에서인가는 숨을 죽였다. 글을 읽는 동안 아름다움의 세례를 받은 것이다. 그녀의 글에는 마치 죽은 뒤 하늘로 높이높이 떠오르는 인어공주의 영혼을 닮은 수정 같은 아름다움이 있다.

레이첼 카슨의 사적인 역사에서 가장 중요한 사건은 1953년에 일어났다. 레이첼은 오랫동안 비슷한 정신세계를 가진, 자신의 세계를 공유할 수 있는 진정한 친구를 만나길 고대했다. 1953년 7월에 그 일이 일어났다. 『우리를 둘러싼 바다』로 성공을 거둔 카슨은 어머니와 함께 살 별장을 마련하게 된다. 그 별장에선 해변에 물개와 바다표범이 출몰하고 강어귀에서 고래가 뒹구는 모습을 볼 수 있었다. 그녀의 창은 거대한 세계로 향하는 열린 문이었다. 레이첼은 별장으로 이사오면서 도로시 프리먼과 스탠리 프리먼 부부를 만나게 된다. 프리먼 부부는 『우리를 둘러싼 바다』를 번갈아가면서 큰 목소리로 낭독할 정도로 좋아했고 레이첼이 이웃으로 이사를 온다는 사실에 기뻐했다. 레이첼과 프리먼 부부가 처음 만날 날, 초저녁의 햇살은 늦게까지 빛나고 달은 부지런히 썰물을 당겨 올렸다. 그날 그들은 여섯 시간을 함께 보냈을 뿐인데 헤어지자마자 두 번째 만남을 고대하게 되었다.

레이첼과 도로시는 같은 것을 사랑했다. 자연, 바다, 고양이. 레이첼은 다시 만나면 도로시를 조수 웅덩이, 즉 썰물의 세계에 데리고 가겠다고 약속했다. 썰물 때 드러난 조수 웅덩이를 지켜보는 것은 레이첼이 가장 좋아하는 일이었고, 무엇보다 그녀가 우정을 나누는 방식이었다. 그녀는 자신이 사랑하는 세계로 사람들을 초대하곤 했다. 여기서 잠깐, 옆으로 새는 것 같지만 아주 비슷한 느낌으로 떠오르는 이야기가 있어 소개하고 넘어가겠다. 여행하기, 삶을 살기, 이야기하기를 구별할 마음이 없던 작가 클라우디오 마그리스의 『작은 우주들』에 나오는 한 장면이다.

마린이라는 노인이 7월의 어느 날, 모래 언덕에서 조그마한 조개낙지를 발견한다. 노인은 조개껍질을 손바닥에 올려놓고 보았다. 조개껍질이 어찌나 기가 막히게 아름답던지, 노인의 가슴은 뛰었다. 집에 돌아와 노인은 "1962년 7월

26일 그라도에서. 사랑하는 친구, 내 말 좀 들어보게"로 시작하는 편지를 쓴다. 편지의 내용은 대략 이렇다. 친구! 어제는 아들 팔코가 죽은 지 19주기가 되는 날이었다네. 우리는 그 애 무덤에 붉은 장미와 카네이션으로 커다란 불을 밝혔다네. 그때 자네가 곁에 있었으면 했지. 자네는 내 삶의 일부니까, 친구. 어느 날 나와 함께 모래언덕에 가지 않겠나? 나랑 모래언덕도 안 가보고 산마르코 솔숲두 안 가보고 어떻게 나를 좋아한다 하겠는가.

친구와 함께 가고 싶은 모래언덕과 산마르코 솔숲은 혼자 가기에도 분명 좋은 곳일 것이다. 마린은 모래언덕과 솔숲의 일부이다. 모래언덕과 솔숲이 그의 일부이듯이. 마린은 모래언덕과 솔숲에 제대로 가치를 부여할 줄 아는 사람이었을 뿐만 아니라 아직 살아 있는 동안 인간들끼리 나눠야 할 것이 무엇인지 알고 있었다. "나랑 모래언덕도 안 가보고 산마르코 솔숲도 안 가보고 자네가 어떻게 나를 좋아한다 하겠는가"의 레이첼 카슨 버전이 조수 웅덩이다. 레이첼도 마린처럼 살아 있는 동안 나눠야 할 것이 무엇인지 알고 있었다.

레이첼은 썰물 때 바닷가에 밀려오는 소금 냄새를, 파도 소리와 안개의 부드러움을 사랑했다. 그녀는 몇 시간이고 조수 웅덩이를 첨벙이며 표본을 수집하고 관찰했다. 특히 그녀는 밤에 해변을 산책할 때 야생을 충분히 느끼려고 손전등을 끈 채 거닐었다. 그럴 때 파도는 검은 빛을 배경으로 다이아몬드와 에메랄드 빛 광채를 뿜곤 했다. 그러던 어느 날, 반딧불이 한 마리가 "마치 파도가 친구들이라도 되는 듯 반짝이는 빛을 향해 신호를 보내며 파도로" 달려들었고 순식간에 파도에 휩쓸려 갔다. 그다음에 레이첼은 어떻게 했을까?

그리고 어떻게 되었을지 한번 상상해보세요. 저는 물속으로 들어가서 그를 구출했어요. 도깨비불 때문에 이미 차가운 물속에 무릎까지 담근 상태여서 더 젖는 건 문제되지 않았거든요. 그리고 날개를 말려주려고 그 개똥벌레를 로저의 양동이에 집어넣었지요.[19]

레이첼 카슨은 이 반딧불이 이야기로 '경이로움'이라는 어린이책을 만들려고 했다. 그녀는 경이로움이야말로 권태와 피로, 무기력, 소외로부터 우리를 지켜주는 착한 요정 같은 단어라고 생각했고, 어른들이 다른 무엇보다도 아이들에게 '경이의 감정'을 알려주길 바랐다. 카슨의 이 말은 진리다. 호기심과 열정, 감탄, 깜짝 놀라는 능력이 없다면 우리는 살아가면서 수시로 길을 잃을 것이다.

이런 꿈을 꾼다는 게 정말 신나지 않아요?

레이첼을 만날 당시 도로시의 나이는 쉰다섯 살. 매일매일 일기를 쓰고 편지 쓰기를 좋아하던 도로시는 혼자 힘으로 조류와 해양생물학을 공부한 박물학자이기도 했다. 레이첼은 그녀보다 아홉 살 아래였다. 두 사람 사이에 얼마나 많은 대화가 가능했을지 짐작이 가고도 남는다. 두 사람이 만난 지 얼마 지나지 않아 레이첼은 도로시를 아무것도 기대하지 않았던 순간에 받은 생애 최고의 사랑스러운 선물로 여기게 되었고 그런 일이 자신의 인생에 일어났다는 것을 생각하면 경탄과 기쁨이 밀려오는 것을 느낀다고 말했다. 바다는 그녀에게 책의 성공과 사람들의 인정을 안겨주었지만, 도로시를 데려다줬기 때문에 특별히 더, 더, 더 소중한 것이 되었다. "바닷속에서조차 제 힘만으로 살아가는 생명체는 없다는, 움직일 수 없는 진리"를 공유한 두 사람의 관계는 죽는 날까지 아름답고 건설적이었다.

1954년 새해 첫날 레이첼은 처음으로 도로시를 '내 사랑'이라고 불렀다. 그리고 그 사랑을 "결코 아무것도 아닌 것으로 돌아가지 않으리라"라는 키츠의 시구절로 표현했다. 1955년 레이첼은 도로시에게 "저와 제가 창조하려고 애쓰는 것까지 소중하게 여기는 사람이 곁에 있다는 느낌이 너무나 벅차다"고 편지를 보냈다. 이 표현은 의미심장하다. 그때 레이첼이 말한 "제가 창조하려고 애쓰는 것"은 책만을 말하는 게 아니었다. 두 사람은 자연세계에 대한 감탄의 감정만이 아니라 이 세상에 존재하는 온갖 아름다운 장소들을 보존하려는 욕구도 나눴다. 1956년 카슨은 해안 숲 보존에 대한 편지를 프리먼 부부에게 썼다.

그곳 풍광을 보고 있노라면 그런 곳을 사들일 만큼 충분한 돈이 제게 없다는 사실이 너무나 아쉬워요. 설사 빈말이더라도 이런 말을 좀 들려주세요. 어떻게 해서든 우리 같은 사람들이 찾아가서 그저 거닐다만 올 수도 있고 혹은 필요한 어떤 것을 얻어올 수도 있는 그런 보호구역을 우리 손으로 꼭 만들 수 있다고요. 아무도 꿈꾸지 않으면 그 일은 결코 일어나지 않아요. 하지만 누군가 골똘하게 생각하면 반드시 이루어집니다. 물론 저는 정신세계를 공유하는 친애하는 두 벗에게 손을 내밀 작정입니다. 이런 꿈을 꾼다는 게 정말 신나지 않아요?"[20]

이런 꿈을 꿀 줄 아는 것은 "정말 신나는 일"일 뿐만 아니라 이런 꿈을 꿀 줄 아는 것이야말로 자율적이고 독립적인 인간의 삶이다. 레이첼 카슨을 비롯해 신비로운 꿈을 꾸는 사람들의 특징이 무엇인지 생각해볼 필요가 있다. 우리는 보통 제일 잘할 수 있는 일을 생각하고 잘할 수 있는 일이 없음에 낙담한다. 그러나 신비로운 꿈을 꾸는 사람들은 자아를 넘어선 어떤 것을 생각한다. 제일 잘하는 것이 아니라 제일 성장하고 발전할 수 있는 일을 찾아내 그 일을 한다. 그때 꿈의 주소, 꿈의 목적지는 돈이 아니다. 우리 사회에는 충분한 돈에 대한 꿈은 있지만 충분한 돈으로 무엇을 할 것인지에 대한 이야기는 대동소이하다. 대체로 꿈의 주

* 그때 카슨이 본 것은 스트로부스 소나무와 해안선이었다.

소는 풍족한 소비다. 짐작컨대 '세련됨'이라는 이름의 화려한('개성 넘치는' 혹은 '독특한' 혹은 '자기만의' 등으로 표현되기도 하는) 라이프스타일은 1960년대 이래 우리 꿈의 목적지가 되었다.

그녀는 책을 팔아서 숲을 사고 싶어 했다. 해안 숲 보존에 대한 생각은 레이첼에게 각별했던 것 같다. 『우리를 둘러싼 바다』는 출간되자마자 이내 대단한 인기를 끌었다. 사방에서 우호적인 반응이 쏟아졌는데 그때 카슨의 머릿속에 막연히 떠오른 생각은 "내가 어떤 일을 했다"기보다 "나를 통해서 어떤 일인가가 일어났다" 같은 것이었다. 해안 숲 보존을 위한 프로젝트를 염두에 둘 무렵 레이첼은 "작가는 무슨일인가 일어나게 만드는 매개체에 지나지 않는 듯"하다는 생각을 구체적으로 하기 시작했다.* 카슨의 이 문장은 뜻하지 않은 방식으로 그녀의 삶 자체가 되었다. 그녀는 그녀 삶의 예언자가 되었다. 그녀는 곧 무슨 일인가 일어나게 하는 매개자가 될 참이었다. 1957년이 되자 뜻밖의 소송 건이 신문에 떠들썩하게 보도되기 시작했다. 이 소송에도 두 사람의 사랑 이야기가 깔려 있다.

---

* 오늘날 글쓰기를 자기표현이나 힐링이라고 생각하는 사람들에게는 레이첼 카슨의 이 생각은 낯설 것이다.

제게 미래의 평화는 없을 겁니다

마조리 스포크와 메리 리처즈, 두 사람은 루돌프 슈타이너
가 창안한 전인적 예술철학운동을 공부하면서 스위스에서
만나 사랑에 빠졌고 미국으로 돌아와 롱섬에 집을 한 채 구
입했다. 리처즈가 평생 만성 소화장애를 앓았고 가능한 한
자연에 가까운 음식을 먹어야 했기 때문에 두 사람은 젖소
두 마리를 기르면서 유기농으로 농사를 지었다. 그들이 사
랑으로 가꾸는 땅에 어느 날 DDT가 살포되었다. 농무부의
조치로 두 시간에 한 번씩 무려 열네 번이나 하늘에서 DDT
가 쏟아지자 농사는 엉망이 되어버렸다. 두 연인은 어마어
마하게 분노했다. 리처즈에게 오염되지 않은 자연 그대로의
음식은 목숨이 달린 문제였고 스포크에게도 자기 목숨만큼
사랑하는 사람의 생명이 달린 문제였다. 낙농업자, 원예가,
영양학자, 야생동식물 옹호자들이 매미나방 살충제 살포 저
지를 위한 소송의 증언에 나섰다. 카슨도 이 소송 건을 지켜
보고 있었다. 그러나 아이젠하워 대통령이 임명한 판사는
논쟁의 여지가 없는 증거들을 채택하지 않았고 스포크와 리
처즈는 법정 다툼에서 패소했다. 재판 과정을 지켜본 레이
첼 카슨은 분노했다. 카슨은 무분별한 살충제 살포가 야생
동물뿐 아니라 공중보건에도 위험하다는 것을 경고하고 싶
었다.

　1958년 2월, 카슨은 도로시에게 '생명체와 환경의 관계'
라는 주제에 확실한 관심을 표현하는 편지를 쓴다. 그녀는

과거의 사고방식을, 특히 그것이 소중한 것일수록 버리기 어렵다고 말했는데 그 버리기 어려운 소중한 과거의 사고방식이란 바로 "자연은 위로가 된다"는 것이었다.

예컨대 자연은 대체로 인간의 간섭에도 불구하고 영원하리라고 믿으면 위로가 됩니다. 인간은 숲을 파괴하고 둑으로 개울을 막을 수는 있지만, 그렇더라도 구름과 비와 바람은 신에게 귀속된 것이기에.
또 생명체는 신이 어떤 과정을 짐지해주더라도 시간과 더불어 흘러가게 되어 있다고 생각하면 다소 위로가 됩니다. 그 흐름 속의 일개 방울에 지나지 않는 존재, 즉 우리 인간들이 그 흐름을 방해한다 해도 말입니다. 그리고 물리적 환경이 생명체를 어떻게 주조한다 해도 그 생명체는 환경을 극적으로 변화시킬, 더군다나 파괴시킬 힘을 가지고 있지 않다고 생각하면 또한 위로가 됩니다.[21]

레이첼 카슨은 오랜 시간 자연은 위로가 된다는 믿음을 고수해왔다. 그러나 하늘에서 쏟아지는 살충제가 일으키는 문제를 보면서 그녀는 "더 이상 영원하지 않은 낡은 진리를 되풀이하는 것은 부질없을뿐더러 훨씬 더 나쁘기도"하므로 "오늘날 우리가 진실이라고 여기는 관점에서 생명체에 대한 글"을 쓰겠다고 밝혔다. 그녀의 이런 생각은 불편한 진실을 외면할 때 생기기 마련인 도덕적 위선이나 자기기만이 없어서 좋다. 이야기는 이렇게 전개되어야 옳다.

그녀가 도로시에게 편지를 쓰던 날 하필이면 라디오에서는 미국 최초로 우주선을 발사한다는 내용을 보도하고 있었다. 1939년 다섯 살짜리 칼 세이건을 매료시킨, '내일의 세계'라는 주제로 열린 뉴욕세계박람회에서 아인슈타인이 우주선이 뭔지 7백 자 이내로 설명해달라는 주문을 받은 지 20년 만의 일이었다. 모두가 열광 속에서 미래를 외쳤던 그 날로부터 며칠 뒤에 2차세계대전이 시작되었던 것처럼, 이제 과학의 경이는 히로시마 핵폭탄 투하 이후 과학의 경악이 되고 있었다.

카슨이 "오늘날 우리가 진실이라고 여기는 관점에서" 쓰기로 마음먹은 책이 『침묵의 봄』이었다. 그녀는 살충제가 생태계에 미치는 영향이 생명을 몰살시켰던 방사능 낙진과 같다고 생각했고 살충제가 생태에 미치는 악영향을 알리는 것을 자기가 해야 할 일로 여겼다.

해야 할 일이 뭔지 알면서도 손을 놓고 있다면 제게 미래의 평화는 없을 겁니다. […] 이 중차대한 일에 대해 수많은 사람들에게 용기 있게 발언하는 것은 제 의무이자 가장 깊은 의미의 특권이기도 하다고 생각해주었으면 좋겠습니다.[22]

이 문장은 기후위기 시대를 사는 우리에게 의미심장하다. 기후위기는 현실의 조건이다. 이제 기후위기 문제를 현실로 받아들인 사람은 예전처럼 사는 것에 양심의 가책을 느낄 것이다. 그런데 카슨의 이 문장이야말로 양심에 관련된 말이다. 양심이란 누군가 뭔가를 자기 일로 여기는 것, 어떤 일에 대해 스스로 책임감을 느끼는 것과 관련이 있다. 양심은 보통 '눈을 뜬다'는 말과 같이 사용된다. '전에는 왜 이것을 몰랐지?' 같은 뜨거운 각성이 있고, 이 깨달음에서 고통과 전율이 복잡하게 얽힌 창조성이 폭발한다.

1958~59년에 걸쳐 그녀는 살충제에 노출된 적이 있는 수백 명의 개인 사례를 끝까지 추적했고 피해 사례들과 생태적 위험의 증거들을 확보했다. 그녀는 초고에서 특히 '환경과 건강' 관계의 핵심인 암에 관한 장은 몇 번이나 고쳐 쓸 정도로 정성을 기울였다. 관건은 DDT와 암의 상관관계를 밝혀내는 것이었다. 그녀는 화학물질이 정상세포를 암세포로 변화시키는 메커니즘을 규명할 수 있다고 자신감을 표현하기도 했는데 자신감이라고 해도 무척이나 고단한 노력 끝에 얻은 자신감이었을 것이다.

그 누군가가 되어가는 과정

대략 4~5개월만 있으면 탈고가 가능해 보이던 시점에 몸에 심각한 궤양(십이지장궤양)이 발견되었다. 그다음에는 축농증과 심한 바이러스성 폐렴에 걸렸다. 그녀는 병에서 회복되면 원고에서 암 관련 부분을 고치고 싶어 했는데 원고를 다시 보낼 때쯤에 왼쪽 가슴에서 종양이 발견되었다. 두 개의 물혹이었는데 하나는 양성, 하나는 유방 절제를 해야 하는 악성이었다. 악성 종양은 림프 결절로까지 번진 상태였다. 수술이 끝나자마자 도로시는 레이첼에게 편지를 보냈다.

> 내 사랑, 당신이 나에게 어떤 의미인지 안다고 생각한 적이 있다면 그걸 무한으로 증대시켜보세요. 그럼 조금은 짐작할 수 있을 거예요!
>
> 정말 사랑해요.
>
> 도로시.[23]

수술 후 그녀는 방사선 치료로 인한 고열, 통증, 메스꺼움 때문에 누워 지내야만 했다. 생태계를 교란할 수 있는 살충제의 위험성을 강력하게 경고하는 글을 쓰는 동안 그녀는 자신의 "신체 세포의 생태를 교란할지도 모를 처치를 무리하게 시도하지 않으려는 신중함을 가진 의사"를 찾아야 했다. 방사선 치료는 종양은 작아지게 했지만 궤양은 악화시켰다. 이제 도로시와 레이첼은 죽음에 대해 이야기할 필요가 있었다. 그러나 그 전에 도로시는 레이첼의 베개 밑에 레이첼에게 늘 위안을 주던 시인 윌리엄 블레이크의 시를 적은 쪽지를 넣어두었다.

> 모래 가루에서 세상을 보고
> 야생화에서 하늘을 보네
> 우리의 손바닥에서 영원을 보고
> 한 시간 속에서 영원을 보네 [24]

썰물 때 드러나는 작은 따개비와 조개껍질을 유심히 바라보면서 생명 전체의 위대함을 배웠던 카슨을 이만큼 잘 설명할 수 있는 시도 드물 것이다.

레이첼은 자신에게 죽음을 포함한 어떤 일도 일어날 수 있다는 것을 받아들였다. 받아들인다는 것은 덜 집착하게 된다는 말이다. 이제부터 그녀의 삶은 죽음 일보 직전의 초연함과 지혜가 될 터였다. 그녀는 하기로 계획했던 일을 계속했다.

그녀는 매일 방사선 치료를 받으면서도 "아주 가끔씩 아픔을 모두 이기고 정신이 살아나 생각이라도 할 수 있게 되면" 책 생각을 했다. 이제 그 좋아하던 조수 웅덩이에 내려가는 것은 기적에 가까운 일이 되었다. 책의 마지막 단계에서 그녀를 공격한 것은 홍채염이었다. 홍채염은 그녀에게 책을 읽을 수도 빛을 견딜 수도 없는 끔찍한 통증을 안겨줬다. 대략 2주간은 실명 상태에 있었다.

이 시련 끝에 1962년 1월, 마침내 레이첼은 『침묵의 봄』을 출간할 수 있게 되었다. 그녀는 고양이 제피를 끌어안고 웅크리고 앉아 눈물을 터트렸다. 제피는 작지만 따뜻한 몸과 혀로 그녀를 위로해주었다.

지난여름… 나는 내가 할 수 있는 모든 일을 다 하지 않고는 지빠귀의 노랫소리를 다시는 행복한 기분으로 들을 수 없을 것이라고 말했어요. 그리고 어젯밤 모든 새와 모든 생물과 자연에 존재하는 모든 사랑스러운 것들에 대한 생각이 깊은 행복감과 함께 물밀듯이 찾아왔어요. 지금 나는 할 수 있는 일을 다 했으니까요. 나는 그 책을 완성할 수 있었어요. 그 책은 이제 자신만의 생명을 갖게 되었어요.[25]

그녀는 거의 불가능해 보였던 일을 해냈다. 자신이 한 일에 대한 만족감을 표현하는 서사가 극히 드물다는 점에서, 무엇이 그녀에게 만족감을 줬나 찬찬히 생각해볼 필요가 있다. 레이첼 카슨은 암의 위험을 경고하는 글을 쓰는 동안 정작 자신은 암을 앓게 되었다. 그런데도 "지금껏 어떤 것도 제가 포기하도록 심지어 포기할까 하고 한번쯤 생각해보도록 만들지는 못했습니다"라고 했다. 도대체 어떻게 그럴 수가 있었을까? 백 번쯤 포기할까 생각했지만 포기하지 않았다고 해도 인간적으로 감동할 마당에 말이다.

첫 번째 이유는 양심일 것이다("해야 할 일이 뭔지 알면서도 손을 놓고 있다면 제게 미래의 평화는 없을 겁니다"). 그녀는 자신(자신의 양심)을 저버리는 일을 결코 하지 않았다. 그리고 두 번째 이유가 있다. 1957년 최초의 살충제 소송을 제기한 사람들은 레이첼 카슨에게 워싱턴에 살면서 도움을 줄 누군가를 찾아달라고 청했다. 카슨은 그들에게 도움이 될 누군가를 찾는 과정에서 그 '누군가'가 바로 자신이 되어야겠다고 생각했다. 그 누군가가 되어가는 과정이 『침묵의 봄』을 쓰는 과정이다. 『침묵의 봄』을 쓰는 일은 그녀의 거의 모든 시간과 전적인 헌신을 요구했다. 그녀는 '어떤 사람이다' 혹은 '어떤 사람으로 보인다'가 아니라 '어떤 사람이 되어간다'의 삶을 살았다.

결코 아무것도 아닌 것으로 돌아가지 않으리라

생명체들은 모두 어딘가에서 출발해 어딘가로 향한다는 것을 레이첼 카슨은 아주 잘 알고 있었다. 우리는 시간 속에서 산다. 그 시간 속에서 향하는 목적지는 누구에게나 죽음이다. 그렇다면 탄생과 죽음이라는 생물학적 사실을 어떻게 가치 있는 일로 만들 것인가? 그 선택만이 우리에게 남는다. 우리는 죽기 때문에 모든 것이 덧없고 무의미하다고 생각할 수 있지만 죽기 때문에 숭고해질 수도, 죽기 때문에 다른 생명체의 죽음을 절절하게 느낄 수도 있다. 우리의 삶은 생물학적 '사실'과 인간적 '가치' 사이 어딘가에, 간밤에 꾼 꿈의 흔적처럼 흐릿하고 신비롭게 묻어 있다.

그런데 우리가 향하는 곳이 죽음만은 아니다. 우리가 향하는 곳은 자기 자신이기도 하다. 우리는 인생을 걸 만한 가치가 있는 일에 스스로를 맞춰가고, 그 방법을 통해서만 자기 자신이 되어가고 자기 자신을 향해 다가갈 수 있다. 그녀는 이런 방식으로 어떻게 살아야 하는지, 왜 살아야 하는지 혼란을 겪는 대신 자신을 실현해냈다.

책이 출간되자 살충제를 둘러싼 격렬한 논쟁이 벌어졌

다. 우리는 새나 벌레 없이는 살 수 있어도 기업 없이는 살수 없다는 친기업적 입장을 가진 측과 그녀가 인류 전체를 위해 용기 있게 발언했다는 측이 대격돌했다. 많은 시민들, 특히 미래 세대를 보호하는 것에 관심과 책임감을 지닌 여성들이 그녀를 지지했다. 그녀는『침묵의 봄』출간 후 많은 상을 수상했지만 특히 의미 있었던 것은 그녀가 존경했던 슈바이처 메달을 수상한 것이다. 그녀는 시상식에서 이런 연설을 했다.

> 우리가 오직 사람과 사람 사이의 관계 속에 있다고만 생각한다면 우리는 진정으로 문명화한 것이 아닙니다. 중요한 것은 사람과 모든 생명의 관계입니다. 이 관계가 이토록 비극적으로 간과된 시대는 일찍이 없었습니다. 지금 우리는 기술을 통해 자연 세계와 전쟁을 벌이고 있습니다. […] 불필요한 파괴와 고통을 묵인하며 우리는 인간으로서 우리의 명성을 땅에 떨어뜨리고 있습니다.[26]

『침묵의 봄』에는 자연과 사람의 관계에 대한 수많은 사례들이 적혀 있다. 자연과 사람은 깊게 연결되어 있다. 문제는 그 연결고리가 죽음의 연결고리라는 점이다. 모두 인간의 욕망이 저지른 일의 결과다. 그녀는 이제라도 우리가 자연이 아니라 우리 자신을 정복하는 성숙한 면모를 보여주기를 바랐다. 그것을 인류가 처한 도전이라고 생각했다. 그러나 그녀는 개인적인 도전에 직면했다. 그녀는 하나의 연약

한 생물학적 존재로서 암의 전이라는 문제를 피할 수 없었다. 레이첼은 도로시에게 이런 편지를 보낸다.

> 우리는 행복해질 거예요. 인생에 의미를 부여하는 모든 사랑스러운 것들, 해돋이와 해넘이, 만에 비치는 달빛, 음악, 좋은 책, 지빠귀의 노랫소리, 지나가는 야생 거위의 울음소리를 함께 즐길 겁니다.[27]

깊은 고통 속에서도 이런 아름다운 생각이 솟구쳐 올랐다. 그녀와 세상을 연결해주는 끈은 언제나 사랑이었다. 그 사랑 안에는 달빛, 지빠귀의 울음소리도 있지만 "서로가 서로를 위해 살아가는 기쁨"을 함께 누렸던 도로시가 있었다. 둘의 사랑 이야기에는 인내와 헌신이 있고 둘이 누린 추억과 기쁨이 있다. 도로시는 레이첼에게 이런 편지를 쓴다.

> 10년이에요. 처음으로 크리스마스 편지를 쓴 지 10년이 지났어요. 1953년에 하지 않은 말 중에 10년이 지난 지금 무슨 말을 할 수 있을까요? 표현은 다를지 모르지만 나는 당신이 필요하고, 당신을 사랑한다는 주제는 똑같아요. 그 당시 나를 이해해주는 존재로서, 누구도 되어주지 못한 일종의 동료의식을 느끼게 해주는 상대로서 당신이 필요했던 것처럼 지금도 그때만큼, 아니 그때보다 더 많이 당신이 필요합니다. 그때 당신이라는 사람 자체를, 당신이라는 사람이 상징하는 모든 것을 사랑한 것처럼 지금도 그때만큼, 성

의와 진심과 열망으로 당신을 사랑합니다.[28]

이 편지를 받은 크리스마스 직후 레이첼은 도로시에게 키츠의 시를 인용하면서 사랑을 표현했던 때를 회고한다.

우리 두 사람 중 한 명이라도 살아 있는 동안에는 나는 우리의 사랑이 "결코 아무것도 아닌 것으로 돌아가지 않으리라"는 것을 알고 있어요. 우리의 사랑은 평온하게, 우리가 함께한 모든 소중한 기억들과 함께 조용한 그늘에 보관될 겁니다. 다시 이 말을 할 필요는 없겠지만 하고 싶어요. 사랑해요. 지금도 그리고 항상.[29]

레이첼은 죽기 전 도로시와 함께 달빛 비치는 8월의 썰물 때 아름다운 동굴을 한 번 더 찾아가고 싶어 했다. 썰물이 드러낸 세계, 이것은 둘이 함께 좋아하던 세계였다. 그렇게 좋아하는 게 있는데 다른 무엇을 바라겠는가? 그녀가 죽음의 공포를 느끼고 내일 아침에 과연 일어날 수 있을까 두려움에 떨며 썼던 편지를 레이첼 사망 직후 도로시가 발견했다. 이 편지를 발견한 도로시의 마음이 어땠을까 상상해보지 않을 수 없다. 내게도 레이첼의 목소리가, 너무나 부드러운, 그녀의 것임이 틀림없는 목소리가 들리는 듯하다.

사랑하는 당신, 심장 발작이 일어나 내가 갑작스레 세상을 떠나게 된다면 그 편이 내게 얼마나 쉬울지를 생각해주세요. 사랑하는 이들을 남기고 가는 일이 몹시 마음이 아픕니다. 하지만 내가 떠나는 일이 슬프지는 않아요. 얼마 전에 나는 늦게까지 서재에 앉아 베토벤을 들으면서 진정한 평온함과 행복감을 느꼈습니다.

사랑하는 당신, 내가 이 모든 시간 동안 당신을 얼마나 깊이 사랑했는지 잊지 말아주세요.

레이첼.[30]

바다를 사랑했던, 사랑해서 오래 바라보았던 레이첼 키슨은 바닷바람을 맞으며 과거에 있던 것들과 미래에 있게 될 것의 존재를 동시에 느꼈다.

바닷가에 서 있노라면, 밀물과 썰물을 느끼고 있노라면, 바닷물이 드러내는 거대한 늪지에 짙게 드리워진 안개를 호흡하노라면, 헤아릴 수 없이 긴 세월 동안 대륙의 해안선을 따라 비행을 계속하고 있는 해안 새들을 바라보노라면, 노쇠한 뱀장어와 어린 오징어가 바다로 미끄러지듯 헤엄치는 광경을 지켜보노라면, 지상에 있는 모든 생명체들이 그렇듯 자연은 거의 영원하다는 사실을 깨달을 수 있다.[31]

그녀는 죽어서 바다로 돌아갔다.

사랑하는 것이 위험에 처할 때

레이첼 카슨은 미래에 어떤 영향을 가져올지 충분히 생각하지도 않는 과학의 오남용에 분노했다. 저질러놓고 나중에 수습하자는 태도야말로 재앙이라고 생각했다. 그러나 우리가 현재 사는 세상은 당장 눈앞의 이익이 전부인, 극도로 근시안적인 세상이다. 우리는 과거와 미래를 연결하는 법을 잊었다. 아니, 아예 자연을 잊었다. 자연을 생명이 아니라 자원으로 부른다. 그 상태에서 가끔은 자연의 위로를 구한다. 마치 자연을 소중히 여겼다는 듯이. 어떻게 살든, 우리는 계속 자연의 위로를 구할 것이다.

우리가 아무리 파괴해도
강물은 변함없이 투명하게 찰랑거릴 것이고
소나무, 매화 향기는 숲을 물들일 것이고
물고기들은 엄청나게 많은 알을 낳을 것이고
조개껍질은 빛날 것이고
아이들은 모래사장에서 모래성을 쌓을 것이고
가끔은 신기한 어떤 것
이를테면 불가사리나 예쁜 조개껍질을 보석처럼 손에 들고
"엄마. 내가 뭘 찾았나 봐"뛰어올 것이고
바닷바람은 짭조름한 소금 맛이 무엇인지 우리에게 알려줄 것이고
여행자들은 해변가 카페에서 황금빛 맥주를 마실 것이고

커다란 팔딱거리는 새우는 노릇노릇 구워질 것이고
집으로 돌아가는 길에 장엄한 노을이 백미러에 비칠 것이고
행복, 자유, 사랑, 풍요라는 말 또한 금빛으로 빛날 것이다

우리가 아무리 파괴해도
소는 초록 언덕에 누워 평화롭고도 부드럽게 음매 울 것이고
콘도르는 안데스의 노래를 부를 것이고
높은 산맥 이마에 매달린 만년설은 우리의 눈을 시원하게
해줄 것이고
아마존의 불구덩이에서도 아기 새들은 쑥쑥 자랄 것이고
불타는 지옥에서도 꽃은 필 것이고
그 꽃은 희망의 상징이 될 것이고
지느러미가 잘린 채 살아남은 돌고래 또한 희망의 상징이
될 것이고
우리는 자연의 꺼지지 않는 생명력에 감동할 것이고
태풍이 지나가면 또 맑은 날이 오듯
우리도 그처럼 살기 위해 심호흡을 하면서 애를 쓸 것이다

우리가 아무리 파괴해도
달과 별과 태양과 우주는 아무런 영향을 받지 않을 것을 알
기에
우리는 오로지 하루 왔다 가는 관광객처럼 자연에게 위로
를 구한다
아무것도 해준 것 없으면서

자연을 위안을 생산하는 공장처럼 들락거리면서
즐거운 나의 흔적, 쓰레기를 남겨두고
모든 것을 인내하는 사람에게 무관심하듯
우리는 자연에게 무관심하다
우리에게는 수많은 저녁이 있기에
멸종동물들에게는 주어지지 않았던 수많은 저녁놀이 있기에

그러나 진짜로 우리가 자연으로부터 위로를 받을 때는 우
리가 죽을 때다
죽음에 가까워지면 우리의 본능은 우리가 자연임을 안다
내 몸은 이제 바짝 마른 낙엽 같고
네 몸 또한 바짝 마른 나뭇잎 같다는 사실을 애달파하고
한 줌의 흙, 거름, 밀알, 씨앗, 대지의 바람, 별과 탄생신화
들…
갑자기 우리는 별과 바다에서 무한과 영원을 보고
있는 그대로의 육체를 일생에 딱 한 번 받아들이고
각별하게 애틋해진 눈으로 오래된 나무와 어린 새순을 본다
우리는 자연의 순환 속에 들어갈 준비를 하면서 자연에게
최후의 위안을 구한다
달리 무엇을 구할 수가 있겠는가?

이제야 자연이 딱 한 번 인간에게 승리를 거둔다
수없이 많은 동물의 눈을 감겼던 우리가 눈을 감고
한번도 제대로 사랑해준 적 없는 자연 속으로 들어갈 그때

"자연은 잘 지낼까?"라고 묻는 사람 없이 견디던 자연 속으로
로
우리가 자연만큼 힘겨웠을까?
불을 지르고 파헤치고 오염수와 쓰레기와 동물들을 내던지
면서 위안을 달라고 보채던
우리가 그 속으로 들어간다.
자연은 우리를 받아준다
차별없이 공정하게
과연 위로가 된다
죽음 앞에서 비로소 우리는 평등하다
자연의 역사는 위안의 역사다

우리는 자연에게 위로를 구하지만 자연에게서 배우지
는 못했다. 자연은 풍요로운 것이다. 우리도 세상을 풍요롭
게 했으면 좋았을 뻔했다. 레이첼 카슨은 생명 그 자체가 기
적이란 것에 깊게 감동받았다. 사랑하는 것이 위험에 처할
때 두려움 없이 용기를 냈다. 그녀는 과학과 양심을, 과학과
미래를, 과학과 사랑을, 과학과 용기를 결합시켰다. 우리가
익히 아는 바 사랑은 손을 뻗는 것이고 팔을 벌려 안는 것이
고 몸이 다가가는 것이다. 사랑은 명사가 아니라 동사다. 사
랑은 실천이고 행동이고 창조다. 그녀에게 사랑한다는 것은
곧 『침묵의 봄』을 쓰는 것이었다. 그녀는 자신이 사랑하는
것들의 생명을 구했다. 꿈이 현실을 구했다. 그녀는 일생에
걸쳐 자신의 사랑을 아무것도 아닌 것으로 만들지 않았다.

당신을 하나의 이야기로
파악해보라고 제안한다

넷째 날, 불행한 결말로 끝나는 사랑
이야기

우리의 삶에 대한 이야기는 우리의 삶이 된다.
― 에이드리언 리치

크게 본다면 당신이 곧 당신 이야기예요.
― 마거릿 애트우드

우리의 삶이 이야기대로 펼쳐진다는 것을 알고 나면 우리
는 다른 이야기를 쓰게 될까?
― 존 버저

넷째 날 이야기와 다섯째 날 이야기는 추출 독서법으로 풀
어가보려고 한다. 특별한 말은 아니다. 이미 수많은 독자들

이 하고 있는 방식이다. 조르주 페렉은 "빵부스러기를 찾아 바닥을 쪼는 비둘기"의 행위가 독서와 유사한 면이 있다고 봤다. 책을 읽을 때 자신에게 필요한 것을 표시하고 접어두고 메모하고 다시 찾아보는 독자의 행동을 비둘기의 쪼기와 비슷하게 본 건데 동의한다. 넷째 날, 다섯째 날은 이야기의 줄거리를 간단히 소개하고 우리 시대에 특별한 의미를 갖는 단어들을 쪼아서 추출해보겠다.

넷째 날은 한 남자의 이야기다. 이런 생각을 하면서 들어도 좋을 것 같다. 당신이 세대로 살고 있는지 알고 싶은가? 그렇다면 방법이 있다. 어떤 방법? 당신의 삶을 이야기로 파악하라.

발기 종말 기념여행

간단한 줄거리는 이렇다. 주인공 이름은 플로랑클로드 라브루스트. 나이는 마흔여섯. 중상층 출신. 부모님으로부터 안전하게 보호받아 '위험한 계층'은 아예 보지도 않고 살 수 있었다. 그 계급만이 누릴 수 있는 풍요, 이를테면 고급 호텔의 탄탄한 매트리스 같은 것을 체험하고 자랐다. 대학 진학을 위해 파리로 올라와 농업대학에서 생태학을 공부했고 졸업 후에는 농업 관련 일을 하며 괜찮은 커리어를 쌓으며 살았다. 유전자조작식품(GMO)을 생산하는 다국적 회사 몬산토에 다니다가 일종의 농업 관련 별정직 공무원으로 일했는데 프랑스 농업을 널리 알리고 지지하기 위한 무역협상 보고서 및 평가서를 작성하는 것이 그의 일이었다. 그는 그 일을 이렇게 표현한다. "구역질 나는 농산부 일".

그는 그래도 자신에게는 이상이란 것이 있었다고 말한다. 그는 상업을 고등학문으로 여기는 것을 학문에 대한 모독으로 여겼다. 그래서 이공대나 상대를 가지 않고 농대에 갔다. 그러나 어떤 교섭 자리든, 그게 살구든 치즈든, 포도주든 휴대폰이든 로켓이든 결정권은 상업 관련 전문가, 상경대 출신들에게 있다. 세상 모든 협상 테이블에는 상경대 출신들이 교섭위원으로 앉아 있다. 비교섭위원인 나머지 인류에게 교섭 테이블은 절대 가닿을 수 없는 독립된 세상이다. 그는 아무리 실패해도 거만하고 무책임한, 양복에 넥타이를 맨 교섭위원들에게 혐오감을 느꼈다. 그러는 동안에 동시에 여러 가지 일에 점차 냉담해졌다. 그는 자신이 담당한 살구 생산자들의 운명에 냉담해졌고, 더 나아가 프랑스 낙농 농부들의 운명에, 자신의 운명에 냉담해져갔다. 사랑은? 마찬가지였다.

그런 그가 직장일 외에 마흔여섯 살까지 한 일은 크게 봐서 두 가지다. 그는 비록 큰 일은 못하고 살았을지 몰라도 적어도 지구의 환경을 파괴하는 데는 기여했다고 자평한다. 디젤 사륜구동차를 몰고 종이와 빈 술병을 섞어 버리거나 유리병 수거통에 음식물 쓰레기를 버리는 등 쓰레기 분리수거 정책을 파괴했다. 그는 파리를 싫어했다. 그의 표현을 빌리자면 "혐오스러운 환경주의자 부르주아들이 창궐한

이 도시"[32]를 끔찍이 싫어했다.

두 번째로 그가 일생에 걸쳐 한 일은 많은 여자들과의 하드하고 프리한 육체적 관계 맺기다. 여자들에 대한 그의 기억은 대부분 섹스다. 그는 내가 보기엔 "자기야, 우리 그동안 너무 머리를 많이 쓰고 살았으니까 이제부터는 생식기만 생각하고 살까 봐"와 같은 태도로 생식기에 집중한다. 그러나 특별히 그가 뇌를 많이 쓰고 살았다는 증거는 없어 보인다. 그의 뇌는 오럴과 생식기의 기억으로 가득하다. 마침그도 세상을 구강기로 표현한다. 텔레비전 프로는 온통 먹는 방송뿐이다. 온통 입만 보여준다. 세상은 구강기로 변했다. 하여간 그는 사랑에서 섹스가 나오는 것이 아니라 섹스에서 사랑이 나온다고 생각한다. 가령,

- 남자가 진정으로 여자를 사랑하기 시작하는 순간: 여성에게서 엄청난 육체적 쾌락을 얻었을 때
- 두 사람이 서로 사랑한다는 증거: 잦은 섹스
- 남녀 간 문제의 해법: 섹스. "젊은 여자의 촉촉한 성기"와 "곧게 선 페니스"에 걸려들지 않는 사람 없고, 남녀 문제치고 섹스 없이 해결되는 것은 아무것도 없다.

그러나 사랑은 성기와 페니스의 문제가 아니다. 사랑은 내가 상대방과 맺는 관계 자체다. 그가 마지막으로 함께 살던, 인생의 시한폭탄이었던 일본계 애인 유주, 지독히 타산적인 관계를 맺었던 그녀에게서 벗어나기 위해 그는 자발적

실종을 택한다(누군가의 자발적 실종은 주위 사람들에겐 큰 상실일 텐데 그에겐 그의 실종을 상실로 느낄 인간관계가 없다). 자발적 실종자가 된 그는 호텔 생활자가 된 후 지독한 우울감을 느끼게 된다. 결국 병원을 찾아간 그에게 의사는 캅토릭스라는 항우울제 약을 처방해준다. 캅토릭스는 자아존중감과 관련 있는 호르몬, 일명 행복 호르몬인 세로토닌의 분비를 증가시켜 행복감을 느끼게 해준다. 문제는 이 약을 복용하면 리비도를 상실하고 불능이 될 수도 있다. 그리고 그에게 발기의 문제가 발생한다.

이렇게 해서 『세로토닌』은 인류의 종말도 아니고 지구의 종말도 아닌, 그렇다고 동물의 멸종도 아닌, 개인적인 '성(욕)의 종말', '발기의 종말'을 맞이하게 된 한 남자의 이야기로 변한다. 약을 복용한 그가 자아존중감이 생기고 샤워가 가능해지고 호텔 직원들에게 인사라도 할 수 있게 되자 제일 먼저 한 일은 스물일곱 살 때 만난 애인 클레르에게 전화를 건 일이다. 그가 그렇게 한 이유? '성 종말'을 앞두고 마치 임종 전의 환자들이 생전에 가깝던 가족, 친구를 만나듯이 리비도와의 영원한 작별을 기념하는 작은 의식으로 그동안 그의 페니스를 각자의 방식으로 사랑해주었던 여자들을 다시 만나고 싶어지고 말았던 것이다. 덕분에 우리는 지구 종말 징후여행 혹은 멸종동물 구출여행이 아니라 한 남자의 발기 종말 기념여행을 따라가게 된다.

우리에게는 어떤 인간 가능성이 남아 있는가

미셸 우엘벡은 우리 시대의 가장 빼어난 관찰자이자 내가 보기엔 가장 사회학적인 문학 작품을 쓰는 작가이다. 『세로토닌』에서도 그의 빼어난 사회학적 관찰력을 엿볼 수 있는 수많은 키워드를 추출할 수 있는데, 이를테면 이런 것들이다.

'고독'. 플로랑클로드의 유일한 친구 에메릭은 몬산토가 제공하는 GMO 사료가 아니라 풀을 먹이며 제대로 소를 돌보려는 농부다. 현재 농업시장의 관점에서 본다면 그와 같은 방식으로 소와 관계를 맺는 것은 사형 언도를 받은 것이나 다름없다. 에메릭은 위기를 타개하려고 농장의 일부분을 여행객들을 위한 방갈로로 개조한다. 이런 상황에서 에메릭이 가장 유감스러워하는 것은 와이파이가 안 터지는 것이다. 고객들이 주로 와이파이가 있는지부터 묻기 때문이다(와이파이가 안 터져서 고객을 꽤 잃었다). 우리는 고독을 권장하는 사회에 살지만 연결이 끊어진 순간 불안해한다. 고독하려면 특별하게 고독하도록 세팅된 성소들을 찾아야 한다. 이를테면 절이나 수도원 같은 고독 관광지들은 순식간에 예약이 찬다. 며칠 동안 휴대폰 없이 지내려는 사람은 이런 질문을 받는다. "저, 괜찮으시지요?"

'셀카'. 플로랑클로드가 인생에서 가장 행복했던 시절의 애인 카미유를 찍은 사진은 그에게 두 장밖에 남아 있지 않다. 그때는 삶을 즐기느라 셀카를 찍는 데 시간을 낭비할 틈이 없었다. 그때는 사람들이 셀카보다 실제 삶에 더 치중

했다.

'여행'. 미셸 우엘벡의 입에서는 이렇게 표현된다. "바야흐로 구매력이 한층 상승한 신흥산업국의 월급쟁이들이 럭셔리 관광이든 대중 관광이든 각자의 처지에 맞춰 유럽에서 돈을 쓰고 싶어 하는"[33] 일.

가장 논쟁거리로 삼아야 할 단어 중 하나는 제목인 '세로토닌'이다. 이 단어는 우리 시대를 비춰봤을 때 꼭 함께 이야기해야 할 대표 키워드이다. 이 단어를 시작으로 핵심적인 키워드를 본격적으로 뽑아보겠다.

행복과 세로토닌 호르몬

캅토릭스를 복용하면 세로토닌이 분비되면서 행복해진다. 인류의 관점에서 보면 이제 행복은 애써 추구하고 연구해야 할 대상이 아니라 적절한 호르몬 처방의 문제로 변한 셈이다. 사랑이 도파민과 옥시토신 같은 호르몬의 문제가 되면서 신비로움을 잃었듯 행복의 처지도 비슷해졌다. 플로랑클로드가 정신과의사를 찾아가 자신의 상황을 대략적으로 설명했을 때 의사는 즉각 신약인 캅토릭스를 소개한다. 우울의 원인이 무엇이든지 간에 거대 제약회사들은 처방전으로 낫게 해줄 것을 약속한다. 그러나 앞으로 우울은 가장 중요한 주제가 될 것이다.*

---

* 내가 뽑은 3대 미래 주제 중 하나다. 3대 미래 주제는 우울, 인간관계, 식량이다. 이 이야기는 뒤에서 다시 한번 하겠다.

뉴스에 한 줄도 나오지 않는 실직, 소리 소문도 없는 구조조정, 노후 대비, 사랑, 인간관계… 불확실성이 도처에 깔린 삶은 우리를 우울하게 한다. 여기에 더해 그 상황에서 무엇을 해야 할지 알 수 없는 무지, 할 수 있는 일이 없고 빠져나갈 길이 없다는 무기력, 그리고 이에 따르는 굴욕감이 우리를 한층 더 우울하게 한다. 조증과 울증을 야기하는 자본주의 사회에서 우울은 사회학적 병리 현상에 가깝다(2020년 버전의 주식시장을 생각해보면 금방 알 수 있다). 자본주의적 우울과 자본주의적 쾌락은 출렁출렁 궤를 같이한다. "아, 재미없어"라는 말에는 안개처럼 자욱한 짙은 우울이 깔려 있다. 그러나 만연한 우울증이 사회와 인과관계가 있음을 밝히려는 시도들은 늘 부정당해왔다. 대신 자본은 스스로가 낳은 질병조차도 돈으로 바꿔왔다. 인수공통감염병이었던 사스의 백신 개발이 이뤄지지 않았던 원인 중 하나도 시장성 면에서 백신이 한번 먹기 시작하면 일생 먹게 될 수 있는 항우울제와 비교가 되지 않아서였다.

사랑의 마법과 부동산의 마법

세로토닌이 분비되자 그가 처음 한 일은 이십대에 같이 살던 옛 애인 클레르를 찾아간 것이었다. 그들이 만날 당시 클레르는 그다지 유명하지는 않지만 반짝 뜬 적이 있는 연극배우로 그와 그녀는 1999년 위기소통 전문가*의 집에서 만났다. 클레르는 모든 일이 잘 안 풀리는데 오로지 부동산에서만 짜릿한 기쁨을 맛보았다. 그녀의 어머니가 에어프랑스 추락 사고로 갑자기 사망함에 따라 어머니를 조금도 사랑하지 않았던 그녀는 어머니의 값비싼 아파트를 상속받았다. 그 시절 클레르에게 힘이 된 것은 일의 보람도 사랑의 마법도 아닌 점점 가격이 치솟는 부동산의 마법이었다. 그의 사랑이 아니라 부동산의 가격 폭등이 그녀를 기쁘게 했다. 이제 돈은 과거에 사랑이 하던 역할을 거의 대체하고 있다. 한 사람을 반짝반짝 빛나게 하고, 자신감 넘치게 하고, 안정되게 하고, 자다가도 웃게 하고, 불가능을 가능하게 하고, 신비로운 아우라로 감싸는 그 불가해한 수수께끼 같은 일을 돈이 다 한다. 사랑이 아니라 돈이야말로 초월적인 존재다.

몬산토와 뱅상 카셀, 좌파순응주의

클레르와 만날 당시 그가 다니던 직장이 몬산토다. 몬산토는 우리가 셋째 날 나눈 레이첼 카슨의 이야기와도 관련이 있다. 레이첼 카슨이 『침묵의 봄』을 출간하자 살충제 회사들에는 비상이 걸렸다. 기업별로 언론사가 친기업적인 기사를 쓰도록 홍보부를 가동하고 '레이첼 카슨에 대처하는 법'이란 소책자를 내기도 했다. 기업들이 레이첼 카슨을 공

＊ 이름만 봐서는 무슨 직업인지 잘 알 수가 없다. 현대 자본주의는 늘 위기 중이고 늘 소통의 부재 중이므로 온갖 위기와 온갖 소통 전문가들을 계속 만들어내, 몇 번의 강의로 위기가 해결될 것처럼, 소통이 잘 될 것처럼 포장한다. 그러나 소통의 기본은 신뢰다. 우리는 이 사회에서 서로를 그만큼 신뢰하고 살아가고 있을까?

격할 때 쓴 전형적인 논리는 그녀는 박사도, 대학교수도 아니고 세계 유수의 과학저널에 논문 한번 낸 적 없는, 달랑 석사학위만 하나 가지고 있는 아마추어라는 점과 그녀가 이성직이지 않다는 점이었다. 그녀는 고양이를 좋아한다, 그녀는 새를 좋아한다, 그녀는 자연의 조화를 선호한다, 그러므로 그녀는 낭만적이고 감상적이고 소녀 취향이다. 그녀의 책은 아무리 좋게 봐줘도 감정이 이성을 앞선 것으로 히스테리에 가깝다. 기업들과 결탁한 저명한 남성 전문가 그룹은 생태에 대한 문제 세기를 슬쩍 성 문제로 바꿔놓았다. "아이도 없는 노처녀가 웬 유전학에 그렇게 관심이 많을까?"(이에 대한 레이첼 카슨의 반응이 훌륭했다. 난 여자로서도 아니고 남자로서도 아니고 인간으로서 관심이 많다!)

한 가지 짚고 넘어가자면, 생태나 동물 문제에 관심 있는 사람들은 이성적이지 않고 감정적이라는 비난을 줄곧 받아왔다. 이성적이지 않다는 주장에 대해서는 이렇게 묻고 싶다. '누구를 위한 이성'인가? 그 이성은 '누구를 위해' 봉사하는가?

많은 경우 변화를 말하는 사람의 죄는 변화를 말하는 것 자체가 된다. 중요한 것은 누가 변화를 두려워하고 막으려 하는가이다. 변화를 원하는 사람을 비난하는 사람들은 대체로 변화로 잃을 것이 있는 사람들이다. 그들이 감정적이라고 비난하는 사람들은 이성이 부족한 사람들이 아니라 감수성이 풍부한 사람들인 경우가 많다. 감수성은 조롱당할 일이 아니라 도덕적, 미학적 능력이다. 감수성의 반대말은 불감증이다. 정확히 말하면 도덕적 불감증이다.

하여간 이런 소동이 벌어질 당시 살충제 제조업계 1위가 몬산토였다. 몬산토는 1995년경부터 주력 사업을 살충제에서 유전자변형식품으로 이동시키는 프로젝트를 시작했는데 플로랑클로드가 클레르와 처음 만난 1999년에 사업은 거의 다 정비가 된 상태였다. 그 뒤 몬산토는 생명에 특허를 낸다는 기발한 생각으로 엄청나게 큰돈을 벌어들였다. 환경론자라면 무식하기 짝이 없는 놈들이라고 조롱하는 그조차도 몬산토 일은 거북스럽게 생각했다.

진실은 유전자 조작 식물이 장기적으로 끼칠 해악에 대해 우리는 아무것도, 혹은 거의 아무것도 모른다는 것이었으나, 내가 보기에 문제는 그게 아니었다. 문제는 종자 생산자들과 비료 및 살충제 생산자들이 그들의 존재만으로도 농업에 파괴적이고 치명적인 역할을 한다는 것이었다. 대량 수출 및 헥타르당 최대 수익 창출에 기반을 두는 이 집약적인 농업, 농업과 축산업의 분리와 수출에 전적으로 기반한 이 수출산업화된 농업이야말로 우리가 적절한 발전에 이르기 위해서 해야 할 일과 정확히 대척점에 있었다. 우리가 해야 할 일은 반대로 품질을 우선시하고, 향토식품을 생산하고 소비하며, 윤작법과 동물성 비료 사용으로 회귀하여 토양과 지하수층을 보호하는 것이었다.[34]

그의 말 끝에 나오는 토양과 물은 식량문제의 핵심이

다. 우선 토양만 본다면 현재 농사를 지을 토양은 빠른 속도로 사라지고 있다. 우리가 식량을 얻을 수 있는 토양은 15센티미터에서 20센티미터 두께고 지구 전체에서 차지하는 면적은 11퍼센트다. 자연이 1밀리미터의 흙을 만드는 데 걸리는 시간은 백 년 이상, 토양층의 평균 두께를 보충하려면 만 오천 년, 대략 오백 세대가 걸린다(물론 자연이 복원될 가능성은 있다. 나만 우리가 없으면 더 질 될 것이고 우리기 있디면 복원 속도는 파괴 속도를 따라잡을 수 없을 것이다). 문제는 심각한데 아무리 수위를 둘러봐도 식량 생산을 늘릴 토양은 마땅치가 않다. 과연 인류는 인류를 먹여 살릴 수 있을까?

이 문제는 결국 군사적 충돌을 가져올 것이다. 물은 이미 전쟁의 원인이 되고 있다. 바로 이런 이유로 몬산토는 늘 성공했다. 왜냐하면 언제 어디서나 먹히는 논리가 있었기 때문이다. 유전자변형식품 없이 어떻게 꾸준히 늘어나는 인류를 먹여 살리겠느냐는 단순 명확한 논리면 다 통했다. 이 논리에 따르면 우리는 먹고사는 문제 같은 핵심적인 문제를 이윤 추구가 가장 큰 관심사인 다국적 회사의 손에 맡기고 안심하고 사는 셈이다. 앞으로 이런 회사들과 미국의 거대 농업지역은 식량위기 상황에서 이윤을 얻을 가능성이 높지만 그것을 기아에 시달리는 나라들과 나눌 가능성은 낮아 보인다.

플로랑클로드는 환경론자를 혐오하지만 유전자변형식품 문제에 대해서는 입주민들과 구체적인 자료까지 제시하면서 이야기를 나눴다. 이런 류의 이야기는 자신이 진보적인 좌파로 보이고 싶어 하는 사람들이 관심을 가질 만한, 그의 말에 따르면 좌파순응주의자들이 좋아할 만한 대화 소재였다. 그러나 훗날(그의 발기 종말 기념여행을 말한다) 다시 만난 클레르의 상태를 보건대 이제 그런 류의 대화는 아파트 값이 오른다거나 젠트리피케이션이 진행 중이라거나 뱅상 카셀이 이사 오면 집값이 더 오른다거나 하는 이야기보다 일말의 중요성도 없는, 가십거리 이상은 아니었다.

우리는 많은 말을 한다. 그런데 무슨 말을 하든, 그게 영화든 드라마든 음악이든 책이든 전공이든 연애든 모든 것이 돈으로 귀결되는 숱한 대화 자리들이 있다. 진짜 관심 — 이를테면 성공이나 돈, 커리어 — 은 교묘하게 숨긴 채 말은 자신이 어떤 사람으로 보이는가에나 필요한 장식품에 불과한, 그런 맥 빠진 대화 자리. 사실 우리가 어떤 말을 하고 사느냐는 생각보다 간단한 문제가 아니다. 삶을 만약 선물이라 하면 이상한 선물이다. 우리더러 채우라고 주어진 텅 빈 선물이다. 비어 있으니 무슨 말이라도 해야 하고 무슨 행동이라도 해야 한다. 없는데 있어 보이고 싶은 것, 없는데 있는 척하는 것을 허위의식이라고 부른다면 허위의식은 우리 운명에 깊게 새겨져 있다. 문제는 가끔은 공허하다는 거다. 가끔은 허튼소리나 하고 있기 싫다는 것이다. 가끔은 자신이 불행하고 무의미하게 살고 있다고 생각되는 것이다. 가끔은 인생에 의미가 있으면 좋겠다고 바라게 되는 것이다. 가끔은 사는 것같이 살아보고 싶다고 바라게 되는 것이다.

우리를 살아 있게 하는 것은 호흡이다. 호흡은 따뜻하

다. 호흡처럼 입에서 나오는, 우리를 살아 있게 하고 따뜻하게 하는 것이 있다면 그것은 말, '살아 있는 말'뿐이다. 살아 있는 말은 문제에 대한 진지한 관심, 알고 싶다는 갈구에서 나온다. 죽은 말은 텅 빈 말이고, 텅 빈 말은 그 안에 아무런 가치를 담고 있지 않다. 죽은 말은 우리를 살아내도록 돕지 않는다. 어쨌든 플로랑은 몬산토를 그만둘 수 없었다. 그의 월급에 생계가 달려 있었기 때문이다. 다시 말해 그는 이상이 있었다. 다만 그 이상을 배신하는 중이었다.

그와 그녀가 첫날 밤을 함께 보내기까지의 이야기

그러나 그는 마침내 몬산토를 퇴사하고(그가 일자리를 옮기는 데 몬산토 이력이 도움이 된 듯하다) 농업수림지역청에 취업해 노르망디로 이주한다. 좋은 배역에 목을 매는 클레르는 파리를 떠날 마음이 없다. 둘은 헤어졌다(참고로 그 뒤 클레르의 아파트는 더 '힙'해졌고 클레르에게 가격이 계속 치솟는 아파트를 판다는 것은 자살행위나 다름없었다. 그와 헤어진 클레르는 그 뒤 두 남자와 동거를 했는데 두 남자 모두 그녀보다 그녀의 아파트를 더 좋아했다).

농업수림지역청에서의 출발은 꽤 의욕적이었다. 노르망디 특산품을 널리 알리기 위한 아이디어들이 쏟아져 나왔다. 문제는 그 아이디어들이 몇 주만 지나면 흐지부지해지고 아무 일도 하지 않는 것과 같은 상태가 된다는 점이었다. 플로랑클로드를 채용할 당시만 해도 '도덕적이고 의욕적이었던' 농업수림지역청장도 결혼을 하면서 입만 벌렸다 하면 가족을 위해 구입한 농장 리모델링 이야기만 하는 사람이 되었다. 도덕과 의욕이 그다지 힘이 세지 않은 것을 확인할 수 있는 이 일화는 흔한 일인가? 새삼 실망할 만한 일인가? 플로랑클로드는 이렇게 이야기가 진행되는 것에 실망했을까? 그는 실망했다. 알게 모르게 무기력해졌다. 덕분에 그는 서른도 안 된 나이에 사랑에 있어서나 일에 있어서나 위기에 처했고 그는 이것을 감정적 동절기라고 불렀다.*

이때, 그에게 위안이 되고 정서적 안정을 준 것은 노르망디의 소뿐이었다. 그 스스로 '아직은 실패한 인생은 아니야!'라고, 실낱같은 희망을 느낀 것은 한가로이 풀을 뜯고 있는 소를 응시할 때뿐이었다. 그즈음 알포르 국립수의학교 2학년 열아홉 살 수의대생 한 명이 그가 일하는 직장에 인턴으로 온다. 그녀를 역으로 데리러 나간 날 태양은 눈부셨다. 11월의 월요일 아침이었다.

"카미유예요."

배낭을 멘 여학생이 그에게 악수를 청한다. 그 순간, 그 한마디에 많은 것이 결정나버렸다. 한 사람의 존재 전체가 마음으로 스며드는, 우리 운명이 밝은 미래를 향해 방향을 틀 것 같은 예감을 주는, 유레카적인 순간이라고 할까. 때마

---

* 여기서 잠깐, 이런 생각을 해볼 수 있다. 이상이 있던 사람이 이상을 잃으면 그것은 현실이라고 불린다. 반대로 이상이 없던 사람이 이상을 갖고 살기 시작한다면 그것은 뭐라고 불러야 할까? 평범했던 사람이 경이로운 사람이 되는 것은 뭐라고 불러야 할까? 그런 단어가 있을까? 그것은 기적이라고 불러도 좋을 것이다. 우리가 기다리는 그 좋은 단어 '기적'.

침 하늘도 비현실적으로 아름다운 터키색이었다. 이상하게 그녀는 첫 만남에서부터 편안했다. 그날 카미유와 헤어지고 그는 망설인다. 부드러운 갈색 눈동자의 그녀에게 먼저 전화를 해야 할까? 하지만 먼저 전화한 것은 그녀였다. 밀당, 연애의 기술이 작동된 것은 아니다. 그녀가 도착한 지 딱 일주일 만에, 겁에 질린 채 맥도널드로 피신해서 바들바들 떨면서 당장 자신을 구하러 와달라고 전화했다. 대체 그녀에게 무슨 일이 벌어진 걸까? 그녀는 공장식 양계장에서 오전을 보낸 뒤 점심시간을 틈타 도망친 것이었다. 전화를 끊고 플로랑클로드는 격분했다. 대체 어떤 정신 나간 작자가 열아홉 살밖에 안 된 애를 닭 진드기로 피부가 상한 닭 수천 마리가 살아남으려고 동료의 시체를 밟고 우글거리는 공장식 축산 농장으로 보냈단 말인가?

> 양계장에 발을 들이면 […] 일상적으로 공포에 질려 있는 닭들의 눈빛에 충격을 받는다. 공포에 사로잡힌 그 이해불가의 시선, 어떤 동정도 요구하지 않고 그럴 능력조차 없으며 단지 영문을 몰라 하는 시선, 자기들에게 부과된 생존 조건에 영문을 몰라 하는 시선이었다. 산란에 쓸모없는 수컷 병아리들이야 말할 것도 없었다. 그놈들은 산 채로 한 움큼씩 분쇄기에 버려졌다.[35]

그는 공장식 축산에 대해 많은 것을 알고 있었다. 다만 모두가 그러하듯 자신 또한 인간 공동의 비열함을 발휘해 그 현실을 잊을 수 있었다고 말한다. 카미유는 그를 발견하자 그를 향해 달려왔다. 그리고 그만은 인간 공동의 비열함에서 면역된 순결한 몸인 양 그를 대뜸 끌어안았다. 그녀는 한참 동안 플로랑클로드를 부둥켜안은 채 울음을 그칠 줄 몰랐다. 이어서 그녀는 난처한 질문을 퍼붓기를 멈추지 않았다. 공중보건 감시자인 수의사들이 어떻게 동물학대가 자행되는 곳을 들락거리며 공장이 버젓이 가동되도록 내버려 둘 수 있느냐고, 심지어 그 가동에 협력할 수 있느냐고.*

그날 카미유는 도저히 그냥은 집에 갈 수 없었다. 한잔 해야만 했다. 정신적으로 깊은 충격을 받았고 수의학을 포기할까 하는 고민까지 들었다. 그녀는 산업화된 양계장을 방문하기에는 아직 어린 나이였다. 둘은 힘이 하나도 없었다. 각자 집으로 돌아갈 힘도 없었다. 그래서 주로 기업의 중간 간부들이 드나드는 그냥 그런 호텔에서 밤을 함께했다. "노곤하고 행복했다." 노곤은 이해가 가는데 행복했다면 그것은 왜일까? 그는 그것에 대해선 말하지 않는다. 다만 그는 그 밤을 마지막 숨을 거둘 때까지 잊지 못할 것이라고만 한다. 사실 영원한 밤은 수수께끼다. 왜 다른 것이 아니라 그것인지, 우리의 영원한 기억은 어슴푸레한 수수께끼

---

* 나도 카미유의 질문에 대한 수의사들의 대답이 궁금했다. 공장식 축산 농장을 직접 방문하는 수의사들에게 몇 번 물어본 적이 있다. 주된 대답은 이젠 돼지나 닭은 '산업'의 관점에서 봐야 한다는 것이었다. 그리고 돼지나 닭을 풀어놓고 기른다고 해서 돼지나 닭에게 특별히 더 좋은 것은 아니라는 대답도 들었다.

속에 있다. 내 눈에도 적어도 그날 밤 둘 사이엔 용서할 것이 없어 보인다. 하지만 그도, 그리고 어쩌면 우리도 그렇게 순수한 상태로는 오래가지 못한다. 카미유는 곧 닭들과 같은 대접을 받게 된다. 키미유는 비열함이라는 대접을 받게 되는데 그것은 그가 엉덩이가 자그마한 이쁜 흑인 여자를 만났기 때문이다. 하나의 사랑, 배신, 또 하나의 사랑, 배신, 멀어져가는 사랑. 인류 중 일부는 이런 일로 반복적으로 고통을 받는다. 아직까지는.

공장식 축산과 인간 본성

공장식 축산이란 단어는 가능하면 쓰고 싶지 않다. 동물을 한번도 생명으로 사랑해본 적이 없는 사람이 만든 단어 같다. 하여간 그는 우리의 잔인함 — 공장식 축산뿐 아니라 아우슈비츠를 포함한 상상을 초월하는 잔인한 일 — 을 인간(본)성의 문제로 생각한다. 나는 그가 인간의 잔인함을 인간 본성의 문제로 설명해서 유감이다. 인간 본성은 훨씬 복잡한 문제다.

수평아리를 예로 들면 수평아리는 알을 낳을 수 없기 때문에 폐기된다. 폐기된 다음 쓰레기장에 버려지거나 산 채로 분쇄기에 갈려서 비료가 된다. 부화기가 있는 공장에 처음 일하러 간 순진한 노동자들은 그 사실에 충격을 받는다. 하지만 일은 시작되고, 알에서 갓 깨어난 병아리들은 컨베이어 벨트 위에 실려 이동한다. 병아리들은 태어난 지 얼마 되지 않았는데도 벌써 움직이는 컨베이어 벨트 위에서조차

뒤뚱뒤뚱 균형을 잡고 걷는다. 노동자들은 수평아리를 골라내 바구니에 담아야 한다. 곧 죽을 생명이지만 바구니에 담을 때만이라도 가능하면 다치지 않게 조심조심 다루려고 한다. 본능적으로 병아리를 바구니에 살짝 내려놓고 싶어 한다. 처음에 몇 번은 그렇게 한다. 그러나 그렇게 하다간 작업 속도를 따라잡을 수가 없다. 다른 사람에게 민폐가 된다고 느끼게 된다. 이제 수평아리를 부드럽게 양손으로 잡는 게 아니라 보이는 족족 획획 집어 던져야 한다. 베테랑들은 한 손에 여섯 마리씩, 양손 합이 열두 마리씩 잡기도 한다. 골라낸 수평아리들은 박스나 마대에 담는데 이때 병아리들이 다시 나오지 않도록 꾹꾹 눌러 담아야 한다. 마치 공원의 낙엽을 마대에 담듯 꾹꾹 발로 눌러서. 축사 바닥에는 끈적끈적한 액체가 흐른다. 그러나 수평아리들은 이렇게 죽는 게 나을 것이다. 살아 봤자 날카로운 칼날이 빙빙 도는 분쇄기가 그 아이들을 기다리는 유일한 운명이기 때문에. 어떻게든 칼날에 갈리기 전에 죽기를 바라는 것이 희망할 수 있는 최선이다.*

우리의 본성은 곧 죽을 생명에게 연민을 느낀다. 어리고 작은 생명은 보호하려고 한다. 그것도 못 느끼게 만드는 것이 컨베이어 벨트다. 지금 같은 모습의 자본주의가 인간 본

---

* 수평아리 이야기는 계사 농장 노동자로 일했던『고기로 태어나서』의 저자인 한승태 씨의 인터뷰 내용을 정리한 것이다. 그는 병아리 부화기의 냄새를 최루탄에 라면 수프를 섞은 것 같다고 표현했다.

성조차도 바꾸고 있다. 반대 의견이 있을 수 있다. 인간 본성은 말 못하는 짐승, 장애인, 이주민, 약자에게 잔인하다고. 여기에도 수많은 증거가 있다. 그렇다 해도 우리 본성에는 한계를 뛰어넘으려는 속성이 있다. 누군가 한계를 뛰어넘으면 우리는 인간 한계를 극복했다고 말한다. 이 한계를 뛰어넘는 속성 때문에 자유, 해방, 탈출, 탈주, 초월, 창조라는 단어들이 나왔고 문화, 예술이 나왔다. 뿐만 아니라 인간의 본성은 모든 의미 있는 행동의 이유를 설명할 때 등장하기도 한다. 왜 물에 빠진 사람을 구하러 뛰어 들어가는가? (나도 모르게 저절로) 왜 불난 집에 뛰어가서 아이를 업고 나오는가? (나도 모르게 저절로, 생각할 겨를도 없이) 우리는 그런 사람을 시민 영웅이라고 부르고 우리에게도 정의감이 있음을 기뻐하지 않는가? 인간 본성에 얽힌 수많은 이야기는 인간을 단지 생물학적인 존재에서 끝나게 하지 않고 역사를 만드는 존재로 만들어준다.

인간은 이성적인 존재다. 해서는 안 되는 일을 알 만큼은 이성적이다. 이것이야말로 우리 스스로 다른 동물과 다르다고 입이 닳도록 주장하는 부분이다. 이성적으로 생각해서 해서는 안 되는 일을 안 하는 것은, 인간을 인간답게 하는 인간의 존엄성과 관련된 문제다. 내가 만약 우리가 사는 사회의 뭔가에 반대한다면, 그것은 인간 본성의 여러 점 중 어떻게든 좋은 면을 끌어내지 못하도록 하는 것과 관련이 있다. 인간 본성에 있는 한계를 초월하려는 속성을 주로 파괴적인 일에 쓰도록 만드는 것과 연관이 있다. 이 한계를 초월하려는 인간 본성을 어떻게 파괴적이지 않게 쓸 수 있는가에 우리의 미래, 행 불행이 달려 있고 이것이 바로 사랑의 행위다. 사랑은 존재를 파괴하는 것이 아니라 존재에 생명력을 불어넣는 것이다.

공장식 축산은 인간뿐 아니라 동물의 본성도 끝장낸다. 햇빛을 쬐는 것, 사랑을 나누는 것*, 어미가 새끼를 돌보고 품는 것은 아주아주 사랑스러운 세계이다. 하지만 공장식 축산의 동물들에게는 주어지지 않은 세계이다. 이들로부터 이것을 빼앗은 것은 동물학대로 볼 수 있는가? 그렇게 볼 수 없는가? 어느 순간부터 동물학대라는 단어를 붙일 수 있을까? 나는 공장식 축산에 대해서 플로랑클로드와는 다른 대답을 하나 내놓고 싶다.

1960년대에 『동물 기계』라는 책을 써서 공장식 축산과 이와 관련된 동물학대 문제를 세상에 처음 알리고 동물복지 분야에 수많은 변화를 불러온 루스 해리슨은 이런 말을 했다. 만약 한 사람이 동물을 가혹하게 대하면 학대로 여겨진다. 그런데 산업이란 명목으로 동물을 가혹하게 대하면 용인된다. 나아가 정말정말 큰 돈이 걸리면 아주 똑똑한 사람들까지 나서서 동물을 가혹하게 대하는 것을 끝까지 옹호한다.

---

* 인간이 처음 동물 가축화를 시도할 때 인간 앞에서 사랑을 나누지 않으려는 동물은 가축화시킬 수 없었다고 제레드 다이아몬드는 『총, 균, 쇠』에서 말한다.

행복과 사랑

어쨌든 그는 카미유와 사는 동안 아주 행복했다. 그렇게 행복했던 적이 없었을 만큼 행복했다. 카미유는 삶을 즐기는 법을 알고 있었다. 플로랑클로드의 말을 빌리지면 삶을 즐기는 것이야말로 남자들이 대체로 모르는 것이다. 남자들은 삶을 편안하게 느끼지 못한다고 그는 주장한다. 행복한 커플들은 오직 자기 둘만이 아는 작은 의식들, 말버릇, 장난 등을 가지고 있다. 그들에게는 매주 금요일 밤 레스토랑에서 저녁식사를 하며 주말을 시작하는 것이었다. 그는 매번 소라찜과 바닷가재를 먹었다. 그는 그것들이 행복을 구성하는 요소라고 믿었다.

카미유와 그는 어쨌든 커플이었고 그 사실이 당시엔 그들 인생에서 가장 중요한 문제였다. 그녀의 친구들은 그녀가 행운을 얻었다고 생각했다. 그가 그녀를 깊이 사랑하는 것처럼 보여서라기보다는 그들 커플의 부르주아적 생활이 카미유 내면의 욕구를 잘 충족시켜 주는 것처럼 보였기 때문이었다. 당시 그의 생각은 이랬다. 바깥세상은 약자들에게 가혹하고 약속은 지켜지는 법이 거의 없다. 그렇다면 어떻게 살아야 할까? 그의 해답은 사랑이었다. 이 위험한 세상에서 아마도 사랑만이 믿을 수 있는 유일한 것이리라. 그의 삶을 따라 그가 가장 행복했던 시절까지 그의 모습을 추적해보면 이렇다. 이상이 있던 젊은이─바깥세상의 위험한 힘─이상의 배신─외면─개인적 행복과 사랑. 우리 시대의 행복도 플로랑클로드와 거의 비슷한 모습으로 관찰된다. 이상의 배신, 외면, 그리고 개인적 행복 추구. 그러나 어쩌란 말인가? 그는 곧 사랑마저 배신한다. 앞에서 말한 대로 엉덩이가 이쁜 흑인 여자를 만났으므로. 이제 행복한 사랑이 불행한 사랑으로 바뀐다. 이상이 있던 젊은이-바깥세상의 위험한 힘-이상의 배신-외면-개인적 행복과 사랑-사랑의 배신-안팎으로 위험한 세상.

순응

결국 그도 자기 입으로 행복에 대해 말한다. 그는 자신이 적어도 한 여자 또는 두 여자를 행복하게 해줄 수도 있었다고 한다. 그러나 그렇게 하지 않았다. 왜 그러지 않았던 걸까? 그의 설명에 우리 시대에 눈부신 존재감을 드러내는 단어 하나가 등장한다.

개인의 자유라든가 열린 삶이라든가 무한한 가능성이라는 환상에 굴복한 것이 아닐까? […] 우리는 그런 생각들에 반기를 들지 않았고 열렬히 환영하지도 않았다. 다만 거기 순응하며 우리가 무너지게 내버려두었다. 그리고 매우 오래도록 그로 인해 고통받고 있다.[36]

사실 이 말은 플로랑클로드의 말 중 유일하게 한물간 말처럼 들리기도 한다. 오늘날 열린 삶, 무한한 가능성이라는 환상에 굴복할 사람들이 얼마나 남았을까? 우리는 위축될 대로 위축되어 있지 않은가? 삶의 불안과 불확실성을 알약으로 견뎌내거나 그러지 않으면 혐오로 해결하지 않는가? 그렇게 서로 인간 가능성을 끝없이 축소하고 있지 않은가? 혐오는 좌절한 사람들이 만드는 역사다. 세상은 파괴되었다. 그렇다면 이 파괴된 위험한 세상에서 다들 어떻게 살아갈까?

우리 시대의 가장 많은 사람들이 택한 인간 가능성, 그것이 플로랑클로드의 말 속에 들어 있다. 바로 '순응'이다. 우리는 무한한 가능성이 아니라 순응할 가능성을 살아간다. 순응이 이렇게 인간 가능성의 일부로 막상한 힘을 갖게 된 것은 현실과 관련되어서 설명되기 때문이다. 누군가 순응을 택할 때 우리는 이렇게 말한다. "그게 현실이야." 누군가 순응하지 않으면 이렇게 말한다. "너는 비현실적이야." 플로랑클로드는 처음에 유주와의 숨막히게 불행한 관계를 끝내지 못할 때 이렇게 말한다. "나는 오랫동안, 너무 오랫동안 내 삶을 주체적으로 결정하지 못했고, 심지어 살아오는 동안 대부분 그럴 능력이 없었다."[37]

순응의 반댓말은 주체성이다. 주체성은 사랑처럼 진지한 관심과 충실과 헌신, 책임을 필요로 한다. 사랑하는 그 무엇에 대한 진지한 관심, 충실, 헌신, 책임 없이는 우리에게 무한한 가능성은커녕 일말의 가능성이라도 있는지 알 수 없고 자유롭기는커녕 불안정하기만 하다. 그러나 우리 사회는 덜 주체적이 될수록, 더 순응할수록 더 안전하고, 더 얻을 것이 많다고 생각하게 만든다. 덜 순응할수록 살기가 힘들다고 느껴지게 만든다. 이 책의 가장 비극적인 인물, 플로랑클로드의 유일한 친구 에메릭이 그렇다. 그는 농대를 마친 후 기업에 취업하지 않고 농부가 되었다. 그는 귀족인 자기 아버지처럼 매년 클럽 회원권이나 갱신하면서 나이 들어가지 않으려고, 어떻게든 소를 제대로 키워보려고 저항하다가 결국은 가슴 찢어지는 최후를 맞는다. 인간적으로 괜찮은 사람들은 멸종으로 몰리고 있다. 더 안전해지려고 한 수많은 선택들이 사회를 더 위험한 곳으로 만들어버리고 있다. 그렇다면 순응이 이렇게 강력한 힘을 행사한다면 대체 우리에게는 어떤 인간적 가능성이 남는가?

인생 결산

플로랑클로드가 인생을 결산할 때 남은 돈이 얼마나 있는가만 세어본 것은 아니다. 그는 삶에 대해 이야기할 것이 아무것도 없이, 어느 날 흙으로 돌아가 거름이 되고 마는 인생이란 게 좀 끔찍스럽고 이상하다고 생각했다. 그는 과거의 여자들을 찾아다니는 동안 '그중 누군가와 다시?' 같은 미래를 향한 희망을 품었다. 그는 수의사가 된 카미유를 찾아냈다. 눈앞에서 본 그녀는 예전과 거의 똑같아 보였다. 그는 그녀가 아이는 있지만 혼자라는 것을 알게 되었고, 사람들과 멀리 떨어진 곳에서 살고 있다는 것도 알게 되었다. 그는 적어도 그녀에게 말이라도 걸어볼 수 있었고, 잠시나마 그녀와 함께 일출을 바라보는 행복을 꿈꾸기도 했다. 그러나 그는 그렇게 하지 않았다. 왜 그랬을까?

그는 관계 맺기에 대한 희망을 포기했다. 인간관계 만

료! 죽을 때까지 잊지 못할, 고통스러운 후회의 대상이자 유일한 희망이기도 한 여인이 아무리 눈앞에 있다 한들, 그것이 이미 순응하는 인간이 돼버린 그의 운명을 바꿔놓을 수 있겠는가? 그가 무엇을 스스로 선택할 수 있겠는가? 삶의 나머지 시간, 그에게 순응 외에 다른 인간 가능성은 남아 있지 않다.

다른 가능성 없음, 그것이 비참함이다. 그러나 그는 고독이 끔찍이 싫다. 조금도 좋지 않다. 가끔은 모둠 세트 요리도 먹고 싶다. 가끔은 텔레비전 소리 말고 다른 인간의 목소리도 듣고 싶다.

그래서 우리에게 다시 한번 질문이 생긴다. 매일매일 안 죽고 산다는 건 대체 무슨 의미인가? 나는 왜 태어난 것인가? 나의 삶은 소중한가, 무의미한가? 매일매일 새로운 일상인가, 매일매일 그저 그런 일상인가? 누가 알려줬으면 좋겠다. 누가 살아갈 이유라도 알려주고 살아갈 힘이라도 주면 좋겠다. 그렇다면 역시 방법은 하나, 사랑인 걸까?

그렇다고 플로랑클로드는 생각한다.

신은 우리를 사랑한다.

한낱 영장류인 우리에게 '저 황홀한 사랑의 격정'을 느낄 수 있게 만들어주었으므로.

그러나 알약에서 시작한 이야기는 알약으로 끝난다. 플로랑클로드는 인생을 결산하면서 삶에 대해서 이야기할 거리가 없는 삶이 끔찍스럽고 이상하다고 했다. 그러나 결국 그는 자기 이야기 밖으로 밀려났다. 그의 인생 이야기는 저

바깥세상이 대신 만들었다. 그에겐 자기 목소리와 인생 이야기를 만들어낼 변화란 것이 없었다.

인생 결산 후 그에게 남은 네 가지. 텔레비전, 배달앱, 쓰레기, 병원.

나는 처음에 당신을 하나의 이야기로 파악해보라고 제안했다. 그래서 이 이야기에는 숨은 질문이 있다. 당신에게는 끝까지 함께할 사람이 있는가? 끝까지 헌신할 만한 어떤 것이 있는가? 끝까지 지켜주고 싶은 게 있는가? 상황과 이해관계에 흔들리지 않을 관계가 있는가?

이 사랑스럽지 않은 삶, 우리에게 살아갈 이유를 주는 것은 우리가 사랑하는 그 무엇이다.

왜 상처의 말을
들어야 하나요?

다섯째 날, 역경을 딛고 행복한 결론에
이르는 사랑 이야기

진정으로 원한다면 무엇이든 될 수 있다. 단 싸울 준비가
되어 있다면.
— 에이드리언 리치

우리는 "바이러스 덕분에 진정한 삶이란 과연 무엇인가 하
는 문제에 집중할 수 있게 될 것이다"라는 뉴에이지류 정신
주의자들의 명상에 너무 많은 시간을 빼앗겨서는 안 된다.
진짜 싸움은 어떤 사회 형태가 자유주의적 자본주의라는
신세계 질서를 대체할 것인가를 두고 벌어질 터다.
— 슬라보예 지젝, 『팬데믹 패닉』[38]

우리는 인간계에 질병을 야기하는 행동을 기계적으로 반복
한다. 보석금으로 은행가들을 빼내고, 역외 시추 작업을 재
개하고, 공해를 유발하는 기업이 환경을 오염시키도록 그
들의 물건을 사준다. 이유를 물어보면 그들 없이 어떻게 경
제가 성장하겠느냐 반문한다. 하지만 모든 경제적 성장은

갈수록 부자들만의 이익으로 남는다. 그리고 대부분의 사람들은 점점 가난해진다.

— 어슐러 K. 르 귄, 『남겨둘 시간이 없답니다』[39]

───────────

오늘은 캐나다 삭가 마거릿 애트우드의 디스토피아 소설 '미친 아담 3부작' 이야기를 해보려고 한다. 이 책을 처음 읽었을 때는 코로나 이전이었다. 그래서 심각한 기후위기와 감염병을 배경으로 한 디스토피아 3부작의 많은 내용을 지금처럼 진지하게 받아들이지 못했다. 그런데 코로나가 닥쳤다. 그러자 그녀가 예언자처럼 느껴지기 시작했다. 그녀는 수년 전에 2020년을 거의 똑같이 예언했다. 그녀는 감염병으로 자유롭게 이동하지 못하는 사람들이 겪는 우울과 각종 공연과 행사가 취소되고 하루에 몇 번씩 손을 씻어야 하는 상황에 대해서, 심지어 전염병이 돌고 난 뒤 맑아진 공기에 대해서도 썼다. 바이러스, 백신, 비타민, 배고픈 북극곰에 대해서도. 그녀는 어떻게 이런 일을 내다볼 수 있었을까? 예언자인가? 사실 미래에 대해 아무리 정확히 썼다고 해도 소설가가 예언자는 아니다. 그보다 작가는 인간 존재를 탐구하는 탐구자일 것이다. 그녀가 미래에 대해 말할 수 있었다면 현재 우리가 어떻게 살고 있는지 정확하게 관찰하고, 만약 우리가 이대로 계속 산다면 어떻게 될까 꼼꼼하게 따져본 덕분일 것이다. 마르쿠스 아우렐리우스의 말이 떠오른다. "현재를 아는 자, 수세기 동안 진행되어온 과거와 미래를 알 수 있다." 그녀의 디스토피아 3부작은 허구지만 글의 재료는 현실, 우리가 사는 모습 자체다. 디스토피아는 지금 우리가 사는 모습 그대로 살았을 때 나타나는 미래의 인간 가능성의 다른 이름일 뿐이다.

미친 아담 3부작

오늘은 줄거리 소개 거의 없이 대략적인 배경만 설명하고 다른 방식으로 책 내용을 추출해보겠다. 3부작을 관통하는 배경은 이렇다. 오존층이 완전히 파괴되고 온난화로 기온은 급등하고 더 이상 눈은 내리지 않게 되었다. 잦은 허리케인 때문에 기후난민도 많아졌다. 난민 중에는 백인도 많아서 텍사스 난민들은 멕시코 사람들처럼 수용소에 있다가 몰래 장벽을 넘어야 했다. 특히 여자아이들은 끔찍한 성폭력의 주요 희생자가 되었다.

소설의 공간적 배경은 뉴 뉴욕이다(올드 뉴욕은 해수면 상승으로 이미 물에 잠겨 출입금지 구역이 되었다). 뉴스에서는 더 다양한 역병, 더 심한 기근, 더 잦은 홍수, 더 빈번한 가뭄에 관한 보도들이 수시로 나왔는데 그때마다 사람들은 왜 맨날 똑같은 타령일까라며 심드렁해했다. 인류가 저지른 일에 대한 인과응보라는 방송이 어쩌다 나오기도 했는데 어김없이 시청률은 바닥이었다. 반면 오락 프로그램들은 인기가 많았다. 코미디 프로그램을 비롯해서 핫도그 먹기 대회, 실시간 사형 중계방송, 포르노가 널렸다. 그중에서도 사람들을 가장 흥분시키는 것은 섹스 스캔들이었다.

지구온난화는 과학자들도 어떻게 할 수 없었지만 생명공학은 눈부시게 발달해 생명 연장의 꿈이 실현되고 있는 듯했다. 내장의 어느 부위에 병이 들어도 새로운 장기를 돼지에게서 받을 수 있게 되었다. 사람들은 오래 살고 싶어 했고 백만장자들은 불멸을 꿈꿨다. 하지만 기밀보고서는 인구가 늘어 곧 모든 수요가 공급을 초과할 것이고 자원은 거의 동났음을 말하고 있었다.

인간은 늘고 식량은 부족했기 때문에 각종 유전자변형 식품의 개발이 늘어났다. 대표적인 것은 단백질 함량이 높고 질병에 대한 저항력이 뛰어나며 지구온난화를 야기하는 메탄가스를 배출하지 않는 캥거루의 특징과 양의 온순한 성질을 결합한 '캥거양'이었다. 혹은 양배추가 계속 열리는 거대한 양배추 나무도 있었다. 벌이나 많은 곤충이 멸종되어서 꽃가루받이는 컴퓨터가 대신했고 신선한 과일을 먹는 것은 특권에 해당되었다. 경제적으로는 생명주의 주가가 높았지만 결과적으로 전 세계는 통제할 수 없는 엄청난 실험실이 되었다. 지구는 지금 코로나가 그런 것처럼 인류의 의도하지 않은 결과들이 범람하는 곳이 되었다. 그사이 몇 번의 감염병들이 계속 찾아왔는데 과학자들이 백신을 개발해서

막아냄으로써 과학자들의 힘이 세졌다. 이제 사람들은 감염병이 찾아와도 또 지나가겠지라고 대수롭지 않게 생각하게 되었다. 언론도 그렇게 보도했다. 안심하라고. 그러나 드디어 그럴 수 없는 날이 오고야 말았다.

1부 『오릭스와 크레이크』는 지미와 크레이크라는 두 친구의 성장 이야기로 볼 수 있다(두 친구의 아버지 모두 과학자다). 이 남성 이인조 ― 복합적인 매력이 있는 고독한 천재, 언제나 신비로운 존재였고 끝까지 신비로운 존재로 남는 크레이크와 불완전한 목격자 지미 ― 는 한 여자를 사랑한다. 그녀가 오릭스다. 오릭스는 크레이크에게는 인생의 첫 번째이자 마지막 여자, 유일한 여자였고, 지미에게는 그녀에 대한 모든 것을 알아야겠다는 의지를 불태우게 하는 일생의 사랑이었다. 1부는 알 수 없는 팬데믹이 발생해 전 인류가 죽어가는 와중에 지미가 인생의 유일한 친구와 유일하게 사랑하는 여자 오릭스 둘 다를 죽이는 것으로 끝난다.

2부 『홍수의 해』는 여성 이인조가 이야기를 끌고 간다. 홍수의 해는 전염병이 돌던 해를 말한다. 벌과 버섯과 꿀을 다룰 줄 아는 치유자인 중년의 토비, 그리고 도움을 받다가 도움을 주는 사람으로 변하는 청춘인 렌. 그들은 전염병이 창궐할 때 각각 격리된 곳에 있었던 덕에 살아남았다. 그 둘은 모두 '신의 정원사'라는 채식주의자 집단의 일원이었다. 이야기가 진행됨에 따라 그들의 질문은 '어떻게 살아남을 것인가?'에서 '어떻게 살릴 수 있을 것인가?'로 바뀐다.

3부 『미친 아담』은 인류 절멸 후 살아남은 소수의 인류와 신인류 크레이커(크레이크의 아이들이란 뜻이다. 천재 크레이크는 죽기 전에 탐욕, 질투 등 인간의 모든 악덕을 없앤 신인류 크레이커를 만드는 데 성공한다)의 만남을 다룬다. 그리고 토비의 다 늦은 사랑 이야기가 나온다. 토비는 좁고 불편한 침대에 누워 역시 신의 정원사 그룹의 일원이었던 '미친 아담'으로 불리던 젭이 들려주는 인생 이야기를 듣는다. 나이 든 두 연인이 서로의 몸을 어루만지며 나누는 한밤의 이야기에 야만적 자본주의 모습이 고스란히 남겨 있다. 인류 대부분이 절멸했지만 아직 희망은 있다. 그것은 새로운 사랑 이야기 안에서만 가능하다.

미래의 인간 가능성을 압축한 단어들

이 이야기는 시작을 기억할 필요가 있다. 1부 『오릭스와 크레이크』는 소가 불태워지는 것으로 시작한다. 어린 지미는 염려스러웠다. 동물들은 불타고 있었고 고통스러울 것이었다. "아냐, 그 동물들은 이미 죽었어. 스테이크나 소시지와 비슷해"라고 아빠는 대답했다. 지미는 과학자 아버지에게 대략 이렇게 물어본다.

"아빠, 소들이랑 양들을 왜 불태워요?"

"질병이 전염될까 봐."

"질병이 뭐예요?"

"질병은 네가 하는 기침 같은 거야."

"만약 내가 기침을 하면 나도 태워요?"

유전자 지도를 제작하는 뛰어난 과학자도 아버지이므로 어린아이에게 어떤 말을 해야 할지, 무엇이라고 말해야 진실에 가까울지 고민해야만 할 텐데 지미의 아버지는 그러지 않았다. 그는 이렇게 대답했다.

"그럴 가능성이 높아!"

정황상 이 이야기는 1990년대 영국의 광우병을 모델로 썼을 확률이 높다. 그날 많은 사람들이 텔레비전으로 소가 불태워지는 것을 처음 보았다. 그때는 그런 모습을 보고 인류가 끝났구나 생각하는 사람들도 있었다. 그러나 그렇다고 그 후 살처분이 멈춰지지는 않았다. 마거릿 애트우드는 아버지의 대답, "그럴 가능성이 높아"에 해당하는 세상을 상상했을 것이다. 그리고 그런 세상에서 사용할 가능성이 높은 단어들을 만들어냈다. 그녀는 이 단어들에 미래의 인간 가능성을 마술적으로 압축해서 넣었다. 몇 개만 추출해보겠다.

건강현인

과학자와 사업가들을 가리키는 말. 이 시대의 특권계층은 그냥 과학자가 아니라 '과학자-비즈니스맨'이라고 부르는 게 좋을 것 같다. 대체로 기업이 과학자들을 고용하거나 후원했다. 철저히 도구화된 과학은 정의와는 상관없고 사회불평등을 강화하는 데 기여한다. 생명은 특허권이란 이름으로 사유화되어서 이익 창출 과정의 자연스러운 일부가 되었다.

건강현인단지

건강현인들이 사는 곳. 철통보안 중. 그곳에 들어가려면 감염증 검사를 받고 들어가야 한다. 방문객은 "검사가 끝나고 생명체 검증 허가가 나올 때까지 대기실에서 기다려주세요"라는 말을 경비원에게 들어야 한다.

시체보안회사

예산 부족으로 경찰력이 붕괴된 후 사실상 경찰의 역할을 대신하는 사설 보안회사. 정보수집, 기업자살(기업의 뜻에 반하는 과학자들을 제거하고 자살로 발표) 시행.

평민촌

도시의 슬럼 같은 위험 지구. 코로나 디바이드(corona divide)의 초강력 버전. 세상은 건강현인단지와 평민촌으로 양분되었다. 안전하게 보호받는 이와 그렇지 않은 이들, 부자와 가난한 이들. 평민촌에 사는 사람들은 격리와 배제에 완전히 익숙해졌다. 너무 많은 질병이 돌지만 공기정화장치는 적은 평민촌 주민들은 집단면역이 되었지만 청정구역인 건강현인단지 사람들은 평민촌에 가려면 백신을 맞고 코에 원뿔형 공기여과기를 쓰고 가야 한다. 대부분의 사람들이 가난하고, 이들이 위험한 환경에 산다는 것은 더 이상 해결해야 할 문제가 아니다. 그냥 세상은 그렇다. 평민촌에서는 사고파는 행위 외에는 다른 흥미로운 일은 벌어지지 않는다.

시크릿버거

평민촌 사람들이 먹던 버거. 고기 패티에 무엇(어떤 종류의 단백질)이 들어가는지 아는 사람이 없어서 붙여진 이름.

현인버거

배양버거. 건강현인단지 안에 사는 부유층 사람들이 먹는다.

돼지구리

돼지 더하기 너구리. 지미의 아버지는 인간의 장기를 생산하기 위해 인간의 줄기세포와 DNA를 돼지에게 이식하는 다중장기 돼지 생산 설계자였다. 인간과 동일한 조직을 가진 장기를 돼지 숙주 내부에서 배양할 수 있는 기술력은 눈부시게 성장해서 한 번에 신장 대여섯 개 정도를 생산하는 돼지구리를 기를 수 있게 되었다. 이렇게 과학자들의 손에서 태어난 맞춤 주문형 유전자 접합 동물은 아주 많다. 예를 들어, 너구컹크(냄새를 뺀 스컹크와 공격성을 없앤 너구리의 결합. 어떤 과학자가 취미 삼아 만들어본 애완용), 늑개(늑대와 개의 합성. 보안회사의 위임으로 만들어낸 경비용 창조물. 야행성), 칡나방 애벌레(커다란 눈과 행복한 미소가 담긴 아이 얼굴을 본떠 얼굴을 만든 애벌레. 얼굴이 아이 같아서 죽이기가 무척 힘들다) 등이 있다.

행복한 컵

건강현인 자회사가 개발한 커피 체인. 유전자변형 원두가 한꺼번에 열리기 때문에 더 이상 계절 이주민 노동자들이 필요하지 않게 되었다. 그 결과 소작농들, 노동자들이 파산했다. 그뿐만 아니라 농약을 많이 써서 새도 벌도 몽땅 멸종되었고 숲이 파괴되었다. 행복한 컵에 대한 전 세계적인 반대 시위가 그 시대 가장 격렬한 저항운동이었다. 이 시위를 진압하는 데 여러 국가가 관여했다. 기업들이 국경을 넘어 무차별적으로 진출하는 것에 반대하는 시민들을, 국가는 국경을 넘어 무차별적으로 탄압했다. 시위에 참가한 사람은 반체제 명목으로 처형을 당하기도 했다. 그러나 더 값싼 커피를 원하는 시민들은 시위대에게 욕을 퍼부었다.

멸종마라톤

부모의 사랑이 부재한 자리를 차지한 것은 컴퓨터였다. 두 소년 지미와 크레이크도 주로 컴퓨터 게임을 하고 놀았다. 그중 멸종마라톤도 있었다. 멸종된 다양한 동식물의 이름을 추측하는 잡학상식 게임으로 너무 지루해서 웬만한 사람은 재빨리 그만둔다. 게임에 접속하면 화면에 이렇게 뜬다. "아담은 살아 있는 동물들에게 이름을 지어주었고, 미친 아담은 죽은 동물들에게 이름을 지어줍니다. 게임을 계속하시겠습니까?"*

화끈한꼬마

아동 포르노 사이트 이름.

누디뉴스

누드로 뉴스를 진행하는 인터넷 사이트. 뉴스는 진짜와
가짜가 섞여 있었는데 뉴스만 그런 게 아니다. 조작은 유행
어였다. 사방에서 진짜와 가짜라는 말이 난무했다. 이 생선
튀김은 진짜 생선으로 만든 거야? 이 케이크는 다 진짜 재
료로 만든 거야? 그 가슴은 진짜야?

마사그레이엄 아카데미

인문학의 완벽한 몰락의 상징인 후진 대학교 이름. 마
사 그레이엄이라는 전설적인 무용가의 이름을 딴 학교지
만 이젠 완전히 한물갔다. 감염병 시대에도 연극, 영화, 노
래와 춤을 가르치긴 하지만 수십 년간의 공황을 겪은 후 사
람들이 대규모 공연 관람을 꺼리면서 공연계는 완전히 활력
을 잃었다. 남은 관객 대부분은 노년층. 그들이 원하는 것은
지난날의 향수 달래기. 영화도 한물갔다(컴퓨터로 누구나 제

---

* 내 친구는 내가 멸종마라톤 게임 이야기를 들려주자 엄청난 흥미를 보이
더니 나더러 멸종동물의 문제를 알리기 위해 마라톤에 출전하라고 했다. 멸
종동물들의 이름을 들고 뛰라는 것이다. 나 혼자 뛴다면 들고 뛸 이름이 너
무 많아서 출발도 못하고 이름에 깔릴 것이다. 내 친구는 아예 마라톤 대회
를 개최해도 좋을 것 같다고 했다. 갑자기 멸종동물배 마라톤 대회가 열리
면 꼭 참가해달라!

작할 수 있고 누구든 조작할 수 있는데). 대학 커리큘럼은 돈벌이가 되는 과목에 중점을 두고 있다. 인기 직업은 땀 흘려일할 필요 없는 직업. 학교의 모토는 "우리 학생들은 고용될수 있는 기술을 가지고 있습니다".

왓슨크릭* 대학

건강현인 고등학교를 수석으로 마친 크레이크가 입학한 왓슨크릭 대학은 하버드가 물에 잠겨 사라진 뒤 세계 일류 대학이 되었다. 두뇌광들만 다닐 수 있는 엄청난 명문으로 학생들 간의 경쟁이 치열하다. 다들 사회 부적응자들이기 때문에 아스퍼거 대학이란 별칭으로 통함. 이 학교에서도 가장 우월한 크레이크의 전공은 유전자 이식학이었다.

미래의 물결

장차 떼돈을 벌 것이 확실한 사업을 가리키는 말. 왓슨크릭 대학의 모든 프로젝트는 미래의 물결이란 이름으로 진행된다. 자신들이 발명한 모든 것에 50퍼센트의 특허 사용료를 받는 것이 두뇌광 학생들에게 강한 동기부여가 됨.

학생편의국

왓슨크릭 대학 남학생들을 위해 여자친구를 조달해주

---

* 제임스 왓슨과 프랜시스 크릭은 DNA의 이중나선구조를 푼 과학자들의 이름이다.

는 곳. 남학생들이 성욕을 해결할 수 있도록 원하는 스타일의 평민촌 혹은 아시아 출신 아가씨를 연결해준다. 여자친구들은 질병검사를 통과한 잘 훈련된 전문가들로, 학교 측이 이렇게 하는 이유는 천재들의 에너지가 비생산적인 일에 쓰이는 것을 막기 위한 것이다. 크레이크는 여기서 아시아 출신 성노동자 오릭스를 조달받았다.

닭고기옹이

왓슨크릭 대학 학생들이 개발한 특허상품이자 음식. 엷은 누런색 피부로 뒤덮인 구근 같은 물체. 닭가슴 부위만 만들어내는 것도 있고 닭다리만 만들어내는 것도 있다. 소화와 흡수에 관련되지 않은, 이를테면 눈이나 부리같이 중요하지 않은 부위는 모두 제거한 닭. 가장 효과적인 고밀도 닭사육 과정보다 성장 속도를 3주나 개선해 2주 만에 닭 가슴살을 얻을 수 있도록 설계되었다. 이 닭은 고통을 느끼지 못하므로 동물복지에 열을 올리는 사람들의 입을 막기에도 좋다.

완벽아가회사

새로운 인간을 탄생시키는 데 있어 남녀가 어떻게 사랑스러운 관계를 맺고 태교를 해야 하는지는 더 이상 관심사가 아니다. 아가는 예측 불가능한 뜻밖의 선물이 아닌, 피자에 토핑을 얹는 방식과 비슷하게 처리된다. 태아는 DNA 주문으로 생산되고, 완벽아가회사는 구매자들인 부모의 취향에 따라 선택된, 모든 면에서 마음에 드는 완벽한 아가 출하가 목적인 기업이다. 그런데 아가만 맞춤 주문 생산되는 것이 아니었다. 인간은 지문, 홍채, 귀 모양 등 자신의 몸을 자유롭게 바꿀 수 있게 되었다.

되젊음조합

대학을 마친 크레이크가 취직한 기업. 크레이크가 담당한 것은 되젊음(회춘) 정도가 아니라 불멸이었다. 그곳에서 크레이크는 크레이크의 아이들인 신인류 크레이커를 설계했다. 크레이크는 자신이 완벽한 인류를 만들 수 있다고 믿었다. 크레이커들은 병에 걸리지도 않고 늙지도 않고 걱정거리 없이 살다가 서른 살에 돌연사하도록 설계되었다. 칡만 먹고 살기 때문에 식량문제는 물론이고, 자신의 변을 먹기 때문에 분뇨 문제도 해결되었다. 위계질서를 만들어내는 신경 복합체도 제거되었다. 자외선 차단 피부에 방충 및 면역 기능을 신체에 장착했다. 성교는 발정기에만 나눌 수 있도록 설계되었는데 남자 크레이커들은 성기가 엄청나게 컸고 관계를 맺을 때는 꽃을 바치고 노래를 불렀다. 남성 4인과 여성 1인이 1조인데 임신할 때까지 성교가 계속되었다. 이 마라톤 성교를 견디도록 여성의 성기도 특수 제작되었다.

환희이상

되젊음조합이 개발한 섹스 알약. "골칫거리 없는 섹스. 완벽한 만족감. 즉각적인 반응. 백 퍼센트 안전 보장"이 광

고 문구. 환희이상 알약의 기본 발상은 보노보의 연구 결과
에서 따왔다. 보노보는 무차별적 난교를 즐기는데 깨어 있
는 시간 대부분을 교미하는 데 보낸다. 그런 그들의 특징은
공격 성향이 적다는 것이었다. 이 약을 복용하면 모든 성병
으로부터 보호받고, 무제한적인 성적 충동과 탁월함과 함께
행복감을 제공받는다. 낮은 자존감은 제거되고 젊음은 연장
된다. 인류를 덮친 정체불명의 전염병은 환희이상 알약 안
에 내장되어 있었다. 크레이크가 집어넣은 것으로 보인다.
이 바이러스는 정황상 에볼라 바이러스가 모델인 것 같다.
사람들은 에볼라 바이러스에 관한 르포『핫존』에서 묘사한
몸이 (딸기무스처럼 되면서) 녹아내리는 증상을 보이면서
죽어간다.

베어리프트

얼음이 거의 사라져 북극곰들이 더 이상 바다표범을 잡
을 수 없어 굶어 죽을 지경이 되자 곰들이 적응하는 법을 익
힐 때까지 인간의 남은 음식을 먹이자는 취지의 회사. 음식
쓰레기를 공중에서 투하. '곰들의 적응'이란 곰들도 이젠 얼
음 없이 사는 것에 적응해야 한다는 뜻이다.

반석석유교회

석유 시대의 비전을 나타내는 교회다. 목사는 죄사함이
아니라 석유와 천연가스를 위해 기도한다. 기업체의 고위직
간부들이 많이 다니는 교회로 목사를 비롯한 석유론자 신도

들은 극성스러운 환경보호론자들을 강력하게 혐오한다. 누군가 중금속에 중독되지 않은 물고기를 먹고 싶다고 하거나 화학 폐기물 때문에 눈이 셋인 채로 태어나는 아이를 원하지 않는다고 하면 미국식 생활방식과 동떨어진 사악한 세력으로 치부한다. 신이 동물을 창조한 이유는 인간 마음대로 사용할 수 있도록 하기 위해서라고 믿는다.

신의 정원사

상황이 이렇게 되자 온갖 사이비종교 집단들이 창궐했다. 당연하다. 고통받는 사람들이 많으니 그들도 어딘가에는 마음 둘 데가 있어야 했다. 그렇게 그 시대에 등장한 종파 중에 '신의 정원사'라는 환경친화적인 채식주의자 종파가 있었다. 신의 정원사들은 대중적 인기가 없고 소수였는데 반소비주의자였기 때문이다. 신의 정원사 그룹은 이빨을 닦는 일, 음식을 먹는 일과 같은 일상적인 것과 정신적인 것을 연결하려고 했다(사실 이것이 본질적으로 종교가 하는 일이다). 그들은 전염병이 돌아 악폐가 일소된 세상이 올 것이라고 믿고, 대비책으로 식량과 씨앗들을 저장했다. 그러나 내부 구성원들 중에서도 인류 종말을 대비하는 것은 미친 짓이라고 여기는 사람들도 있었다. 그러나 그 식량이 필요한 날이 오고야 말았다.

세상에 새로운 뭔가가 너무 많은데 보이지 않는 것

여기까지가 내가 추출한 단어들이다. '전염병과 지구온난화 시대의 대하소설'에 해당하는 디스토피아 3부작에서 일부 추출한 것에 불과한데도 뭔가 많다는 생각이 든다. 그렇다. 세상엔 뭐가 너무 많다. 온갖 채널, 온갖 개인방송, 온갖 신제품, 온갖 신종 동물들. 지구가 터져 나갈 것 같다. 신종 약품, 신종 비타민, 신종 휴대폰, 신종 게임, 신종 전염병, 신종 백신. 하지만 다 있는데 뭔가가 없는 것 같다. 그 뭔가가 뭘까? 없는 그 뭔가를 이야기하기 전에 애트우드의 단어들에 주석을 조금 더 달아보고 싶다. 그녀의 단어들은 픽션에서 왔지만 그 단어 안에는 현재 우리의 현실이 향하는 방향성이 담겨 있다.

선정적인 몸

몸은 더 이상 연민의 대상이 아니다. 폭력은 쾌락에 가깝고, 성적 학대는 재미고, 잔인함은 흥행과 직결된다. 성생활은 섹스산업이 되었다. 사람들의 일상에 가장 많이 스며든 것은 선정성이었다. 컴퓨터는 어린아이부터 어른 모두에게 끝없이 성과 폭력에 대한 환상을 심어줬다. 그러나 실제 세계에서는 때리면 아프다.

일생에 걸친 섹스 추구

섹스는 포기할 수 없는 것이 되었다. 웬만큼 나이를 먹으면 섹스에 대한 관심을 잃고 자연을 관조한다든지 다른 관심사를 추구한다는 생각은 사라졌다. 진정으로 추구할 유일한 재미는 섹스. 결과적으로 이 생각이 인류의 멸망을 가져왔다.

외모와 몸매 가꾸기 열풍

섹스와 성에 대한 관심이 커지자 상대방을 유혹할 수 있는 신체적 매력을 잃지 않으려는 노력이 극대화되었다. 피부 이식은 가장 큰 산업이 되었다. 경제적으로도 시간적으로도 여유가 있는 사람들이 제일 많이 하는 것은 건강 관리와 성적 매력 유지가 목적인 몸매 가꾸기다. 젊음은 노년보다 훨씬 가치가 있는데 젊을 때 누리던 쾌락들을 포기할 수 없어서다. 한 가지 관심 있게 볼 것은, 분명히 자신의 육체에는 집착하는데 다른 생명에는 무관심하다는 점.

행복

젊고 예쁘고 부유한 것은 서로 뗄 수 없는 관계. 멋진 물건을 살 수 있는 능력을 가진 사람들은 그 물건과 어울릴 만큼 날씬하고 성적으로 매력적이어야 한다. 자본주의는 돈과 외모, 젊음, 성, 매력, 행복을 결합시켰다.

지성의 종말

지성은 존재하지 않는다. 책을 읽는 사람은 없다. 왓슨 크릭 대학의 학생들은 천재였지만 지식인은 아니었다(지식인은 대중의 관심사와 다르지만 모두에게 중요한 문제에 대해 말할 용기가 있는 사람이다. 현재도 그런 지식인은 거의 멸종 직전이다). 우월함은 우월한 두뇌와 유전자를 말하지 인품이나 운동 능력이나 행동하는 힘 등 다른 게 우월하다는 뜻이 아니다.

단어의 오염

'희망'이란 단어는 다시 젊어질 수 있다는 희망을 의미하고, '성취'는 젊고 빛나는 피부의 성취, 회춘의 성취, 다시 사랑받는 것의 성취, 다시 욕망의 대상이 되는 것의 성취를 의미하고, '비포', '애프터'라는 단어도 다이어트, 피부 관리, 모발 이식에서만 사용되는 말이 되었다. 그러나 여기서 멈추지 않는다. 아동 포르노 제작업자는 어린 오릭스에게 포르노 행위를 시키면서 이렇게 말한다. "어린 시절은 두 번 다시 돌아오지 않아. 힘내. 더 잘 할 수 있어."

차마 입에 담을 수 없는 말들

난폭한 신조어들이 등장하기 시작했다. 정액 연못 사망, 애액분사 같은. 그런데 오늘날에도 차마 입에 담을 수 없는 말을 하면 조회수와 관심과 권력을 얻는다.

쇼핑센터의 위안

평민촌이든 건강현인단지든 사람들이 시간을 보내는 곳은 대형 쇼핑센터. 쇼핑센터야말로 진정한 만남의 광장이다. 시간을 어떻게 보내야 할지 모를 때, 쓸쓸한 마음을 달래고 싶을 때는 대형 쇼핑몰로 가면 된다. 소비는 위안이 된다. 실연에 대한 위안, 나이듦 혹은 고독에 대한 위안.

밥맛 없는 환경주의자들

환경주의자들이 젊은 층에게 환영받지 못하는 이유는 그들의 소비에 대한 거부 때문이었다. 신의 정원사 그룹에서 자라나는 아이들은 자기들이 평민촌 아이들에게조차 놀림감이 되는 것은 옷 때문이라고 생각했다. 낭비냐 지구냐. 승리는 낭비였다.

생명 값은 얼마?

멸종되는 동식물은 하루하루 늘고 있지만 새로운 생명체도 많아져서 이 문제에 신경 쓰는 사람은 더 없어졌다. 멸종동물은 보호받아야 할 존재라기보다는 사라지기 전에 얼른 맛봐야 하는 희귀한 고급 식자재였다. 찌르레기의 혀를 올린 음식처럼(2020년 현실에서는 멸종위기 호랑이로 담근 술처럼).

동물뿐 아니라 인간의 몸, 특히 가난한 사람들과 여성의 몸도 위험에 처했다. 여성주의는 완전히 한물갔다. 여성의 몸에 대한 폭력은 그 어느 때보다 심각해졌다. 2부의 주인공인 토비는 집세를 마련하기 위해 난자를 팔다가 감염되어 아기를 낳을 수 없게 된다. 도시 빈민가에서 여성의 생존은 장기 판매, 비공식 서비스 노동, 성적 폭력 등 극심한 착취와 관련된다. 지미와 크레이크가 사랑한 오릭스는 가난한 아시아에서 꼬마 때 팔려와 아동 포르노를 찍는다(가난한 나라에서 가족 사랑과 매춘은 동전의 양면이다. 코로나가 창궐하자 경제적 위기에 처한 아시아의 몇몇 나라들에서는 아동 매춘이 늘었다). 아직 어린 여자아이인 오릭스가 섹스 영화에 출연해 리본을 달고 발가벗고 서구 백인 남성들의 성기를 빨고 있을 때 부유한 과학자의 아들인 지미와 크레이크는 건강현인단지의 쾌적한 방에서 컴퓨터로 그녀가 출연한 영화를 보고 있었다. 오릭스는 동물들과 마찬가지로 전 지구적인 경제개발 과정의 희생양이었다. 가난한 사람들이 겪는 일도 유사하다. 인류는 인간 아닌 것을 생명으로 보지 않다가 점점 특권층이 아닌 사람을 생명이 아닌 것으로 보기에 이르렀다.

호모 데우스

인간의 지구 개조는 이 순서로 진행된다. 자연 개조-동물 개조-인간 개조. 세상은 유발 하라리가 말한 호모 데우스들의 세상이 되었다. 지미의 어머니는 인간의 대뇌피질을 돼지에게 접합하는 연구를 하는 아버지에게 당신은 생명의 기본 요소를 파괴한다는 점에서 비도덕적인 일을 한다고 비난한다. 그러나 아버지는 생명에 성스러운 것은 없다고, 그냥 단백질일 뿐이라고 대답한다. 아버지의 이 말이 핵심 중의 핵심이다. 생명이 성스럽다는 생각이 없어지고 있었다.

부자들의 끝없는 욕망

인류는 부자가 되는 것이 아주 좋은 일이란 것을 알았다. 일단 부자가 되고 난 다음에는 영원히, 정말로 영원히 부를 누리는 것이 좋다는 것도. 그래서 인류는 불멸을 꿈꾸게 되었다. 그러나 죽음의 부정은 남아 있는 삶을 만끽하게 하는 것이 아니라 가지고 있는 것에 집착하게 한다. 너무 많이 가지면 느끼지 못한다. 여기서 수많은 악덕이 꽃핀다. 이렇게 죽음도 평가절하되었다. 그런데 부자들의 불멸을 향한 꿈은 어떻게 이루어질까? 돈을 써서.

당대의 가장 뛰어난 천재 크레이크가 그런 돈의 후원을 받았다. 그러나 크레이크는 인간 사회는 동물적인 충동과 이기적인 욕구들의 대향연, 대격돌장이라는 것을 알고 있었다. 왜 인간을 불멸로 만들어줘야 하는가? 유전자 이식학의 천재인 자신이 더 나은 인류를 디자인할 수 있는데. 그리고 그는 해냈다. 현생 인류와 유전적으로 다르게 프로그래밍된 인류를 탄생시켰다. 그러나 그가 모르는 게 있었다. 인류가 이렇게 된 것은 이렇게 살도록 유전자에 프로그래밍된 결과가 아니다. 우리가 살아온 방식, 살고 있는 시스템, 사회적 패러다임들의 결과물이다.

절대 바뀌지 않을 것의 기준

인간은 몸을 가진 말을 하는 존재다. 우리는 말로 생각을 나누고 협력을 하고 사회생활을 하고, 몸으로 노동을 하고 사랑을 나누다 죽는다. 먹고 말하고 일하고 사랑을 나누고 사회생활을 하는 것이 중요하지 않은 인간 세상은 나로서는 전적으로 상상 불가다. 이런 것이 인간의 삶의 질을 알 수 있는 절대 기준이다. 이 중요한 것들에 일어난 변화가 위에서 언급한 단어들에 모두 들어가 있다. 기준이 낮아져도 너무 낮아졌다. 위험해져도 너무 위험해졌다. 그런데 이런 것이 위험하다는 감각이 대부분의 사람들에게서 사라졌다. 이것이 디스토피아다. 디스토피아를 만드는 핵심이 '생명과 삶의 전 과정에 대한 돈의 지배'의 전면화였다면 디스토피아의 굳건한 토대는 무지와 무관심이다. 나쁜 것을 나쁜 것으로 느끼지 못하는 무지, 누구에게 무슨 일이 일어나도 관심 없는 무관심.

미친 아담 젭은 자주 이런 노래를 흥얼거린다. "아무도 관심 없어. 아무도 신경 쓰지 않아. 그러니까 우린 이런 엿 같은 세상에 사는 거야. 아무도 관심 없으니까." 그렇다면, 생명은 신비롭다는 생각은 어디로 갔는가? 삶이 소중하다는 생각은? 불가피한 죽음 앞에서 슬픔을 느끼는 인간은 어디로 갔는가? 이런 것을 슬퍼하는 인간도 없었던 걸까? 결국 가장 중요한 질문은 하나다. 이런 세상에 저항할 것인가, 순응할 것인가?

새로운 인간

세상에 새로운 뭔가가 너무 많았는데 보이지 않는 것, 그것은 바로 슬퍼하는 인간, 반대하는 인간, 저항하는 인간이었다. 이들이 어쩌나 보이지 않던지 이들이야말로 새로운 인간이었다. 다행히 이런 세상을 슬퍼하는 극소수의 인간들이 있었다. 건강현인조합이 하는 일을 반대하는 일단의 과학자들과 의사들이 그랬다. 그들은 신의 정원사 그룹을 안전가옥 삼아 숨어들었고 '미친 아담'이라는 바이오 저항군을 만들었다. 그들은 사회기반시설에 대한 생화학 공격을 감행했다. 그렇게 지구를 구하고 싶어 했다.

지미도 슬픔을 느꼈나. 완전히 무감각해지지는 않았던 것이다. 왓슨크릭 대학의 학생들이 어딘가 선을 넘었다고 생각했다. 토비 또한 경계선을 넘는 것의 위험성을 알고 있었다. 그녀는 선을 넘는 사람들은 처음에는 선을 넘었다는 것을 알지만 나중에는 그런 것이 있다는 것도 잊게 된다고 생각했다. 경계선 저쪽은 우리들이 소중하다고 생각하는 가치들이 모두 파괴된 곳이다. 지금 여기서 우리가 가치 있다고 생각하는 것이 저쪽 세계에선 아무런 가치도 가지지 못한다. 경계선은 도처에 있고 너무나 가까이 있다.

저항은 넘지 말아야 할 선이 있음을 아는 사람들에게서 나왔다. 나쁜 일이 나쁜 일임을 아는 사람들에게서 나왔다. 누구도 아무것도 생각하지 않고 사는 것과 누군가 무엇인가를 생각하고 사는 것은 완전히 다른 세상이다. 그들 소수는 파괴된 세계에 살면서 새로운 세계를 만들려고 했다. 설사 실패하더라도 말이다. 그러나 그들이 이렇게 하고 있을 때, 한때는 그들의 일원이기도 했던, 인류 재부팅의 꿈을 가진 크레이크가 새로운 인류 — '나름대로 완벽한' 크레이커 — 를 만들고 인류를 절멸시켜버렸다. 인류는 예정된 일이었던 듯 혼란스러운 상태에서 파괴와 창조를 동시에 맞이하게 되었다.

이제 지구에는 숨거나 격리되어 있던 탓에 살아남았던 신의 정원사 그룹 몇몇과 미친 아담 조직의 몇몇, 그리고 완벽한 인류 크레이커들만이 남게 되었다. 살아남은 그들은 공동생활을 시작한다. 살아남은 인류와 크레이커들은 너무나 소수라서 서로가 서로에게 소중해질 가능성이 높았고 너무나 달랐기 때문에 존중하는 법을 배워야만 했다. 실제로 그들은 빠른 속도로 서로를 돌보는 관계 속으로 들어갔다.

말을 하는 상처들

이제 두 가지의 행복한 사랑 이야기가 남았다. 행복한 이야기라고 해도 인류 절멸이라는 거대한 슬픔과 단절을 배경으로 한 이야기다. 그러나 이것이 의미하는 바가 의미심장하다. 지금 우리의 삶은 저절로 흘러가길 멈췄다. 강제로 우리 모두에게 단절이 주어졌다. 이럴 때 살아가는 기술을 배우는 것이 가장 어려운 일이다. 이 단절을 뚫고 창조적인 사랑의 단어들, 새로운 사랑의 이야기들이 나와야 한다. 슬픔에서 행복이 발효되도록 해야 한다. 비극을 겪은 후에는 비극적이지 않은 결말을 만들어내야 한다. 이것이 토비와 젭의 사랑 이야기다.

신의 정원사 그룹의 리더 아담1과 미친 아담 젭은 반석

석유교회 목사의 두 아들들이었다. 반석석유교회 목사는 자본주의적 가부장제의 상징으로 그 모습은 지구, 여성, 아이 등 상대를 가리지 않는 무차별적 폭력으로 나타난다. 두 아들은 청년이 되자 아버지로부디 탈출하는데, 이 탈출은 고통과 순응의 이중주로부터의 탈출, 석유자본으로부터의 탈출, 자본주의적 가부장제로부터의 탈출을 의미한다. 그 탈출로부터 지구, 여성, 동물, 아이를 사랑하는 형제가 탄생했다. 그것이 두 형제의 유토피아적 열정이었다. 두 형제는 많은 것을 공유했다. 오랜 시간 자신이 무사히 살아 있음을 알려야 할 지상의 단 한 사람으로 각자에게 존재했다. 이 두 사람을 묶어주는 아름다운 단어는 '나의 단짝'이었다.

젭은 자기만의 관심사, 책임감, 창조성 세 박자를 모두 갖춘, 야만적 자본주의 시대의 돈키호테 같은 남자다. 힘깨나 쓰는 '알파 수컷'인 젭은 그 힘을 자신을 보호하는 데 쓰지만 여자를 몸과 마음으로 행복하게 하는 데도 쓰고 자기 파멸적 시스템을 파괴하는 데도 썼다. 그는 난자 채취로 불임이 되고 잔인한 성폭행으로 고통받았으면서도 자제력이 강하고 믿을 만한, 그러나 자신은 늘 혼자일 것이란 예감을 품고 살았던 토비가 사랑할 수 있는 지상의 단 한 명의 남자였다. 토비의 존재는 젭이 혼자가 아니라는 것, 젭의 존재는 토비가 혼자가 아니라는 것을 의미했다. 그 둘의 좁다란 침대에서 이뤄진 대화 속에는 연인끼리의 농담(가끔은 야한 농담), 세상의 추함에 대한 욕, 친밀감, 추억, 세상에 대한 이해, 위안과 따뜻함이 다 있었다. 한 인간이 세상을 떠나기 전

마지막으로 경험할 수 있는 가장 좋은 밤들이 거기 있었다.

그리고 미친 아담 조직의 젊은이들과 크레이커들의 사랑이 있다. 인류와 신인류는 사랑을 나눴고 임신을 했고 아가를 낳기 시작했다. 그 아가들이 어떤 모습일지는 예측 불허다. 그들은 그 새로운 생명을 키우고 살려내야 한다. 크레이커들은 뇌의 많은 부분이 제거된 신인류지만 호기심을 가지고 있었고 인간의 언어를 처음부터 다시 배워 대략적으로 인간의 말을 이해하기 시작했다. 그들은 새로 알게 된 단어들을 자랑스러워했다.

"'희망'은 뭐지요?"

"'희망'은 무척 원하는 일이 정말로 일어날지 알 수 없을 때 갖는 거예요."

"'잘 자요'란 말은 뭐지요?"

"당신이 좋지 못한 꿈 때문에 힘든 밤을 보내지 않고 편히 자길 바란다는 말이에요."

"'난폭한'은요?"

"그 말이 무슨 뜻인지 영영 알 필요가 없으면 좋겠네요."

우리도 크레이커들과 대화를 나누는 상상을 해볼 수 있다. 마치 미래 세대와 대화를 하듯이.

"'사랑'이 뭐지요?"

"우리는 서로를 해치지 않는다는 말이죠."

"'부드러움'이 뭐지요?"

"부드러움은 상처를 닦아주는 거에요."

"부드러움은 좋은 말이네요. 그런데 '상처'는 뭔가요?"

상처는 뭐라고 대답해줘야 할까?

토비에게는 쓰는 것에 대한 열정이 있었다. 그녀는 젭이 구해다 준 노트에 그들 모두가 겪은 일을 적고 있었다. 그때 크레이커 소년 블랙 비어드가 묻는다. "상처가 뭐예요?" 토비는 "상처는 네 몸에다 글쓰기를 하는 것과도 같아. 그것이 너에게 일어난 일에 대해서 말해줄 테니까"라고 대답한다. 과연 이 말을 크레이커 아이가 이해할 수 있을까? "상처가 말을 해줘요? 그럼 상처의 목소리를 들을 수 있어요? 말을 하는 상처를 어떻게 만들 수 있는지 알려주세요."

'말을 하는 상처'가 책이다. 책은 상처들의 목소리다. 토비는 블랙 비어드에게 글자를 가르쳐준다. 블랙 비어드는 글자를 배워 살아남은 인류와 크레이크, 오릭스, 지미, 토비, 젭, 그들 모두의 일을 노트에 기록하기 시작한다. 세상은 한 권의 책이 되었다. 그들은 커다란 이야기 속에서 결국 만난다. 그 책은 새로운 인류의 탄생 신화였고 크레이크, 오릭스, 지미, 토미, 젭 모두 새로운 인류의 조상이 되었다. 아마도 우리 또한 커다란 이야기 안에서 만날 것이고, 그렇게 만난 우리들의 이야기도 아주아주 커다란 한 권의 책이 될 것이고, 지구는 우리 모두가 함께 쓰는 책 중에 최고로 커다란 책이 될 것이다. 이렇게 해서 책은 이제는 사라진 존재들의 목소리를 들을 수 있는, 온기가 있는 다정한 곳이 되고 과거의 깊은 상처가 미래를 위해 의미를 획득하는 곳이 된다.

블랙 비어드가 나에게 이런 질문을 하는 상상을 해본다. "그런데 왜 상처의 말을 들어야 하나요?"

"그건 상처를 만든 세상과 맞서 싸우기 위해서예요."

이야기 시작 부분에 있었던 과학자 아버지의 말대로 되는 것이 미래에 대한 가장 어두운 전망이다. 새로운 소식 중 가장 나쁜 소식은 우리가 그대로 살 것이라는 소식이다. 절멸 후 살아남은 인류와 크레이커들은 어두운 시절로 돌아가지 않았다. 크레이커들에게 그렇게 가르치지 않았다. 아마 우리도 그들처럼 시작해야 할 것이다. 우리 뒤에 올 세대를 위해 살아갈 힘이 우리에게 있음을 믿고 변하려고 노력하면서 살아야 할 것이다. 다른 어떤 때보다도 정성껏 노트에 기록해야 할 것이다. 우리가 사랑한 단어들이 원래의 의미를 되찾도록 해야 할 것이다. 노트에 기록한 단어들을 어린아이들에게 어떻게 가르칠지 생각하면서 살아야 할 것이다. 나쁜 일은 나쁜 일이고 선한 일은 선한 일이라고 말해줘야 할 것이다. 해서는 안 되는 일은 해서는 안 되는 일이라고 말해줘야 할 것이다. 나쁜 일을 하면서 고통을 느끼고 선하고 옳은 일을 하면서 기쁨을 느끼도록 재교육이 시작되어야 할 것이다. 재교육된 단어 위에 미래의 이야기를 만들어야 할 것이다. 재교육된 욕망 위에 새로운 인간 가능성이 펼쳐지도록 해야 할 것이다. 사랑하는 사람들은 함께 다시 태어나야 한다. 서로 다시 만들어져야 한다. 행복한 사랑은 거기서 태어난다. 사랑은 삶의 재발명이다.

그리고 우리의 노트엔 애트우드의 단어가 아니라 부드러운 단어들이 가득 차야 할 것이다. 언제나 발걸음을 멈추게 하는 멋진 보름달과 별을 위한 단어들, 상처받았지만 아직 남아 있는 아름다움에 대한 단어들, 우리의 다정함, 저마다 다른 웃음에 대한 단어들, 우리가 여전히 공유하고 있는 가치에 대한 단어들, 우리 모두를 위해 창조될 새로운 커다란 단어들, 새로운 인간 가능성에 대한 단어들, 산산히 흩어진 우리를 묶어줄 단어들. 지금 우리에게는 그런 단어들이 필요하다. 우리는 이렇게 삶을 언어로 바꾼다. 창조는 이렇게 다시 시작된다.

거울 깨기

여섯째 날, 날카로운 통찰로 위기를
모면하는 이야기

언웨더unweder: 고대 영어 단어. 날씨가 너무 극단적이라 다른 기후대 또는 시간대에서 온 것처럼 보인다는 뜻.

우기아나크투크uggianaqtuq: 캐나다 북극권의 배핀섬에 거주하는 이누이트족은 날씨의 변화, 얼음의 변화 그리고 그로 인한 자신들의 변화를 지칭하는 단어를 사용하기 시작했다. 우기아나크투크는 예측할 수 없이 이상하게 행동한다는 뜻이다. 기후변화는 사람의 영혼마저 바꾼다.

높은 인구밀도와 집약적인 가축 사육, 다양한 병원균을 보유한 야생동물들과의 빈번한 접촉, 효율적인 교통망 등을 종합해보면 우리는 팬데믹과 관련해서 세계가 어디로 치닫고 있는지 충분히 짐작할 수 있다. [···] 살아 있는 야생동물들이 도시 한복판에 있는 재래시장까지 끌려가면, 그 동물의 체내에 존재하는 모든 병원균이 많은 사람들과 지근거리에 있게 된다. 따라서 어떤 식으로든 동물의 몸에서 빠져

나온 바이러스는 그야말로 복권에 당첨된 셈이다. 광둥성은 무척 흥미로운 사례지만 광둥성 같은 곳은 세계 곳곳에 얼마든지 있다.

— 네이선 울프, 『바이러스 폭풍의 시대』[40]

그린펠드는 야생동물을 먹는 행위가 새로운 과시적 소비성향뿐 아니라 수많은 여성이 유리 진열장 뒤에서 손님을 유혹하는 매춘산업과 연관돼 있을지도 모른다고 설명했다. 어쨌는 이런 유행은 희한한 요리와 천연 약재와 이국적인 최음제(호랑이 음경 같은)를 추구하는 전통과 맞물려 빠른 속도로 정착되고 퍼져갔다.

— 데이비드 콰먼, 『인수공통 모든 전염병의 열쇠』[41]

제가 자란 우한은 대학 도시예요. 화난시장은 잘 몰라요. 가본 적이 없어요. 중국의 모든 사람이 야생동물을 먹는 건 아니에요. 먹는 사람도 있고 아닌 사람도 있어요. 저는 우한을 삼국지의 중원으로 기억해요. 그리고 대학 도시로 기억해요. 우한에는 대학이 엄청 많아요. 졸업생의 절반 정도는 상하이나 베이징으로 가고 싶어 하고 절반 정도는 우한에 남아요. 우한은 고속 성장 중이었어요. 제가 고향에 갈 때마다 지하철이 늘어나서 저도 헷갈릴 정도였어요. 우한하면 여름의 더위가 가장 기억에 남아요. 도시 전체가 중앙난방장치가 가동되는 것 같아요. 서울에 일하러 와서 서울이 정말 시원하다고 생각했어요. 1년에 한두 번씩 우한에

갔는데 코로나 이후에 못가고 있다는 것 말고는 특별히 달라진 것은 없어요. 저는 대학생 때 사스도 겪었어요. 그때 부모님이 광둥성에 일하러 가서 살고 계셨어요. 부모님을 만나지 못해서 불편했지만 경제는 곧 회복됐어요. 사스 이전과 이후 크게 달라진 점이 없었어요. 코로나 때도 경제가 곧 회복될 거라고 생각해요. 하지만 코로나 때는 생명에 대해 생각하게 되었어요. 엄마가 울면서 전화했어요. 우리 엄마가 알던 의사의 가족 다섯이 죽었어요. 의사, 의사의 아들 내외와 손자예요. 저도 생명이 이렇게 연약한 것이구나 하는 생각에 슬픈 마음이 들었어요.

— 취재 중 인터뷰한 우한 출신 비즈니스 우먼

————————

호르헤 루이스 보르헤스는 거울을 두려워했다. 그는 거울이 끔찍하고 공포스럽다고 생각했다. 그는 거울을 밤과 악몽의 세계와 나란히 놓기를 좋아했다. 그는 어떻게 해서 한 남자가 거울을 두려워하게 되었는지에 관한 시를 썼고 그 시는 내가 기억하는 한 "인간이 한낱 반영과 미망임을 깨닫도록 신은 꿈으로 수놓은 밤과 갖가지 거울을 창조하셨네"라고 끝난다. 반영과 미망이 거울과 꿈의 세계다. 그러나 이 시는 공포에 대한 시는 아니다. 거울의 공포는 이야기로 표현되었다.

너희들은 대체 누구니?

보르헤스는 어느 날 다음과 같은 이야기를 입수했다. 18세기 초, 파리에서 『교화적이면서도 호기심을 불러일으키는 서간집』이라는 책이 출판되었다. 저자는 예수회 신부였던 P. 젤링거였다. 그는 서문에서 중국 광둥[廣東] 지방 사람들의 환상에 대해 언급했다. 그중 눈길을 끄는 것은 아직 아무도 잡아보지는 못했지만 많은 사람들이 거울 깊은 곳에서 보았다고 말하는, 빛나는 물고기에 관한 것이다. 그러나 젤링거 신부는 1736년에 세상을 떠났고, 빛나는 물고기에 대한 이야기는 미완성으로 남았다. 그로부터 150여 년 후 한 남자가 중단되었던 빛나는 물고기 이야기를 이어간다.

그는 물고기에 대한 믿음은 전설에 나오는 황제시대와 관련된 수많은 신화 중의 하나라고 주장했다. 황제시대에는 거울 속의 세계와 인간의 세계가 단절되어 있지 않았다. 두 세계 사이에는 오고 갈 수 있는 작은 통로들이 많았다. 거울의 세계와 인간의 세계는 평화를 지키며 왕래할 수 있었다. 그러던 어느 날 저녁, 거울 속의 동물들이 인간을 공격해 왔다. 피비린내 나는 전투가 이어졌다. 황제의 신비한 능력 덕에 인간이 승리했고, 황제는 침략자들을 거울 속에 가두어 버렸다. 그리고 그들에게 꿈처럼 인간의 행위를 따라 하라고 명령했다. 그들의 힘뿐 아니라 본연의 모습까지도 빼앗아 인간에 종속된 그림자로 만든 것이다. 이 종속이 언제까지 계속될 것인가? 다음 부분부터는 예언으로 남는다.

거울 속 동물들은 언젠가 이 신비로운 동면 상태에서 깨어날 터였다. 물고기가 가장 먼저 잠에서 깨어날 것이다. 그 다음에 다른 여러 가지 것들이 깨어날 것이다. 그것들은 점점 자신의 모습을 찾을 것이고 인간과 닮지 않을 것이고 더 이상 인간의 행동을 흉내 내지 않을 것이다. 그들은 계속 거울 속에만 머물지 않으리라. 유리벽을 깨고 뛰쳐나올 것이리라. 그리고 이번에는 쉽게 굴복하지 않을 것이리라. 윈난[雲南] 지방에는 물고기 대신 거울 속 호랑이 이야기가 전해진다. 전쟁이 일어나기 전에 거울 속에서 무기들이 쨍그렁 부딪치는 소리가 들려올 것이라고 말하는 사람도 있다.

보르헤스는 이 이야기를 『보르헤스의 상상 동물 이야기』에 '거울 속의 동물들'이란 제목으로 실었다. 보르헤스는 이 이야기를 채집했다고 하지만 사실은 지어냈을 것이다. 그는 늘 거울과 호랑이를 생각하고 있었으니까. 나는 이 글을 오래전에 읽었고, 다른 많은 글들처럼 잊었다. 그러나 코로나가 발생하자 어느 날 무의식을 뚫고 튀어나왔다. 광둥이란 지명 때문일 것이다. 광둥성은 또 다른 코로나 바이러스인 사스가 발생한 곳이다. 그렇다고 내가 거울 속에서 튀어나온 빛나는 물고기를 사스 바이러스의 은유라고 생각했다는 뜻은 아니다. 코로나 바이러스가 거울 속에서 튀어나와 인간을 공격했다고 주장하려는 것도 아니다. 나는 다만 바이러스들을 상상해보고 싶었다. 인간 역사의 어느 한 시기, 세계의 기이한 악몽이자 거울처럼 우리 삶을 반영했던 피조물로서 존재했던 바이러스들, 너희들은 대체 누구니?

광저우 의사, 캐나다 할머니, 해산물 도매상, 사향고양이

사스 바이러스와 관련해 가장 유명한 장소는 홍콩 메트로
폴 호텔 911호다. 메트로폴 호텔은 레스토랑과 피트니스센
터와 수영장을 갖춘 중급 이상의 평범한 호텔이었다. 2003
년 2월 21일, 광저우[廣州]에서 일하던 류 지안룬이라는 이름
의 의사가 조카의 결혼식에 참석하기 위해 세 시간 동안 버
스를 타고 광저우에서 홍콩으로 왔다. 그는 엘리베이터 맞
은편에 있는 911호에 묵었다. 그는 몸 상태가 좋지 않았다.
9층 복도에서 기침을 했거나 토를 했을 수도 있다. 당시 9층
에 투숙한 손님 중에 캐나다에서 온 일흔여덟 살의 할머니
가 있었다. 그녀는 항공-호텔 패키지 상품을 이용해서 메트
로폴 호텔에 묵었다. 그녀의 방은 904호. 류 씨와 할머니는
어느 시점에 9층 복도에서 마주치기도 했을까? "굿모닝!"
같은 인사를 나누기도 했을까? 기침을 하는 의사에게 "아
유 오케이?"라고 물어보는 캐나다 할머니를 상상해도 좋을
까? 아니면 두 사람은 아예 마주친 적조차 없을까? 분명한
것은 다음 날 의사가 결혼식에 참석하지 못했다는 사실이
다. 그는 가까운 병원으로 갔고 3월 4일 사망했다.
　의사가 호텔을 떠난 다음 날 캐나다 할머니도 체크아웃
을 했다. 휴가를 잘 보낸 그녀는 기분 좋게 홍콩발 토론토행

비행기를 탔다. 바이러스도 홍콩발 토론토행 비행기에 몸을 실었다. 바이러스는 일흔여덟 살 노파의 목숨을 앗아 갔고 일주일 후 그녀의 아들 또한 세상을 떠났다. 바이러스는 노파의 아들이 치료받았던 병원을 통해 사방으로 퍼졌다. 얼마 후 수백 명의 토론토 시민이 감염되었다. 그중 서른한 명이 사망했다. 감염자 중에는 간병사로 일하던 필리핀 여성이 있었다. 그녀는 부활절을 맞아 휴가를 얻어 고향 필리핀을 방문했다. 도착한 다음 날부터 몸이 좋지 않았지만 그녀는 쇼핑을 즐기고 루손섬의 친척들을 만났다. 이런 방식으로 사스 바이러스는 세계적 유행병으로 번졌다. 호텔에서는 열여섯 명의 투숙객과 한 명의 방문객이 감염되었다. 그러나 의사는 사스의 첫 번째 슈퍼전파자가 아니었다. 첫 번째 슈퍼전파자는 따로 있었다.

일은 이렇게 진행되었다. 아직 사스가 모습을 드러내기 전인 2002년 11월 16일, 광둥성 포산[佛山]에서 마흔여섯 살의 남자가 발열과 호흡 곤란으로 쓰러졌다. 그에 대해서 알려진 것은 그가 지방정부 공무원이란 것뿐이다. 3주 후인 12월 광둥성 선전[深圳]에서 한 요리사가 비슷한 증상으로 쓰러졌다. 2003년이 되자 1월 말 광둥성 중산[中山]을 방문했던 해산물 도매상이 광저우 병원에 입원했다. 그로부터 감염의 고리가 시작되었다. 그의 이름은 조우 주오 펭(조우 씨가 어디서 감염되었는지 감염 경로는 밝혀지지 않고 있다. 조우는 대규모 생선 시장에서 일했다). 그는 2003년 1월 30일부터 이틀간 입원했는데 그사이 서른여 명의 의료진을 감염시켰다. 그는 다시 비정형폐렴 병원으로 이송되었다. 앰뷸런스 안에서 그는 사방으로 기침을 했고 각각 두 명의 의사와 간호사, 그리고 앰뷸런스 기사를 감염시켰다. 두 번째 병원에서 그는 다시 스물세 명의 의사와 간호사, 열여덟 명의 환자와 그 가족들을 감염시켰다. 그는 병을 이기고 살아남았으나 감염된 많은 사람은 죽었다. 그에겐 '포이즌 킹'이라는 별명이 붙었다. 죽은 사람 중에는 그를 치료했던 홍콩 메트로폴 호텔 911호에 투숙했던 의사도 있었다.

바이러스인지 세균인지 미생물인지, 대체 누엇이 원인인지 불분명한 상황에서 감염은 싱가포르, 태국, 베트남, 타이완, 베이징으로 퍼졌다. 과학자들은 흑사병, 세균성 폐렴, 계절성 독감, 대장균 패혈증, 한타바이러스 등 온갖 가능성을 탐색했다. 그런데 한 가지 가능성이 더 있었다. 바로 '인수공통감염병'이었다. 훗날 환자의 몸속에서 정체불명의 코로나 바이러스가 존재한다는 사실이 밝혀졌고 '사스-코로나 바이러스'로 명명되었다. 코로나 바이러스가 발견된 첫 사례였다. 그렇다면 이전에 인류에게 없던 바이러스는 대체 어디에서 왔단 말인가? 어떤 동물로부터 왔다고 봐야 할까?

광둥성의 야생동물 거래시장에서 야생동물은 비좁은 공간에 갇혀 있다가 팔린다. 상처가 나 피가 나도 치료를 받을 가능성은 없다. 철사로 만든 우리에서 싼 배설물은 다른 동물에게 떨어진다. 홍콩의 학자들은 야생동물 시장 상인들을 설득해 동물들의 혈액을 뽑았다. 돼지코오소리는 깨끗했다. 토끼도 깨끗했다. 고양이도 비버도 깨끗했다. 그러나 사향고양이는 그렇지 않았다. 2003년 5월 23일이 되자 사스는 인수공통감염병이라는 기자회견이 열렸다. 사람들 사이에 전염에 대한 공포가 급속도로 퍼져 있었기 때문에 기자회견은 세계적인 관심을 모았다. 사향고양이와 사스의 관계는 신문의 헤드라인을 차지했다. 중국 정부는 시벳(사향고양이)의 판매를 금지했다.

사스의 최종 사망자는 774명으로 발표됐다. 홍콩, 싱가포르, 캐나다는 재빨리 사스 청정 지역을 선포했다. 그러나 과학자 중 사스-코로나 바이러스가 사라졌다고 생각하는 사람은 없었다. 바이러스는 어딘가에, 시벳이나 너구리나 다른 보유 숙주 몸 안에 숨어 있을 터였다. 그해 12월 말 사스는 다시 돌아왔다. 다시 광둥성에서 세 명의 환자가 발생했다. 보건당국은 히말라야 팜시벳을 한 마리도 남기지 말고 살처분하라는 명령을 내렸다. 천만 마리가 넘는 시벳이 포획되어 끓는 물에 던져지거나 사살되었다.

사스의 치사율은 9.6퍼센트였다. 사스로 인한 경제적 손실액은 수백억 달러였다. 사스가 어떻게 시작되었는지는 정확히 밝혀지지 않았다. 다만 야생동물을 즐겨 먹는 음식 문화가 발달한 광둥성에 있던, 살아 있는 동물을 거래하는 시장(wet market)*에서 사향고양이가 박쥐와의 접촉으로 사스 바이러스에 감염된 것으로 보인다. 아직까지 알려진 것은

---

* 당시 97종의 야생동물들이 판매된다는 보고가 있었다. 사향고양이 또한 광둥성에서는 별미로 여겨진다.

여기까지다.* 그런데 아무래도 나는 다른 것을 알고 싶었던 것 같았다. 뭔가가 자꾸만 마음에 걸렸다. 그 뭔가가 뭘까?

뭐든지 거꾸로 이루어지는 현실

1979년 덩샤오핑은 개혁개방정책을 추진하기 시작하면서 문호를 개방했다. 그때 최초의 다국적 투자자로 중국에 들어간 그룹이 있다. 바로 태국의 차로엔 폭판드 그룹이다. 선전에서 인가받은 외국기업 면허번호 001. 차로엔 폭판드 그룹은 호텔, 쇼핑몰, 켄터키프라이드치킨 체인, 통신, 식당 등 다양한 사업에 투자했고 중국 전역에 백 군데 이상의 사

---

* 내가 취재한 바에 따르면 광둥성의 성도인 광저우가 본격적으로 개발된 시점은 광저우가 2010년 아시안게임 개최지로 선정된 2004년부터다. 그러나 2004년 이전에도 광둥성에는 개혁 개방의 성지가 있었다. 3천 년의 중국을 알고 싶으면 시안[西安]으로 가고, 천 년의 중국을 알고 싶으면 베이징[北京]에 가고, 백 년의 중국을 알고 싶으면 상하이[上海]에 가고, 30년의 중국을 알고 싶으면 바로 이 도시로 가라는 말이 있는데 그 도시가 바로 광둥성의 '선전'이다. 광둥성의 작은 어촌 바오안현[寶安縣]은 1980년 경제특구로 지정되면서 선전시가 되었다. 글로벌 자본과 중국의 연결 고리 역할을 해온 홍콩과의 지리적 근접성이 경제특구 지정 이유였을 것이다. 선전은 젊은이들에게 유혹적인 곳이었다. 그러나 오늘날의 '메이드 인 차이나'가 갖는 이미지 — 싼 가격과 노동 착취 — 가 깊게 도사린 곳이기도 하다. 그러나 나는 광둥성과 사스의 연관 관계에 대한 취재에 어려움을 겪었다. 적어도 내가 아는 선에선 국내에는 수의역학자가 없다. 사스를 두고 벌어진 일에 대해서는 『인수공통 모든 전염병의 열쇠』와 자료 등을 참고해서 썼다.

료공장과 가금류 가공공장을 건설했다. 차로엔 폭판드 그룹의 힘은 대단했다. 부시 대통령과 돈독한 관계를 맺어왔고 그룹 회장의 사위는 태국 정부의 상무부 차관이었다.

광둥 출신의 이민자 찌얀와논 형제가 설립한 차로엔 폭판드 그룹은 볍씨를 파는 도매가게로 시작했다. 이후 1964년에 가게를 이어받은 타닌 찌얀와논은 병아리 부화와 닭 사육으로 사업 방향을 바꿨다. 그의 마음을 크게 감동시킨 것은 미국의 축산업이었다. 미국 기업들이 가금류 사육을 산업화된 능률적인 공정으로 변모시킨 것에 영감을 받은 그는 아시아에서 (최근 코로나 상황에서 다수의 감염자를 낸) 타이슨 푸드사와 같은 공장형 사육을 시도해보기로 했다. 1973년 태국에 최초로 현대식의 '혁신적인' 가금류 사육이 시작되었다. 그룹의 슬로건 '아시아의 부엌이 되자'는 1990년대 들어 태국 정부의 슬로건이 되었다. 타닌 찌얀와논의 아버지의 소원은 고향인 광둥성에 진출해 축산업 혁명을 일으키는 것이었는데, 결국 아버지의 소원은 이루어졌다. 앞에서 말한 대로 외국기업 면허번호 001.

이 그룹이 국제적으로 알려지기 시작한 것은 2003년 사스 때였다. 2003년 11월 초, 태국의 농장에서 닭들이 죽어나가기 시작했다. 닭들은 몸뚱이를 떨고 걸쭉한 침을 흘렸다. 농부들이 약초를 뜯어다 먹이기도 했지만 소용없었다. 닭들은 안색이 검은 초록색으로 변했다가 검은색으로 변해 죽어버렸다. 출랄롱코른 대학의 수의학자가 죽은 닭에서 H5N1을 발견했다고 경고했다가 묵살당했다. 정부는 닭들이 죽는 이유를 묻는 농민들에게 아무런 의학적 이유도 없이 죽었다고 말했다. 하지만 닭공장 노동자들은 닭들의 장기가 부어 있는 것을 발견하고 닭을 먹지 않기 시작했다. 그들은 뭔가 은폐되고 있는 것이 분명하다는 느낌을 받았다.

2003년 12월이 되자 한국에서도 닭들이 아프기 시작했다. 조류독감을 둘러싼 침묵의 장벽을 걷어낸 것은 한국이었다. 한국은 H5N1 바이러스를 발견하자 국제수역사무국에 재빨리 보고했다. 보고 일주일 후 대량 살처분 계획이 발표되었다. 이렇게 해서 우리의 삶에 동물 살처분의 기억이 들어오게 되었다.

2004년 1월이 되자 베트남 공중보건팀 또한 WHO에 다급하게 도움을 요청했다. 베트남에서는 닭들뿐만 아니라 어린아이도 죽기 시작했다. 2003년 그해 아시아는 사스와 조류독감을 함께 앓고 있었지만 중국과 태국은 은폐로 일관했다. 탁신 총리는 텔레비전에 등장해 타이식 닭요리를 맛있게 시식했고 그렇게 벌어놓은 시간 동안 폭판드 그룹과 대규모 수출업자들은 계약사육농을 매수해 질병을 은폐하고 공장을 소독했다. 대규모 생산자와 소규모 생산자의 운명은 엇갈렸다. 차로엔 폭판드 같은 대기업에 통합되어 관리를 받던 사육농들은 감염을 통보받고 담당 관리자들로부터 항바이러스 백신을 제공받아 닭들을 지켰다. 그러나 소규모 사육농들은 질병과 관련해 아무런 소식도 듣지 못했다. 결국 그들이 키우던 닭의 대부분이 죽고 한 농부의 10대 아들은 사망에까지 이르렀다. 죽은 아이의 어머니 이름은 라웽 분롯이었다. "병이 발생했다는 것을 알기만 했어도 아들이 병든 닭에게 가까이 가도록 하지 않았을 것이다. 그러면 내 자식도 죽지 않았을 것이다."

　지금까지의 내용은 마이크 데이비스의 『조류독감』에 나오는 이야기다. 내 마음속에 남아 있던 이야기는 이것이었다. 내가 필요로 했던, 알고 싶었던 이야기도 이것이었다. 태국 시골 소년의 개인적인 죽음 앞에 이렇게 많은 이야기가 있다. 한 사람의 삶에 얼마나 많은 다른 삶이 있는지 아무도 모를 것이다. 코로나로 숨진 백만 명 넘는 사람들 하나하나의 개인적인 죽음 앞에도 얼마나 많은 이야기가 있을지 아무도 모를 것이다. 몇 년이 지나면 우리들의 이야기도 약간이나마 라웽 분롯의 이야기처럼 재구성이 가능할지 모르겠다.

　살만 루시디가 『한밤의 아이들』에서 한 말이 떠오른다. "1001명의 아이들이 태어났다. 그렇다면 이전의 어느 때 어느 곳에서도 발현되지 못한 1001가지 가능성이 있는 것이며 또한 1001가지 종말이 있는 것이다." 우리는 125만 명의 생물학적 죽음, 125만 가능성의 죽음, 125만 이야기의 죽음을 살고 있다. 나는 내가 라웽 분롯이었으면 어땠을까 상상해본다. 어떤 고통도 한 인간이 혼자 겪어야 하는 것보다 더 클 수 없다는 말이 떠오른다. 이 어머니와 10대 소년의 이야기는 나의 개인적인 '사랑'을 생각나게 한다. 내 가족을 향한 사랑, 내가 어떻게든 살려내고 싶은 사람들을 향한 사랑,

죽는다면 내가 슬퍼할 사랑, 내가 품에 안고 후회할 사랑. 그리고 태국 여행에서 만난 젊은 매춘 여성들의 사랑, 그녀들의 가족을 향한 사랑을 생각나게 한다.*

이 이야기의 당혹스러움은 이야기가 아무것도 멈추게 하지 못했다는 점이다. 정확히 말하면 이 이야기는 '생산'과 '이윤'을 멈추지 못하게 했다. 조류독감은 갑자기 멈췄지만 (그러나 그 병을 연구한 학자 누구도 끝이라고는 생각하지 않았다) 차로엔 폭판드 그룹은 닭고기 가격이 폭등했기 때문에 계속 닭을 생산하고 막대한 이득을 취하게 되었다. 조류독감은 이제 풍토병으로 자리 잡았고 너무 강력해져서 계속 살처분 정책을 쓰는 것이 경제적으로든 윤리적으로든 정당화하기 힘든 상황이라는 것이 학자들의 의견이다.

조류독감은 습지 파괴로 서식지를 잃은 철새들이 농지로 모여들어 닭이나 오리 같은 가축화된 가금류와 만나면서 시작된 일인데, 그 옆에 산업화된 가금류 농장까지 있으면 최적의 생태환경을 갖추게 된다. 생태계 파괴는 앞으로 더더욱 생물 종 사이의 관계를 기이하게 뒤흔들어놓을 가능성

---

* 마이크 데이비스에 따르면 태국에서 대다수의 농민들에게 축산업 혁명은 부채의 증가와 자주성의 상실, 그리고 딸들이 계속해서 방콕의 노동 착취 공장과 매음굴로 팔려가게 되는 것을 의미했다고 한다. 그렇게 된 이유는? 대기업은 농민들에게 돈을 빌려주고, 농민들은 그 돈으로 대기업의 병아리와 사료와 약을 산다. 그렇게 만들어진 닭은 대기업이 전량 구매할 수 있는 권리를 가진다. 그러나 수요가 적으면 회사는 적극적으로 닭을 구매하지 않는다. 계약사육농은 생산과 관련된 모든 위험을 감수한다. 이 대기업과 계약사육농의 관계는 한국도 유사하다.

이 높다. 해법이 없지 않다. 해법은 철새나 닭, 오리를 죽이는 데 있지 않다. 바이러스 학자들은 조류독감에 대한 해법은 단일 가금류의 고밀도 사육을 줄이고, 전염병학적·생태학적 논리에 기초해서 농축산업을 재구축하고, 야생조류들의 서식지를 파괴하지 않도록 전 세계적인 습지 복원 운동을 벌이는 것이라고 한다. 그러나 차로엔 폭판드 그룹 같은 대기업들은 조류독감은 닭을 야외에서 생산하는 후진적인 과거의 방식 때문에 생긴 것이므로 전염병을 기회로 더더욱 대규모로 관리되는 현대화된 가금류 생산으로 나아가야 한다고 주장한다. 두 대립되는 의견 사이에서 현실은 뭐든지 거꾸로 이루어지는 『거울나라의 앨리스』의 거울 속에 들어간 느낌을 준다. 『거울 나라의 앨리스』에서 유니콘은 이런 말을 한다. "케이크는 그렇게 나누는 게 아니야. 먼저 나눠주고 잘라야지." 대체 이게 무슨 말이야? 현실이 그렇다. 뭔가 거꾸로 되어도 한참 거꾸로다.

발견되는 기쁨

보르헤스의 글에서 '거울'이란 단어는 생각할 거리를 준다. 거울은 함정을 가지고 있다. 거울을 보는 사람은 주로 자신만을 볼 수 있다. 거울 속에서 자기 얼굴 외에 나머지는 배경이다. 거울은 우리를 세계의 일부분으로 만들어주기보다는 폐쇄된 자기 세계에 갇히게 만든다. 온 세상이 자신을 중심으로 돈다고 생각하는 사람일수록 세상 전체를 자신만을 비추는 거울쯤으로 여긴다. 어디서나 나를 본다. 맥주를 마시는 나, 거리를 걷는 나, 웃는 나, 행복한 나. 세상이 나를 봐주길 바라시만 내가 세상을 볼 마음은 없다.

온 세상에서 자신밖에 보지 못하면 자신 외의 것을 상상하지 못한다. 상상력은 빈곤해진다. 빈곤해진 마음은 자기 자신을 포함해 세상의 어느 것도 밝게 비추지 못한다. 그리고 불행히도 우리가 거울을 볼 때 제일 보지 않는 것은 자기 자신이다. 거울과 함께 있으면 우리는 더 이상 혼자 있는 것이 아니라는 말이 있다. 우리는 이상적인 나를 연기한다. 보이고 싶은 나를 연기한다. 혼자만의 무대에 서서 무언극을 한다. 우리는 완전무장한 채 거울을 본다. 그럴 때 거울은 아무것도 보여주지 않는다. 애가 타게 보이기를 원하는 우리의 자의식 말고는.

진실은 거의 매순간 우리가 자신을 있는 그대로 대면하지 못한다는 것이다. 진실은 자신'만'을 사랑하는 것도 피곤하고 공허하고 외롭고 지치는 일이라는 것이다. 우리는 자신을 사랑하는 방법을 찾다가 길을 잃는다. 이것이 나르키소스의 비애다. 우리는 자신이 만든 환영 속에 있다. 우리는 현실과 직접적으로 관계 맺는 법을 잃고 있다. 현실을 빈껍데기로 만들어버리고 그 껍데기 위에 외로이 위태롭게 떠 있다.* 그러나 자기애야말로 우리가 동물과 다르게 가지고 있는 것이다. 동물적 생존본능만 있는 것이 아니라 자기애가 있다는 것이 우리에겐 득도 되고 실도 될 수 있다. 분명한 것은 우리가 스스로를 가꾸고 거울을 보고 꿈을 꾸는 것도 혼자가 되기 위해서는 아니라는 점이다.

내가 내 삶을 사랑하기 위해서 나에게 무엇이 필요한가는 중요한 문제다. 나는 발견되는 기쁨을 말하고 싶다. 자기를 사랑하기에 가장 좋은 방법, 그것은 누군가에게 발견되는 것이다. 사랑받을 만한 어떤 것을 가지고 있음이 누군가에게 발견되는 것이다. 건강한 자기애는 감사와 사랑을 보낼 타인들이 곁에 있다는 것을 알고 있다는 뜻이다. 내가 좋지 않게 행동하면 슬퍼할 사람이 있다는 것을 알고 있다는 뜻이다. 사랑과 믿음의 대상이 되는 것은 살면서 일어날 수 있는 가장 좋은 일 중 하나다.**

* 한편 다른 식으로 우리 자신을 보지 못할 때가 있다. 우리가 가장 아름다운 모습일 때, 하나의 풍경처럼 아름다울 때 ─ 사랑에 빠져 있을 때, 일에 몰두해 있을 때, 무심코 하는 행동이 음악처럼 아름다울 때 ─ 우리는 거울 속에서 우리 자신을 보지 못한다. 그것은 늘 다른 사람이 봐줄 수 있을 뿐이다.
** 자기애처럼 거울도 양면성이 있다. 가끔은 우리 영혼의 비밀을 비춘다. 자신만의 두려움과 비참함을 비춰준다. 슬픔을 자극하는 뭔가 ─ 소중한 얼굴들 ─ 를 보여준다. '너 잘 살고 있는 거니? 무슨 생각이라도 하고 사는 거니?' 혼자 묻게도 한다. 한편 몇몇 용감한 사람들 ─ 주로 거울의 뒷면처럼 우리 사회의 보이지 않는 이면에 있던 ─ 은 거울을 깨고 나오기도 한다. 이런 사람들은 거울 속에서 튀어나온 괴물딱지라는 비난을 받지만 그들에게 거울 깨기는 침묵 깨기이고 그들의 소리는 해방의 외침이다.

세상에서 가장 큰 거울

보르헤스의 거울에서는 물고기가 나오고 호랑이가 나오지
만 다른 무엇으로 바뀌어도 상관없을 것 같다. 그래서 나는
거울에서 다른 것이 나오는 것을 상상해보았다.

'키슈왁'이라는 얼음 위에 사는 야수가 있다. 그들의 모
습을 본 사람은 없다. 그들은 얼음 위를 돌아다니면서 경계
심이 없는 여행자들을 낚아채곤 했다. 이 야수가 최근에 모
습을 많이 드러내고 있다. 한 러시아 사업가는 낙타 가죽으
로 만든 코트를 입고 서류 가방을 들고 동쪽 해안으로 날아
와서는 다시는 모습을 보이지 않았다. 사업가의 서류 가방
안에는 휴대전화, 하이브리드 자동차 열쇠, 레이저에 사용
되는 희토류 광물을 캐내기 위한 노천광산 채굴권이 들어
있었다. 그는 지구온난화로 얼음이 사라지자 드러난 그린란
드 땅 밑의 광물에 관심을 갖는 투자자들 중 한 명이었을 것
이다. 일본인 등산객도 그린란드 서쪽으로 사라진 후 행방
이 묘연하다.

그린란드 남동쪽 클루수크라는 마을의 사람들도 키슈
왁을 알고 있다. 클루수크 마을은 과거에는 반유목-사냥 문
화에 속해 있었다. 주민 수는 3천 명 미만, 목조 가옥 백여
채가 있는 곳이다. 집들은 편마암 위에 자리 잡았고 겨울 폭
풍에 대비해 케이블로 잘 묶여 있다. 그 지역에 불어오는 겨
울 폭풍 이름은 피테라크다. 피테라크는 빙모(5만 제곱킬로

미터 미만의 빙하 덩어리)에서 불어 내려오는 활강풍으로 허리케인급의 위력을 갖는다. 클루수크는 북극 과학자들이 예측하길 북극해에서 가장 먼저 얼음이 완전히 사라질, 빙하 손실율이 가장 높은 곳이다. 이제 주민들은 개썰매를 타고 사냥을 할 수 없게 되었다. 곰은 굶어 죽었다.

어느 날 클루수크 마을에 불타오르는 듯한 일몰이 내려앉았다. 믿을 수 없이 강렬한 일몰이었다. 이런 노을을 만드는 것은 빙모였다. 수백만 제곱킬로미터의 얼음이 수평선 아래로 지는 태양을 위로 반사하며 만드는 일몰이었다. 빙모는 세계에서 가장 큰 거울이다. 그 노을의 강력한 아름다움에 압도된 한 이방인이 마을에서 제일 높은 곳으로 뛰어 올라갔다. 그러다가 그만 발걸음을 멈추고 말았다. 발밑의 작은 만은 마을의 쓰레기장이었다. 수천 개의 쓰레기 봉투, 플라스틱 상자 더미, 부서진 카약, 하얀 냉장고가 절벽 너머로 두엄 더미처럼 쌓여 있었다. 세계에서 가장 큰 거울 밑에는 쓰레기가 살고 있었다. 키슈왁은 바라보는 사람을 밑에서부터 덮친다고 전해진다. 저 아래 깊은 곳으로부터. 키슈왁의 정체는 지구 온난화로 비단처럼 얇아진 얼음이었다.*

이 거울은 황혼 녘에 접어든 노쇠해가는 우리 문명을 비춘다. 우리의 맨 얼굴은 쓰레기다. 우리는 쓰레기와 함께 몰

* 키슈왁 이야기는 로버트 맥팔레인의 『언더랜드』 일부분을 내가 잔재주 축에도 못 끼는 잔재주를 부려서 살짝 고친 것이다.

락하리라.

우린 우리를 사랑했다. 그러나 우리를 바꿀 만큼은 아니
었다.

다른 누구도 더는
건드리지 말라

일곱째 날, 골려먹는 이야기

다른 방식의 앎, 다른 방식의 말하기가 존재함을 인정하는 것이 민주주의의 시작이다. [⋯] 민주주의는 고대 그리스 문화의 소산으로 잘못 알려져 있다. 아메리카 대륙 원주민들과 다른 원주민들은 고대 그리스보다 수세대 전부터 민주주의를 실천했고, 더 나아가 민주주의의 개념을 생태민주주의적 지혜로 확장시켰다. [⋯] 오네이다Oneida족의 한 집단에서 전해 내려오는 이야기가 있다. 오네이다 부족은 늑대가 사는 새로운 영토로 이사가기로 결정한 후, 의회에서 늑대들의 의견이 존중되어야 한다고 생각했다. 그에 따라 회의에서는 항상 누군가는 늑대의 권리를 옹호하게 되었으며, 회의를 시작할 때 "누가 늑대를 대신해 말할 것인가?"를 묻곤 했다고 한다.

— 제이 그리피스, 『땅, 물, 불, 바람과 얼음의 여행자』[42]

식물과 동물에게서 발견할 수 있는 경쟁 기술은 무궁무진하고 독창적이다. 그런데 어째서 우리는, 이토록 영리한 존재인 우리가 그 단 하나의 방법에서 벗어나지 못하고 있을까? 어떤 생물이든 오직 하나의 생존 전략에 집착해서 다른 방법을 찾지 않고 적응하기를 멈추면 위험부담이 커진다. 적응력은 생물의 이념이며 가장 믿고 의지할 수 있는 재능이다. 생물 종으로서 우리 인간은 아주 소름이 끼칠 만큼 거의 무한한 적응력을 가지고 있다. 자본주의는 스스로 적응력이 있다고 생각하지만 '무한한 성장'이 유일한 생존 전략이라면 한계를 가질 수밖에 없다고 보면 된다. 그리고 우리는 이미 그 한계에 봉착했다. 즉 우리가 엄청난 위험에 맞닥뜨렸다는 말이다.

자본주의적 성장은 적어도 20세기가 시작된 시기부터 최소 1세기 동안 잘못된 방향으로 이루어졌다. 무한한 성장이기도 했지만 통제받지 않은 성장이었다. 마구잡이 성장이랄까. 종양이 그런 식으로 자란다. 암도 그렇다. 우리 경제는 지금 불황이 아니다. 병이 든 것이다.

— 어슐러 K. 르 귄, 『남겨둘 시간이 없답니다』[43]

───────────

이 소설의 첫 장면은 아마존 강가에 세워진 작은 읍 엘 이딜리오에서 시작된다. 사건은 우기가 막 시작돼 사나운 바람이 바나나나무 잎을 사정없이 떨어트릴 무렵에 일어난다.

첫 문장부터 날씨와 관련해 기억해둘 만한 표현이 등장한다. "당나귀 배처럼 불룩한 먹장구름". 이것은 "푸른 망아지의 눈동자처럼 투명한 호수"가 그러하듯 상상의 영역에 속한다. 어떻게 생긴 구름일지 잘 떠오르지 않기 때문에 이 이야기는 나에게 하나의 공간을 준다.

읍에는 원전 개발을 위한 백인들(주로 미국인)도 드나들었지만 아마존 유역에 정통한 수아르족, 백인들의 누더기 옷을 걸친 히바로족도 드나들었다. 수아르족은 히바로족을 멸시했는데 이유는 백인들에게 물들어 타락해버렸다는 것이다. 읍에는 읍장이 있었는데 이 읍장이 바로 이 소설에서 우리가 모두 힘을 합해 골려주고 싶어질 사람이다. 사건이 일어나기 7년 전에 엘 이딜리오에 부임한 그가 하는 일은 읍사무소에 처박혀 맥주를 축내는 것, 무겁고 거대한 몸에서 연신 흘러내리는 땀을 닦는 것, 같이 사는 인디오 여자를 패는 것, 이해가 가지 않는 이유로 툭하면 세금을 매기는 것이었다. 그는 아마존은 국가의 것, 그리고 "국가는 곧 나다"라는 태양왕 루이 14세풍의 논리로 전횡을 일삼았고 밀림을 보호하기는커녕 돈을 밝혔고, 자신은 문명인, 인디오들은 야만인이라고 불렀다.

사건은 수아르족이 모는 카누가 선착장에 나타나면서부터 시작된다. 카누에는 금발머리에 근육질 몸의 '양키 놈' 시체가 한 구 실려 있었다. 읍장은 시체를 싣고 온 수아르족들을 족치기 시작한다.

"더 볼 것도 없어. 네놈들 짓이니까."

"아니다. 우리 수아르족 사람 안 죽인다."

"거짓말 마. 네놈들이 긴 낫칼을 휘두른 거야. 여기 상처 부위가 그렇게 말하고 있어."

"아니다. 우리 수아르속 사람 안 죽인다."

읍장은 권총 손잡이로 인디오의 머리를 내리쳤고 인디오의 이마 위로 피가 흘렀다. 바로 그때 혜성처럼 등장한 노인이 있었으니 그의 이름은 안토니오 호세 볼리바르 프로아뇨였다.

"저건 낫칼 자국이 아닙니다."

"당신이 뭘 안다고 나서는 거야?"

이다음부터 이어지는 대화는 그를 아마존의 셜록 홈즈라 불러도 부족함이 없게 한다.

"보시다시피 상처 부위에는 심하게 긁힌 자국이 나 있소. 그런데 이 부위를 자세히 살펴보면 윗부분은 깊게 파였지만 밑으로 내려갈수록 약하게 긁혀 있다는 사실을 알 수 있을 것이오. 보고 있소? 게다가 이 자국은 하나도 아니고 네 개요."

"물론 이 자국은 낫칼 자국이 아니라 발톱 자국이란 말도 덧붙여야 하겠지요. 이건 살쾡이 발톱 자국이오. 나이 든 짐승이 이자를 죽인 거란 말입니다. 내 말을 믿지 못하겠으면 직접 와서 냄새를 맡아보시오."

시신에서는 동물의 오줌 냄새가 났다. 살쾡이가 죽은 자의 몸에 오줌을 갈긴 것이다. 배 안에는 죽은 자의 유류품이 있었다. 손목시계, 나침반, 돈이 든 지갑, 라이터, 은 목걸이,

그리고 배낭. 배낭 안에서는 사냥용 엽총의 탄약통과 소금에 절인 살쾡이 가죽 다섯 점이 나왔다. 모두 손가락 길이보다 짧은 크기의 얼룩 무늬 가죽들이었다.

[…] 이 불쌍한 양키 놈은 살쾡이 새끼들을 쏴 죽이고 수놈에게 상처를 입혔단 말입니다. 자, 저 하늘을 쳐다보시오. […] 보시다시피 하늘은 이미 시커먼 먹장구름으로 뒤덮였소. […] 밀림의 짐승들이 다 그렇듯 우기를 감지한 암살쾡이는 첫 이삼 주 동안 새끼들에게 줄 먹이를 구하고자 사냥에 나섰을 것이오. 물론 그동안 젖도 떼지 않은 새끼들을 지키는 일은 당연히 수놈 몫이었지요. 하지만 양키 놈이 나타나 그 짐승들을 쏴 죽이고 말았소. 수놈과 새끼들을 가릴 것 없이 닥치는 대로 말이오. 아직도 이해하지 못하겠소? 그런데 먹이 사냥에서 돌아온 암놈이 그걸 본 거요. 그때 암놈의 심정은 어땠을까요? 그 짐승은 슬픔과 고통을 이기지 못한 채 주위를 배회하다 반쯤은 미쳐버렸을 것이고, 마침내 복수를 결심했을 것이오. 인간 사냥에 나선 거지요. 하지만 불쌍한 양키 놈은 자기 옷에 어린 짐승들의 젖 냄새가 배는 것도 모르고 가죽을 벗기느라 정신이 없었을 테니, 영악한 짐승으로선 그 인간을 찾는 일이 누워서 식은 죽 먹기보다 쉬웠을 것이오. 그렇지 않았겠소? 그래서 암놈은 인간을 덮쳤소. 그 결과가 바로 우리들 앞에 있으니 똑똑히 보시오. 암살쾡이는 말 그대로 인간 사냥에 성공했단 말이오. 아시겠소? 문제는 지금부터요. 그 짐승은 모든 인간을

살인자로 각인한 데다 인간의 피맛까지 보았으니 앞으로 일어날 일은 아무도 예측할 수 없게 되었소. 알겠습니까? 그러니 이 순간에 읍장 각하께서 하실 일은 딱 한 가지, 저 인디오들을 보내주는 것이오. 저 원주민들은 자기 부족이나 인근에 거주하는 이주민들에게 그 사실을 알려야 할 필요가 있으니까요. 빌어먹을! 어쩌면 지금 이 순간에도 모든 걸 체념한 암살쾡이는 인간의 피 냄새를 쫓아 부락 주위로 다가오고 있을지도 모를 일이오. 젠장! 이 모든 게 저 불쌍한 양키 자식 때문에 생긴 일이란 말입니다. 아시겠소? 이 가죽들을 잘 보시오. 손바닥만도 못 되는 걸 벗겨서 뭘 어쩌자는 건지! 우기가 들이닥치는데 사냥을 나서다니 그게 어디 말이나 될 짓이오? 어린 짐승의 가죽에 뚫린 총구멍을 보시오. 당신은 수아르족을 의심했지만 정작 욕을 먹을 놈은 그들이 아니라 여기 뒈져 있는 양키 놈이오. 이 빌어먹을 백인은 사냥이 금지된 기간에 사냥을 나섰고, 사냥이 금지된 짐승까지 총으로 쏴 죽였단 말이오. 게다가 나는 수아르족이 무기를 사용하지 않는다는 사실을 누구보다 잘 알고 있소. [···] 되풀이하지만 비탄에 빠진 암살쾡이는 스무 명의 살인자들보다 더 위험한 존재라는 걸 잊지 마시오.[44]

이것이 노인의 입에서 터져 나온 이야기다. 사실 이런 일장 연설은 소설에서도 드물고 실제 대화에서도 드물다. 실제로는 이렇게 말했을 것이다.

"어떤 새끼가 우기 때 사냥을 나가. 썩을 놈! 지 새끼 죽은 걸 보면 어미가 안 미쳐? XX 놈! 덕분에 우리까지 위험해지게 생겼어. 뭘 멍청하게 서 있어요? 빨리 대책 세워야지.”

이 정도의 긴 연설은 도스토예프스키가 자아를 폭발시킬 때 쓰는 방식을 떠올리게 하는데 도스토예프스키는 바로 이런 말하기 때문에 욕깨나 먹었던 것 같다. 특급 작가는 아니라는 둥, 누가 그렇게 각 잡고 말하느냐는 둥. 그러나 나는 노인의 말이 구절구절 아름답다.

노인의 인생 이력은 이렇다. 그는 아내인 돌로레스 엔 카르나시온 델 산티시모 사크라멘토 에스투피냔 오타발로*와 함께 아마존 유역 개발 계획에 대한 소문을 듣고 고향을 떠났다. 부부가 도착한 땅이 바로 엘 이딜리오였고, 정부의 아마존 개발 계획은 사기나 다름없었다. 죽을 지경이 된 그들을 보다 못해 도운 사람들이 수아르족이었다. 두 사람은 수아르족에게 물고기 잡는 법, 사냥하는 법, 과일을 고르는 법, 오두막을 짓는 법을 배웠다. 그러나 아내는 엘 이딜리오에서 두 해를 넘기지 못하고 말라리아로 죽었다. 그때부터 그는 본격적으로 수아르족을 따라다녔다. 벌거벗고 맨발로 다니며 배가 고프면 과일을 따 먹었다. 밀림의 사소한 움직임도 감지할 수 있게 되자 한번도 생각해본 적도 없었던 자유를 자신이 누린다는 것을 깨닫게 되었다. 아내를 앗아 간 땅에 대한 증오심도 잊었다. 가장 좋은 일은 그에게 친구가

* 그녀는 이름으로 나에게 좌절감을 안겼다. 이 책을 여러 차례 읽었는데도 한 번도 그녀의 이름을 제대로 불러주지 못했다.

생겼다는 점이었다. 누시뇨라는 수아르족 친구였다. 둘은 함께 밀림을 누볐다. 함께 사냥을 했고 수영을 했고 달렸다.

그동안에도 수아르족의 운명은 어두워져가고 있었다. 아마존 개발이 본격화된 깃이다. 수아르족에게는 한곳에서 3년만 머물고 떠나는 관습이 있었다. 자연이 스스로 회복할 시간을 주기 위해서였다. 그러나 수아르족은 그 3년을 지키지 못했다. 거대한 기계들이 실을 낼 때마다 수아르족은 짐과 유골을 챙겨 더 깊은 밀림으로 이동해야 했다. 그러다 결국 친구 누시뇨는 백인 노다지꾼들이 쏜 총에 맞아 죽고 말았다.

"더럽군. 이런 식으로 떠나야 하다니."

누시뇨가 세상을 떠날 때 한 말이다. 그는 친구를 잃고 다시 엘 이딜리오로 돌아왔다.

세월이 흘러 그는 엘 이딜리오에서 혼자 사는 노인이 되었다. 그러니 그날 그가 선착장에서 시신을 앞에 두고 한 길고도 강렬한 말은 그 혼자만의 말이 아니다. 그는 그 순간 수아르족의 친구, 누시뇨의 친구로서 말했다. 그 순간 그는 다른 어떤 정체성도 아닌 누시뇨의 친구로 존재했다. 나는 그의 강렬한 존재감 속에서 그의 죽은 친구를 본다. 그가 친구와 함께 보낸 시간을 보고 그가 친구와 함께 지낸 아마존을 본다. 그의 친구의 눈으로 아마존을 본다. 나조차도 누시뇨가 가깝게 느껴지고 누시뇨가 내 친구 같다. 그립다.

한편 읍장의 입을 틀어막아버린 노인의 말이 옳다는 것이 머지않아 입증된다. 살쾡이의 공격을 받은 시신이 또 발견된 것이다. 읍장은 곧 밀림을 수색해야 한다고 설쳐댔고 살쾡이 사냥을 위한 네 명의 수색대를 조직했다. 눈엣가시인 노인을 포함해서. 때는 바야흐로 우기였고 진흙탕이 된 길은 미끄럽고 앞으로 나아가기는 힘든데, 정글에 대해서는 손톱만큼도 모르는 읍장은 성질이 나면 진흙탕 속에서 우기가 지나가길 기다리는 전갈 같은 동물에게도 여섯 발씩 총을 쐈고 툭하면 동물들에게 방아쇠를 당길 준비를 했다. 특히 오르막길은 탐욕스럽게 살이 찐 읍장 각하에게는 난코스로 두 손을 땅에 짚고도 잘 오르지 못했다. 한 걸음 오르고 두 번 미끄러지기 일쑤였는데 일행은 잘난 체만 하는 읍장 각하를 이구동성으로 골려먹는다.

"읍장 각하. 엉덩이를 대고 올라오셔야죠."

"우리가 하는 것처럼 땅을 밟기 전에 다리를 적당히 벌려야 해요!"

"다시 말하자면 다리를 충분히 벌리고 엉덩이에 힘을 주세요!"

그때마다 읍장 각하는 들은 척도 하지 않았고 충혈된 눈으로 일행을 노려보며 자기 방식대로 걷겠다고 고집을 부렸다. 내리막길은 반대였다. 땅바닥에 아예 엉덩이를 내맡긴 읍장 각하는 전속력으로 미끄러졌기 때문에 늘 선두였다.

사건은 밀림에서 야영을 할 때 벌어졌다. 보초를 서던 노인이 교대하려 할 무렵 이상한 기척을 감지했다. 요란한 날갯짓 소리와 함께 질펀한 액체가 그들의 머리 위로 떨어졌다. 그들은 정신없이 그곳을 빠져나왔다.

"도대체 무슨 일이야?"

"똥인지 오줌인지 아직도 모르겠어요?"

"나도 똥이란 것쯤은 알고 있어. 그러니까 우리가 원숭이의 서식지 밑에 있었단 말이야?"

다시 노인이 약간 긴 말을 시작한다. 이 부분도 인용해 보겠다.

밀림에서 야영을 할 때는 불에 타거나 석화된 나무가 있는 곳을 골라야 합니다. 왜냐하면 그곳에는 감시병 역할을 할 수 있는 박쥐들이 서식하고 있으니까요. 무슨 말이냐 하면, 그놈들은 어떤 소리가 나면 정반대 쪽으로 날기 때문에 그 방향에 의해 맹수의 출현이나 맹수가 있는 방향을 가늠할 수 있다, 이 말이오. 그런데 각하가 손전등까지 비췄으니 가뜩이나 소리나 빛에 극도로 민감한 박쥐들이 어떻게 반응할까요? 조금이라도 위험한 징후를 느끼면 몸을 가볍게 하기 위해 배 속에 있는 것들을 몽땅 쏟아내고 마는 놈들이니 똥을 쌀 수밖에. 내 말을 잘 알아들었으면 어서 머리나 잘 닦으시오. 이번에는 개미가 아니라 모기들에게 물어뜯기고 싶지 않으면 말이오.[45]

이 말이 우리 시대 혐오동물 박쥐를 이해하는 데 약간이라도 도움이 되었길 바란다. 보다시피 박쥐는 본능대로 했을 뿐이다. 그러나 읍장 각하는 골탕을 먹었다.

아름다움이 파괴된 세상에서

이제 골탕 말고 다른 이야기를 좀 더 해보겠다. 이 오합지졸 수색대와 정글에 있으면서 노인은 왜 희생자들에 대해 측은한 마음이 들지 않는지 자문하기 시작했다. 노인의 생각은 이렇게 흘러간다. 먼저 싸움을 건 쪽은 인간이었어. 금발의 양키는 짐승의 어린 새끼들을 쏴 죽였고 어쩌면 수놈까지 쏴 죽였을지도 몰라. 하지만 암살쾡이의 복수는 지나치게 대담해. 아무리 분노가 극에 달해도 인간의 거처까지 접근한다는 것은 무모한 자살 행위나 다름없어. 맞아, 그 짐승은 스스로 죽음을 찾아 나선 거야. 그래, 짐승이 원하는 것은 죽음이야. 그러나 인간과 한판 승부를 벌인 다음에 스스로 택하는 죽음이야.

노인은 그런 죽음은, 읍장 같은 인간들은 전혀 선택할 수 없는 죽음이라고 생각했다. 노인은 수색대를 돌려보내고 혼자서 살쾡이를 기다린다. 노인은 다시 엘 이딜리오에서 혼자 사는 노인이 아닌 수아르족과 함께 떠나보낸 누시뇨의 친구로 변신한다. 이봐, 안토니오 호세 볼리바르. 자네는 새끼는 죽이지 않았어. 오로지 성장한 짐승들만 잡았어. 그건 수아르족의 계율이야. 살쾡이는 영악한 짐승이야. 표범만큼 힘이 세지는 않지만 헤아리기 힘든 지혜를 소유하고 있다는 것을 자네는 알고 있어. 수아르족은 이렇게 말하지 않았나. 살쾡이가 지나치게 많이 흔적을 남겼다면 상대가 방심하게끔 잔꾀를 부린 것으로 생각하라고. 자네가 그 짐승에 대해 알고 있는 것만큼이나 이미 여러 명의 인간을 사냥한 그놈 또한 인간에 대해서 잘 알고 있겠지? 어때, 지금이라도 물어보지그래. 친구, 나와 함께 살쾡이를 뒤쫓지 않겠나. 그러면 누시뇨는 당연히 거부하겠지. 왜? 백인들은 짐승의 주검을 영원한 고통에 휩싸이도록 짓이겨놓으니까.

수색대를 떠나보낸 다음 날 비가 멈추었다. 비가 그친 정글이 어떻게 묘사되는지 한번 짚고 넘어가지. "수백만 개의 햇살이 밀림의 지붕을 뚫으며 밀림 위에 내리꽂히며 수많은 무지개가 그의 눈앞에서 떠오르다 사라졌다." 내가 보지 못한 수많은 무지개들이 나를 어질어질 아득하게 한다. 그러나 바로 그 순간 살쾡이가 노인의 눈앞에 나타났다. 머리에서 꼬리까지 족히 2미터는 되는 커다란 놈이었다. 노인은 강가로 달아났다. 그러나 살쾡이는 노인을 공격하지 않았다. 암살쾡이는 언덕에 서서 꼬리를 꼿꼿이 세운 채 그를 내려다보고 있었다.

"왜 주저하고 있지? 도대체 네놈이 바라는 게 뭐야?"

노인은 손가락을 방아쇠에 갖다 댔다. 실패할 확률이 거의 없는 거리였다. 다음 문장은 그대로 인용해보겠다.

그러나 암살쾡이는 자리를 뜨지 않았다. 그럴 생각조차 없는 것 같았다. 일순 그 짐승은 앞발을 들어 올리며 슬프고 지친 신음소리를 내기 시작했다. 동시에 또 다른 짐승의 울음소리가 들려왔다. 이번에는 수컷의 울음소리였다. 아주 가까운 곳에서 나는 소리였다.

수컷은 암컷보다 몸집이 작았다. 그 짐승은 커다란 구멍이 뚫려 있는 통나무를 보호처로 삼아 마지막 순간을 맞이하고 있었다. 뼈에 달라붙은 등가죽과 가죽 밖으로 드러난 살점을 보고 있는 사실 자체가 가슴 아픈 일이었다.

"네놈이 원하는 게 이거였단 말이지? 나에게 끝장을 내달라고?"

그러나 암컷은 어느 틈에 사라졌는지 보이지 않았다.

노인은 상처 입은 수컷에게 다가가 머리를 쓰다듬어주었다. 수컷은 눈꺼풀조차 들어 올릴 힘도 없는지 인간의 손길에 자신을 내맡기고 있었다. 고통스런 짐승의 최후를 반기는 것은 늘 그렇듯 흰개미들이었다. 노인은 수컷의 가슴팍을 향해 총구를 겨누었다. 그리고 방아쇠를 당기며 중얼거렸다.

"친구, 미안하군. 그 빌어먹을 양키 놈이 우리 모두의 삶을 망쳐놓고 만 거야."

끝내 암컷의 모습은 보이지 않았다. 노인은 어딘가에서 그 광경을 지켜보며 통한의 눈물을 흘리고 있을 암컷의 모습을 떠올렸다. 이윽고 엽총을 재장전한 노인은 길가의 야영지 쪽으로 걸음을 떼었다. 그는 수백 걸음 떨어진 곳에 이르렀을 때 수컷에게 다가가고 있는 암컷의 모습을 볼 수 있었다.[46]

암컷과 노인의 대결은 피할 수 없는 일이 되었다. 암컷은 마지막까지 용감하게 싸웠고 사랑과 명예를 지켰다. 생의 마지막 도약은 숨을 멈추게 만들 만큼 아름다웠다. 노인의 표현을 따르자면 "두 발의 총탄을 맞은 자태는 굶어서 야위긴 했지만 너무나 아름다워 인간의 상상으로는 도저히 만들어질 수 없는 존재"처럼 보였다.

이 소설은 노인의 관점에서 이야기되고 있지만 소설의 한 중심에 있는 것, 진정한 주인공은 살쾡이다. 이 소설은 살쾡이의 운명을 잊을 수 없는 방식으로 그렸다. 사랑이라는 단어를 끝까지 살아낸 것은 살쾡이였다. 아름다운, 피비린내 나는 사랑의 복수에 자신을 바친, 스스로 죽음을 택한 짐승.

노인은 우리 인간을 고발하는 역할도 했지만 우리를 아마존으로, 야생동물의 세계로 인도하는 길잡이이기도 하다. 그가 그 역할을 할 수 있었던 것은, 인간의 탐욕, 인간의 돈이라는 이해관계를 나누어 갖지 않아서다. 돈을 택하지 않은 그의 눈에는 이 모든 불행의 원인이 잘 보인다. 그는 동물을 잘 알고, 동물 또한 인간을 잘 알고 있다는 것을 알고, 동물의 슬픔을 헤아리므로 일종의 천사다.

인디언과 동물은 아마존에서 상호존중, 상호의존, 절제의 관계를 맺고 있었다. 그러나 이제 아마존은 죽은 살쾡이, 죽은 재규어, 죽은 표범, 죽은 인디언들의 이야기와 분리될 수 없다. 우리가 파괴해버린 아름다운 세계다. 우리는 가난을 모르던 인디언들에게 가난을 줬고 숲에서 누리던 그들의 존엄을 빼앗았다. 자급하던 사람들에게 설탕과 술과 커피와 식량을 사게 만들었다.* 동물들에게서도 존엄성과 생명, 가족, 서식지를 빼앗았다. 만약 아름다움을 나 자신도 그 안에 속하고 싶은 것이라고 정의를 내린다면 우리는 또 하나의 아름다움을 없애버린 채 그것이 없어졌다는 것은 안중에도 없이 헛되이 추에 추만, 공허에 공허만 쌓는다. 우리가 다른 생명을 얼마나 외롭게 했는지는 잊은 채 외로움을 호소한다. 사랑을 나누어야 할 밤에 이런 백해무익한 고통이나 주고 있다는 것이 수치다. 많은 아름다움 — 우리가 끝까지 헌신했으면 좋았을 아름다움 — 이 파괴된 세상에서 결국 우리는 뼛속 깊이 외롭다. 당연한 결론이다. 추함은 뼛속에 새겨지는 것이니까(그러나 아름다움은 우리를 외롭게 하지 않는다. 숲에 가서 5분만이라도 고요히 앉아 있어 보시길. 온갖 소리가 들릴 것이다).

살쾡이 수컷의 머리를 쓰다듬던 노인의 손길이 자꾸만

* 나는 인디언들이 잃어버린 단어 하나를 기억하고 있다. 퍼퍼위. 아메리카 원주민의 말인데, 퍼퍼위는 '버섯을 밤중에 땅에서 밀어올리는 힘'을 뜻하는 단어다. 내가 이 단어를 발견한 것은 아메리카 원주민 부족 출신의 로빈 월 키머러가 쓴 『향모를 땋으며』라는 책에서였다. 이 단어를 만든 사람은 눈에는 보이지 않지만 생명을 만드는 에너지가 우리를 감싸고 있음을 알고 있었다. 그런 것이 주변에 있다고 생각하면, 그런 것을 느끼기 시작하면 더 잘 살 수 있다. 키머러가 만난 그녀 부족에서 증조할머니뻘 되는 위치를 차지하는 원주인 할머니의 말에 따르면 언어는 그냥 말이 아니라 '세상을 바라보는 방식'이 담겨 있는 문화다. 인디언들이 사라질 때 세상(자연)을 바라보는 가장 좋은 방식 하나가 사라져갔다. 가끔 아침 출근길에 공원에서 '퍼퍼위' 하고 속으로 한번 속삭여본다. 밤새 생명을 키운 보이지 않는 힘에 조금 더 가까이 있고 싶어서다. 우리는 보이지 않는 힘들과 함께 힘을 낸다.

생각난다. 어쩐지 만져서는 안 될 것을 만진 '실수'를 저지른 것 같다. 자연을 향한 우리의 손길 전체가 부끄러운 실수다.

『연애 소설 읽는 노인』을 고른 숨은 이유

이 이야기는 루이스 세풀베다가 직접 겪은 일에서 시작되었다. 그는 에콰르도 아마존에서 수아르족 누시뇨를 만나 그에게 아마존의 일부가 되는 법을 배웠다.* 정글에 비가 쏟아지던 날 루이스 세풀베다가 누시뇨를 따라 세 시간을 뛰어 도착한 곳이 연애 소설을 읽는 노인의 오두막이었다. 아주 단출하고 소박한, 대여섯 권의 연애 소설이 있던 오두막에서 보낸 하룻밤이 수년 뒤 『연애 소설 읽는 노인』으로 탄생했다.

　　제목인 '연애 소설 읽는 노인'에 대해 덧붙이자면 아내와 친구를 잃고 도처에 야만성 — 개발이라는 전염병, 탐욕이라는 전염병 — 이 창궐하는 곳에 홀로 사는 노인이 상처받은 영혼으로 보이지 않는 이유는 그에게 마음껏 울 수 있는 연애 소설이 있기 때문일 것이다. 연애 소설은 그의 우울

---

　　* 이 세계의 일부분이 되는 법, 그거야말로 내가 배우고 싶은 것이다. 어떻게 해야 이 사회의 괜찮은 일부가 될 수 있을까? 이것을 지금 상황에 맞게 확대한다면, 어떻게 해야 지구의 괜찮은 일부가 될 수 있을까? 나에게도 누시뇨가 있으면 좋겠다.

과 외로움을 달래줄 수 있었을 것이다. 그의 작은 오두막에서 그는 야만성과 탐욕이라는 시대의 대세에 등을 돌리고 앉아 있었을 것이다. 야만성과 탐욕은 적어도 그의 오두막에선 멈춰 있다. 그러나 아마존에서 인간과 동물의 고통은 아름다운 단어로 표현되지 않는다. 코로나 시절에도 아마존의 산불은 줄지 않고 있다. 치솟는 금값 때문에 금광을 파헤치는 손길도 더 바지런해졌다. 코로나에 전염된 인디언들은 제대로 된 치료도 받지 못하고 죽어가고 있다. 재규어, 살쾡이, 악어, 잉꼬, 순찰병인 물총새, 그리고 또 무슨 동물들이 서식지를 잃고 차라리 죽음을 택할지 알 수도 없다. 이것을 어떻게 아름다운 단어로 표현하겠는가? 자연을 돈다발로 보는 한, 동물 역시 돈으로 보는 한, 아마존에 해피엔딩은 없다.

루이스 세풀베다는 이 책을 아마존의 환경운동가 치코 멘데스에게 헌정했다. 고무나무 노동자였던 치코 멘데스는 목축업자의 손에 의해 가족들이 보는 앞에서 살해당했다. 루이스 세풀베다는 올해 코로나로 생을 마감했다. 그의 여러 모습 중 지붕 위에 올라간 고양이를 구하려다 떨어져 죽은 친구를 기억하며 그를 위해서 건배하던 모습이 떠오른다. 나도 몇 번이나 그를 위해 건배하고 싶었다. 하지만 아직은 아니다. 그래서 다른 이야기를 조금 더 해보려고 한다.

내가 『연애 소설 읽는 노인』을 고른 데는 숨겨진 이유가 있다. 앞에서 스치듯이 언급된 박쥐 때문이다. 박쥐는 수많은 인수공통감염병의 출발지로 우리 시대 혐오동물이다. 도대체 왜 박쥐란 말인가? 대체 박쥐가 누구길래? 일단, 박쥐는 종류가 많다. 1,100종이 넘고 포유류의 25퍼센트를 차지한다. 박쥐는 무려 5천만 년 전에 현재의 모습으로 진화했고 그 시간만큼 다양한 바이러스들을 보유하고 있다. 박쥐들은 자기들의 다양한 바이러스와 잘 지내고 있었다. 이런 박쥐와 관련된 이야기가 하나 있는데, 이야기는 인도네시아의 숲이 불타는 데서 시작된다.

숲이 불타자 오랑우탄, 왕뱀 등 수많은 동물들이 불타죽고 서식지를 잃었다. 다행히 박쥐는 날 수 있었다. 하지만 박쥐가 날 수 있어서 야기된 문제는 상상을 초월했다. 다양한 바이러스를 보유한 박쥐는 어떤 동물보다도 멀리 가고, 높게 날고, 순식간에 하강할 수도 있다. 물론 바이러스와 함께. 박쥐는 인도네시아 숲을 떠나 멀리 말레이시아까지 날아갔다. 날아가다가 배가 고팠다. 저기 다른 정글이 보였다. 그리고 망고나무가 보였다. 박쥐들은 얼른 망고를 먹었다. 몇 개는 입 밖으로 떨어지기도 했다. 망고나무 아래에는 거대한 축사가 있었다. 양돈 축사였다. 돼지들이 보기에 하늘에서 망고가 떨어지고 있었다. 돼지들도 얼른 망고를 맛있게 먹었다. 그다음 이상한 일이 벌어졌다. 돼지들이 개 짖는 소리를 내더니 온몸을 떨고 기침을 하다가 죽어버리는 것이었다. 돼지들이 어찌나 고통스럽게 짖어대는지 그 소리가 1마일 밖에서도 들린다고 해서 이 병은 '1마일 개 기침'이라고도 불렸다.

돼지 질병은 양돈 농가들 사이에서 급속도로 확산되었다. 이 병은 인간들에게도 퍼졌다. 치사율은 40퍼센트였다. 말레이시아 정부는 대규모 살처분 명령을 내렸다. 공포에 질린 농장주들 몇몇은 돼지를 버리고 달아났다. 감염된 돼지 떼가 먹을 것을 찾아 도시를 돌아다니기 시작했다. 군인까지 동원된 살처분 전담반은 백만 마리가 넘는 돼지를 사살했다(110만 마리라는 설도 있다). 그런데 대체 이 병의 원인이 뭐란 말인가? 조사팀은 얼마 후 니파 바이러스가 박쥐에서 돼지로, 돼지에서 다시 사람으로 종간 전파되었음을 입증했다. 니파 바이러스는 박쥐-공장식 축산-인간의 연결 고리를 확실히 보여주는 것으로 감염병 역사에 기록되었다.

이제 우리에게 중요한 것은 동물과 인간이 어떻게 연결되어 있는지를 아는 것이다. 수많은 바이러스들은 야생동물의 몸 안에 오랫동안 있어왔다. 우리 인간이 가까이 가지 않는 한 종간 전파를 일으킬 기회가 늘어나지는 않을 것이다. 반대로 우리 인간이 생태계를 교란시키면 위험은 점점 커져갈 것이다. 결론적으로 바이러스가 우리를 일부러 찾아오지는 않는다. 우리가 찾아가지 않는 한. 우리는 인수공통감염병이 우리 책임의 일부라는 것을 인정해야 한다. 우리는 어떤 결과를 불러올지도 모르고 아마존 같은 곳을 너무 많이 파괴했다. 그런데도 그동안 감염병의 대가는 다른 동물들이 치렀다. 니파 때는 돼지들이 사살되었다. 사스 때는 사향고양이가 끓는 물에 던져졌다. 코로나 때는 천산갑과 밍크가 죽었다. 조류독감, 구제역은 말할 필요도 없다. 감염병은 그

동안 동물 몇 마리 죽이고 경제에 미칠 문제나 거론하는 정도의 사안이었다. 나는 이 사실이 가슴 아프다. 우리의 필생의 임무는 우리의 존재를 우리 자신이 아닌 다른 존재와의 관계 속에서 이해하는 것이고, 코로나는 그 다른 존재에는 반드시 동물도 포함되어야 한다는 것을 명백히 했다. 나는 말 못하는 생명들을 위해 발언하고 싶었다.

나는 박쥐가 되고 싶었다

나는 올해 8월 20일, 광화문에서 서른 명의 친구들과 함께 시국선언을 했다. 시국선언의 제목은 '절멸— 질병 X시대 동물들의 시국선언'이었다. 인간들이 시국선언을 하지 않으므로 동물이 '되어서' 하기로 했다. 이제 인간-동물 관계를 다시 새롭게 맺자는 내용의 시국선언이었다. 나는 박쥐가 되고 싶었다. 박쥐로서 말하고 싶었다. 박쥐가 되어서 무슨 말을 할까? 고민할 필요도 없었다. 나는 내가 무슨 이야기를 할지 알고 있었다.

여기서 잠시, 퍼트리샤 하이스미스가 쓴 『동물 애호가를 위한 잔혹한 책』의 한 부분을 들려주고 싶다. 아기 코끼리 점보의 이야기다. 점보는 아가 때는 점보라고 불렸지만 다 큰 뒤에는 '코러스 걸'이라고 불렸다. 코러스 걸은 자신의 아기 때를 이렇게 회상한다.

나는 혼자 산다. 나는 나처럼 생긴 동물을 본 적이 없다. 좌우간 여기에선 그렇다. 하지만 어렸을 땐 엄마를 졸졸 따라다니던 기억이 있다. 그곳엔 생긴 건 나와 비슷한데 몸집은 나보다 훨씬 큰 동물들이 많았고, 이따금 나보다 더 작은 것들도 있었다. 엄마를 따라 경사진 널빤지를 지나 흔들거리는 배에 오르던 기억도 난다. 엄마는 쿡쿡 찔러대는 막대기에 몰려 도로 널빤지를 내려갔고 나는 배에 남았다. 엄마는 나와 떨어지고 싶지 않아서 코를 쳐들고 울부짖었다. 나는 엄마의 몸에 밧줄이 감기고 열 명인가 스무 명쯤 되는 사내들이 엄마가 배로 오지 못하게 뒤에서 끌어당기는 것을 보았다. 한 사람이 엄마에게 총을 쏘았다. 그게 진짜 총이었을까, 아니면 마취 총이었을까? 나로선 알 수가 없다. 냄새가 다르긴 하지만 그날은 바람이 내 쪽으로 불지 않았다. 그저 잠시 후 엄마가 무너진 것만 기억난다. 나는 갑판에서 아기처럼 새된 소리로 울부짖었다. 그러다 마취 총을 맞고 말았다.[47]

아기 코끼리는 어두컴컴한 상자 안에서 먹고 자면서 오랜 시간 배를 탔고 그다음엔 숲도 풀도 없는 낯선 땅에 도착해 시멘트 바닥과 쇠창살이 있는 곳에 갇혔다. 그래도 아기 코끼리 옆에는 스티브라는 좋은 사람이 있었다. 아기 코끼리는 곧 스티브의 말을 알아들었다.

"꿇어, 점보."

그렇게 말하는 건 무릎을 구부려 바닥에 대라는 뜻이었

다. 점보가 잘해내면 스티브는 땅콩 몇 알이나 사과를 주었다. 스티브는 점보를 세심하게 돌봐줄 줄 알았다. 여름이면 점보의 머리에 술 장식을 묶어줘서 파리가 눈에 달려들지 못하게 했고 겨울이면 몸에 담요를 덮어주었다. 점보는 스티브와 30년을 함께 지냈다. 둘은 가끔 공원 산책도 나갔다. 세월이 흘러 젊은 조련사 클리프가 스티브 대신 왔다. 클리프는 긴 채찍으로 점보를 때렸다. 스티브는 점보를 동등한 생명체로 대했고 마음대로 하려고 하지 않고 이해하려 했지만 클리프는 그러지 않았다. 한번은 점보의 등에 탔던 한 사내가 나뭇가지에 걸려 떨어졌고 큰 소동이 벌어졌다. 클리프는 날카로운 막대기로 점보를 찌르며 고함을 질러댔다. 밤이 되어 공원 문이 닫히자 클리프는 다시 매질을 했다. 그 사건 다음 날 스티브가 휠체어를 타고 왔다. 그새 머리가 하얗게 세어 있었다. 하지만 다정한 목소리와 미소는 여전했다. 점보-코러스걸은 기뻐서 다리를 흔들었고 스티브도 웃으며 기분 좋은 말을 했다. 그는 점보-코러스 걸에게 주려고 빨간 사과 몇 알을 가지고 왔다. 그는 휠체어를 타고 우리로 들어왔다.

"일어나! 나를 올려줘, 코러스 걸!"

점보-코러스 걸은 그의 말뜻을 알아들을 수 있었다. 점보-코러스 걸은 무릎을 꿇고 스티브의 휠체어 밑으로 비스듬히 코를 넣어 그를 꽤 높이 들어올렸다. 스티브가 소리 내어 웃었다. 스티브는 그 뒤로 두세 번 더 왔는데 그것도 벌써 오래전 일이다. 점보-코러스 걸은 그가 죽었다고 생각하면 슬퍼졌다. 스티브가 나타나길 기대하다가 끝내 그의 모습이 보이지 않을 때면 실망해서 코를 쳐들고 울부짖었다. 사람들은 재미있어했지만 그 울음은 "엄마가 부두에서 나와 떨어질 때 내던 그 울부짖음"을 닮았다.

그러던 어느 날 누군가 점보-코러스 걸의 입 안에 동그란 것을 던졌고 점보-코러스 걸은 그것이 사과인 줄 알고 깨물었다. 사과가 아니었다. 입 전체가 타는 듯 아팠다. 점보-코러스 걸은 고통을 못 이겨 우리 안을 돌았다. 사람들은 손가락질을 하면서 웃어댔다. 점보-코러스 걸은 화가 치밀었다. 그래서 코에 물을 가득 머금고 쇠창살과 거리를 두고 서서 있는 힘껏 물을 뿜었다. 아무도 쓰러지진 않았지만 많은 사람들이 비틀거렸고 이제 사람들은 점보-코러스 걸에게 돌멩이, 막대기, 빈 과자상자 같은 것을 던졌다. 그때 누군가 총을 쐈다. 첫 번째 총알은 빗나갔고 두 번째 총알은 어깨를 스쳤고 세 번째 총알은 점보-코러스 걸의 엄니를 부러뜨렸다. 점보-코러스 걸은 총잡이의 가슴에 물을 뿜었다. 그리고는 방으로 들어가 건초로 입구에 바리케이트를 쳤다. 다시 총성이 울렸다. 이번에는 왼쪽 옆구리에 총을 맞았다. 제복을 입은 사내들이 긴 총을 들고 들어와서 점보-코러스 걸을 방 안쪽으로 몰아넣었다. 점보-코러스 걸의 옆구리에서 피가 뚝뚝 흘러 시멘트 바닥을 적시고 있었다.

눈을 다시 떴을 때는 캄캄했다. 점보-코러스 걸은 속이 메슥거려 조금 토했다. 그때 문이 열리고 클리프가 숨을 죽이고 다가왔다. 클리프는 점보-코러스 걸에게 달려들었다.

점보-코러스 걸은 그를 코로 살짝 밀쳤는데 그가 균형을 잃고 쓰러졌다. 점보-코러스 걸이 왼발로 그를 차자 나뭇가지 부러지는 소리가 났는데 그 뒤로 클리프는 움직이지 않았다. 점보-코러스 걸은 시멘트 바닥 구석에 누워 새벽이 오기를 기다렸다가 살짝 열린 문을 열고 밖으로 나갔다. 점보-코러스 걸이 지나가자 우리 속의 유인원과 원숭이들이 눈이 휘둥그레져서 쳐다보며 시끄럽게 떠들어댔다. '내 등에 타고 싶어 하는 녀석들도 있지 않을까?' 점보-코러스 걸은 천천히 다가가서 코로 쇠창살 두 개를 잡아당겼다. 쇠창살을 뜯어내자 그 틈으로 원숭이들이 재빠르게 빠져나왔다. 그때 어디선가 발소리와 고함소리가 들렸다.

"저기 있다! 원숭이 옆에!"

원숭이 한 마리가 점보-코러스 걸의 등에 기어오른다. 두 사내가 긴 총을 들어 올린다.

"원숭이는 맞히지 마."

"빵!"

태양이 떠오르고 점보-코러스 걸의 몸은 무너진다. 원숭이들은 민첩하게 도망친다. 시멘트 바닥에 쓰러진 점보-코러스 걸에게 총알이 하나 더 날아와 눈과 눈 사이에 박힌다. 그러나 점보-코러스 걸은 아직 눈을 뜨고 있다. 사람들이 주위로 몰려와 점보-코러스 걸의 몸을 발로 툭툭 찬다. 군중들 사이로 스티브의 젊은 시절 모습이 보인다.

그는 천천히, 우아하게 움직인다. 스티브는 죽었으니 나도 죽어가는 것이리라. 그가 다른 사람들보다 더 생생하게 보인다. 그의 주위에는 숲이 펼쳐져 있다. 스티브는 언제나 그랬듯이 나의 친구다.[48]

이 글을 읽으면 코끼리의 영혼이 떠나는 게 보인다. 점보-코러스 걸과 스티브는 둘 다 친구를 원했던 것 같다. 이 커다랗고 온순한 동물의 자제력과 품위가 인간이 자기 자신에 대해 다시 생각하게 만들기를 바란다.

우리는 결함이 많은 포유류-인간으로서, 지독히 인간 중심적으로 살아왔다. 세계를 다시 보기란 변화를 말하기 위해서 반드시 필요하다. 나는 서식지를 잃은 수많은 동물들을 상상했다. 자신은 죽지만 다른 삶의 여지를 열어주는 이야기를 하고 싶었다. 점보-코러스 걸이 "원숭이는 맞히지 마"라고 말하며 쓰러졌듯이, 나는 박쥐로서 말하기로 결심했다.* 박쥐로서 말하기로 결심했을 때 나는 혐오에서 연민으로, 절망에서 희망으로 넘어가는 사랑의 말을 하고 싶었고 그 생각이 내게 해방감을 느끼게 했다. 그래서 야행성인 박쥐를 대낮의 광화문 광장에 서게 만들었다. 나는 이렇

---

* '~로서' 말하는 것은 아주 중요하다. 일생에 걸쳐 우리는 많은 정체성을 살아간다. 그 정체성을 가지고 말을 한다. 자식으로서, 부모로서, 동료로서, 친구로서, 선배로서, 비정규직 혹은 정규직으로서, 피해자로서, ~의 대변자로서… 이 중에 자신의 해방, 수많은 삶의 속박과 굴레의 해방에 도움이 되는 것이 반드시 있어야 한다.

게 시국선언을 했다.

나는 정혜윤이고 오늘 나는 박쥐다. 나는 니파, 사스, 코로
나 바이러스의 원인으로 지목되었고 혐오의 대상이 되었
다. 그러나 나는 5천만 년 전에 지금 이 모습이 되었다. 내
가 인간에게 다가간 것이 아니라 인간들이 나에게로 왔다.
그 뒤로 많은 것이 파괴되었다. 나는 서식지에 애정이 있었
다. 고향을 떠날 때마다 마지막으로 한번 돌아보지 않기란
힘들었다. 하지만 지금 나를 괴롭히는 것은 내가 혐오의 대
상이라는 사실이 아니다. 니파 바이러스 때는 110만 마리의
돼지가 사살되었다. 사스 때는 사향고양이가 끓는 물에 던
져졌다. 코로나 때는 밍크와 천산갑이 죽임을 당했다. 나는
돼지와 사향고양이와 밍크와 천산갑을 통해 세상을 이해했
다. 인간은 책임 전가의 왕이다. 나는 인간의 눈에는 혐오
의 대상일 뿐이지만 그러나 내가 무엇에 대해 책임져야 할
지는 내가 결정한다. 며칠 전 새벽 나는 내 종족들의 곁을
떠나왔다. 내가 사랑했던 밤꽃들의 향을 마지막으로 맡았
다. 철새들이 길을 찾는 북극성을 바라보았다. 나 역시 길
을 잃지 않기를 바라고 올바른 길을 가길 바란다. 나는 내
본성을 거슬러 환한 대낮에 여기에 있다. 내가 하고 싶은
말은 이것이다.
"나는 죽는다. 그러나 돼지와 사향고양이와 천산갑과 밍크
와 그리고 다른 동물 누구도 더는 건드리지 말라!"

이봐, 주위를 좀
보라니까!

여덟째 날, 농담이든 뭐든 재미난
이야기

새로운 바라보기가 새로운 존재방식을 가져온다.
— 릴케

관점을 바꾸는 것이야말로 역사의 매 단계에서 우리가 해야 할 일이다.
— 톨스토이

지구의 천연자원을 대하는 외계인의 태도는 당연히 지구를 대하는 수많은 인간의 태도를 떠올리게 만든다. 그것은 다음과 같은 슬로건으로 요약된다. 아마 지금도 어떤 무리 안에서는 그 구호가 회자되고 있을 것이다. "지구가 먼저다! 다른 행성들은 나중에 작살낼 거야!"

그 외계인들이 덜 소비적인 생활양식을 채택했을 수 있지 않을까 생각해볼 수도 있다. 어떤 희생을 치르더라도 기어코 성장하겠다고 생각하지만 그게 생각만큼 그리 좋은 결과를 얻지 못한다는 사실을 깨달을 수도 있었을 텐데. 하지만 그들은 그러지 않았다. 대신에 그들은 노골적인 소비주의적 생활양식을 택했다. 어떤 것이든 하나도 남지 않을 때까지 다 써버리고 다른 곳으로 이동한다. 기본적으로 이것은 우리 인간이 나무에서 내려온 이래로 지금까지 해오고 있는 생활이다. 다만 우리가 아직 그런 전략을 은하계 다른 지역들로 수출할 만큼 똑똑하지 않았을 뿐이다. '우리가 우리 자신의 모습을 더욱 선명하게 들여다볼 수 있는 거울로 내세워진 외계의 존재'라는 바로 그 발상이 여기에 온전히 들어 있는 셈이다. 그것은 'SF영화'와 'SF철학' 둘 다에게 핵심적인 요소다.

— 마크 롤랜즈, 『우주의 끝에서 철학하기』[49]

오늘의 주제는 농담거리다. 오늘은 특별히 세 개의 이야기를 준비했다.

입에 차마 담을 수 없는 것을 담게 된 경위

스페인 독감 백신을 만들 때의 이야기다. 의료당국은 스페인 독감의 백신을 만들기 위해 보스턴항의 디어섬에 있던 군대 감옥의 지원자들을 대상으로 실험을 했다. 죄수들에게 실험에서 살아남으면 사면을 해주겠다고 약속했다. 지원자가 3백 명이나 되었다. 그들에게 했던 실험 중 '인상적'인 것이 있다. 죄수들이 발병을 하지 않으면 병에 걸려서 죽어가고 있는 사람들의 배설물을 목 안에 발라주었다. 그래도 안 되면 입을 벌리고 앉아 있게 한 후, 증세가 심한 상태의 환자가 그 앞에서 기침을 하게 했다. 그런데 단 한 명도 독감에 걸리지 않았다. 병에 걸렸던 유일한 사람은 병실을 지키던 의사였고 그 사람은 곧 사망해버렸다.

음낭을 오그라들게 하는 소음과 갈비 앞쪽으로 폭이 아쉬운 남자

미국 작가 데이비드 포스터 월리스는 1993년 8월에 열린 그의 고향 일리노이주 축제를 취재한다. 그는 그 취재를 원했다. 공짜로 놀이기구 등등등을 즐기기 위해서였다. 일리노이주의 풍경은 옥수수-옥수수-대두-옥수수-고속도로 톨게이트-옥수수라고 생각하면 된다. 8월의 옥수수는 제초제와 비료 덕분에 남자 키만큼 자란다. 이곳에서 땅은 환경이라기보다는 공장이고 상품이다.

축제장에는 가축들도 빠질 수 없다. 데이비드 포스터 월리스에 따르면 돼지 축사의 냄새는 토사물과 배설물이 섞인 냄새인데 콜레라 병동의 냄새가 이와 비슷할 것 같다고 한다. 즉, 돼지의 냄새가 병든 인간의 냄새와 같다는 뜻이다. 닭 축사는 아예 들어가볼 생각도 못했는데 축사 안에서 들려오는 소음은 "음낭을 오그라들게 하는 소음"이기 때문이라고 한다. 이런 표현은 처음 들어보고, 나의 신체기관과는 다른 이야기지만 어쩐지 무슨 말인지 알 것 같다. 축축하게 무서울 것 같다. 하여간 일리노이주에서 가축은 반려동물이나 친구는 아니다. 가축은 무게와 근수로, 고기로 환산되는 상품일 뿐이고 일리노이주의 농부들은 농장을 농장이라고 절대 부르지 않고 사업이라고 한다.

축제장에서 먹는 음식으로는 단연 돼지고기 선택지가 제일 많다. 데이비드 포스터 월리스는 (한때 고등학교 때 옥수수수염 떼는 일을 같이 했던 사이로 지금은 세 아이의 엄마인) 토박이 친구에게 축제에 대한 그의 이론을 펼친다. 땅에서 수확한 것을 갈망하듯 바라보고, 가축을 잘 손질해서 퍼레이드에 참여시키고, 모든 것을 화려하게 전시하는 축제는 일종의 '소외'로부터의 '휴가' 같은 것이다. 즉, 그동안 이곳에서의 현실이 더 이상 사랑할 수 없게 만든 것을 잠시나마 사랑할 수 있는 시간이 축제라는 것이다. 내 귀에도 이 말은 알쏭달쏭한데 이에 대한 토박이 친구의 대답은 그것은 개소리로 자신은 아무 관심이 없다는 것이었다. 그가 친구의 말에 상처받지 않아서 다행이다. 그는 곧 다른 상처를 받아야하니까. 그는 곧 '주니어 가축 센터' 취재를 간다. 그 내용도 축약해서 전달해보면 이렇다.

암소 여러 마리가 원형의 흙바닥 심사장에서 둥글게 줄지어 움직인다. 각각의 암소는 축산 농가의 어린이가 이끌고 있다. 암소를 맡은 어린아이들은 긴 막대기를 들고 있는데 이 막대기를 이용해 암소를 무대 중앙으로 데리고 온다. 암소가 무대에서 도는 동안 장점과 약점이 평가된다. 토박이 친구는 그 무대에 완전히 매료되었다. 그 이유 중 하나는 마이크 앞에 서 있는 소고기 심사위원이 (눈이 파랗고 머리카락이 없지만 왠지 섹시하다는 점에서) 배우 에드 해리스를 닮았기 때문이다. 남자는 암소를 모는 아이들과 똑같은 옷차림을 하고 있다. 뻣뻣하고 짙은 새 청바지, 체크무늬 셔츠, 기가 막히게 멋진 하얀 카우보이 모자. 심사를 관장하는 사람은 미스 일리노이 소고기 여왕이다(미스 일리노이 돼지고기 여왕도 있다). 그녀는 꽃으로 장식된 단상에서 이 모습을 우아하게 굽어보고 있다. 엄지손가락을 허리 벨트 위에 올려놓고 다리를 벌린 채 서 있는 심사위원은 사나이다운 맛을 물씬 풍긴다.

"이 암소는 갈비 폭이 넓지만 옆구리살 앞부분은 좀 더 빠듯합니다. 용적의 관점에서 보면 약간 아쉬운 옆구리살입니다."

"옆모습을 봤을 때 아주 훌륭한 암소입니다."

"여기 이 암소는 둔부는 작아도 굉장히 야무집니다."

소고기 심사위원을 보고 자꾸 으르렁거리는 소리를 내던 토박이 친구는 축산업에 종사하는 듯한 옆자리의 친절한 아주머니에게 소고기 심사위원에 대해 묻는다. 친절한 아주머니의 말에 따르면 그는 소고기 가공회사의 소고기 구매 담당이며 연단 위의 양복을 입거나 넥타이를 맨 여덟 사람은 맥도널드, 버거킹 등에서 왔다고 한다. 다시 말해 상을 받은 온순하고 부드러운 눈빛의 소들은 철저히 고기로서 심사받는 것이다. 토박이 친구는 만약 남편으로부터 자신을 찾는 전화가 온다면 에드 해리스를 닮은 남자를 따라 떠났다고 말해달라고 한다. 데이비드 포스터 월리스가 토박이 친구에게 한마디 한다.

"아 글쎄, 토박이 친구야. 저 남자는 갈비 앞쪽으로 폭이 좀 아쉽다니까."

소용없었다.

일리노이주의 옥수수-옥수수-대두-옥수수-고속도로 톨게이트-옥수수 풍경은 자연이라고 부를 수 있을까? 자연이라고 해도 우리가 그저 눈을 초록으로 물들이기 위해 바라보는 자연은 아닐 것이다. 글로벌 자본주의 논리 없이는 생겨날 수 없는 자연이다. 가축도 마찬가지다. 생명은 완벽하게 상품화되었다. 그 세계에 사는 인간은 어떨까? 소고기 구매 담당 앞에서 한 바퀴 도는 소들의 자리에 나를 한번 세워본다.

"여기 이 여성은 둔부가 작고 먹을 만한 살이… 최저가!"

에일리언은 정말 나쁜가?

아놀드 슈워제네거의 열렬한 팬이자 B급 영화를 지지하는 영화광 철학자 마크 롤랜즈는 'SF영화로 보는 철학의 모든 것'이란 부제를 단 『우주의 끝에서 철학하기』에서 나로서는 한번도 생각해본 적 없는 질문을 던진다. 리들리 스콧 감독의 〈에일리언〉 영화를 평하면서 '에일리언은 정말 나쁜 놈인가?'라는 질문을 던진 건데 시고니 위버가 위대한 여전사라는 사실만을 가슴 깊이 기억해둔 내게는 하늘이 노래지는 질문이었다. 에일리언이 정말 나쁜 놈이 아니라면 시고니 위버는 덜 위대해지는 것 아닐까?

시고니 위버가 〈에일리언〉 시리즈에서 처음 등장한 것은 〈에일리언 2〉. 리플리(시고니 위버)는 수천 마리 에일리언이 득실대는 행성에서 유혈이 낭자한 전투를 치르고 유일한 생존자로 남는다. 〈에일리언 3〉에서는 전편의 유일한 생존자였던 리플리가 자신도 모르게 에일리언의 아기(유충)를 임신했다는 것을 알게 된다. 영화의 마지막에서 그녀는 스스로 불기둥으로 뛰어들어 출산과 함께 죽는다. 리플리의 죽음으로 에일리언 시리즈가 막을 내리는가 싶더니 〈에일리언 4〉가 나온다. 이번에는 전편에서 리플리가 죽었기 때문에 리플리가 나오긴 나오는데 복제 리플리(시고니 위버)가 나온다. 마크 롤랜즈의 주장에 따르면 〈에일리언〉 시리즈에서 시고니 위버와 함께 출연하기로 계약한 배우라면 속

편은 꿈도 꾸지 않는 게 좋은데 늘 시고니 위버가 유일한 생존자이기 때문에 그렇다. 그런데 4편은 좀 다르긴 하다. 복제 리플리의 몸에는 덤으로 에일리언의 DNA가 약간 삽입되었고, 이번에도 리플리는 살아남는데 덤으로 인간 몇 명과 함께 살아남는다.

마크 롤랜즈는 대체 왜 에일리언은 정말 나쁜 놈인가라는 질문을 던진 것일까? 그의 주장은 다음과 같다. 에일리언은 영화의 악역이고 악역에 걸맞게 인간의 몸속에 알을 낳는 조금은 역겨운 습성을 가지고 있다. 그런데 곰곰이 생각하면 에일리언은 인류가 아니다. 인간 포유류가 아니다. 우리랑 다른 종이다. 우리랑 다른 종이 우리한테 도덕적 의무를 져야 할까? 왜 우리 몸에 알을 낳고 싶은 마음을 참아야 할까? 우리도 다른 종에게 끔직한 일을 저지르는데 왜 에일리언은 우리에게 잘해줘야 하는가? 게다가 우리가 다른 종에게 저지르는 일들은 에일리언이 우리에게 저지르는 일보다 정도가 더 심한데? 마크 롤랜즈는 집약적으로 사육되는 돼지나 닭에게 물어봐라, 에일리언이 우리에게 저지르는 일이 과연 나쁜 짓인지, 도살장에 한번 가봐라, 에일리언이 우리에게 저지르는 일이 과연 나쁜 짓인지, 적어도 에일리언은 우릴 죽일 뿐 일생에 걸쳐 괴롭히지는 않는다, 라고 주장한다. 우리와 비교하면 에일리언은 나쁘기는커녕 자애롭고 신사적인 종으로까지 보인다. 그는 자신의 주장을 입증하기 위해 닭을 예로 든다. 그의 주장을 거칠게 정리하면 이렇다.

당신이 닭이라고 가정하자. 당신이 산란용으로 태어났고 수컷이라면 당신의 수명은 짧아질 것이다. 당신은 산 채로 분쇄기에 갈려 비료가 되거나 쓰레기 더미에 던져진다. 만약 암컷이라면 생후 하루에서 열흘 사이에 부리가 잘려나간 자신의 모습을 발견하게 될 것이다. 그런데 그게 뭐 아플까? 부리는 딱딱한데. 손톱 자르는 것과 비슷하지 않을까? 실은 그렇지 않다. 부리 아래로는 부드러운 조직으로 된 아주 민감한 피부층이 있고 말초신경이 있다. 인간의 손톱 밑 피부층과 비슷한 셈인데 혹시 부리 자르기를 손톱 손질과 비슷한 게 아닐까 생각한다면 당신은 손톱을 손질할 때 손톱을 손가락 끝과 함께 그냥 잘라버리는 것을 선호한다는 이야기다. 당신이 암컷으로 태어났다면 케이지로 옮겨지는데, 날개를 쫙 펴거나 몸을 돌릴 생각은 접는 게 좋다. 당신은 깔리고 밟히고 깃털을 잃게 된다. 당신은 하도 알을 많이 낳는 탓에 심한 골다공증을 앓는데 사람이 손으로 잡기만 해도 다리나 날개가 부러지고 흉곽은 함몰된다. 이때쯤 되면 당신은 정신이상 상태가 된다. 당신의 생산성이 떨어지면 당신은 수익이 낮아졌으므로 도살된다.

우리가 해마다 수십억 마리의 동물에게 심어주는 공포에 비하면 외계 생명체들이 우리에게 심어주는 공포는 새 발의 피다. 게다가 에일리언이 우리 몸속에 알을 낳는 이유는 번식을 위해서다. 이건 생명체에게 아주 중요한 일이다. 반면에 우리가 돼지나 닭을 이렇게 대하는 것은 입맛 때문이다. 이게 생명체의 번식만큼이나 중대한 이해관계인가?

생존하기 위해서 고기를 꼭 먹어야 하는가? 아니란 것은 수많은 채식주의자들이 죽지 않고 살아 있는 것을 보면 알 수 있다. 우리는 고기를 생존이 아니라 그냥 입맛 때문에 먹는다. 입맛 때문에 그들의 가장 중대한 이해관계를 박탈한다. 과연 에일리언이 우리보다 더 나쁜가? 당신이 되고 싶은 쪽은 어느 쪽인가? 유충을 잉태한 인간인가? 아니면 집약적으로 사육되는 닭인가? 만일 우리가 에일리언을 비뚤어진 사악한 생명체로 생각한다면 우리는 거울을 들여다봐야 할 것이다. 에일리언을 정말 사악한 생명체로 생각한다면 우리가 동물에게 하는 짓을, 고통스러운 삶을 안기다가 끝내 이윤과 입맛 때문에 죽음을 선고하는 짓에 대해 해명할 수 있어야 한다. 우리는 잔인함에서 에일리언의 상대가 안 된다고 마크 롤랜즈는 숨 쉴 틈 없이 전혀 농담이 아닌 주장을 하다가 이런 농담 한마디를 던진다. "그런 식의 삶과 에일리언이 내 가슴을 뚫고 나오게 하는 삶 중에서 선택을 해야만 한다면 나는 기꺼이 식탁보를 두르고 매일매일을 에일리언과 함께 다니겠다." 에일리언이 될 것인가 공장식 축산의 닭이 될 것인가, 라고 나에게 묻는다면 나의 선택은? 두말할 필요도 없이 냉큼 식탁보를 두르고 마크 롤랜즈 일행과 함께 시고니 위버를 피해 다닐 것이다.

우리가 세상을 보는 방식

여기까지가 내가 준비한 농담인데 사실 농담이라 해도 우리가 그 무게에 짓눌릴 만한 무거운 농담들이다. 첫 번째 농담 아닌 농담, 스페인 독감은 실제로 있었던 일이다. 코로나 백신 개발을 위해 동물실험을 많이 하고 있다. 죄수나 동물이나 신세가 다르지 않다. 동물실험 이야기를 들을 때마다 이런 생각이 든다. 동물이 그렇게 인간과 다르다면 대체 왜 동물실험을 하는 것일까? 오늘날 동물과 가장 유사한 처지에 놓인 이들은 이주민 노동자들이다. 둘 다 '숙식 무료 제공'! 그리고 동물도, 이주민 노동자도 보이지 않는 곳에 위치한다. 동물도 이주민 노동자도 한 가지 기능으로 축소되어 있다. 동물은 먹히기 위해서, 이주민 노동자는 우리를 대신해 우리가 하기 싫어하는 일을 하기 위해서.

두 번째 이야기. 결국 데이비드 포스터 월리스는 축제를 무엇이라고 생각하게 되었을까? 처음에 주장한 대로 축제는 휴가와 사랑이라고 보았을까?

어떤 면에서 우리는 다 삼켜지기 위해 이곳에 왔다. 주 출입구의 목구멍이 우리를 받아들이면 빽빽하게 들어찬 군중은 느리게 연동운동을 하며 갈라지는 길을 따라 움직인다. 그동안 길가에 늘어선 융모에서 복잡한 현금과 에너지의 교환이 이루어지며, 마침내 채워진 동시에 고갈된 상태로, 대량 유출을 계산하고 설계된 출구로 배설된다. […] 공중 화장실과 공중 소변기도 있다. 축제 현장의 온도는 촉촉한 체온과 일치한다. 되샘길질하며 제 배설물 사이에 서 있는 가축은 미래의 음식으로서 심사와 칭송을 받는다.[50]

축제라는 대규모 군중의 역동성, 그날따라 정성껏 잘 차려입은 들뜬 군중의 역동성은 자본주의가 만들어낸 상품경제의 역동성과 관련이 있다. 그 역동성 안에서 인간과 동물은 둘 다 삼켜진다. 동물도 먹히고 우리도 먹힌다. 동물도 소화되고 우리도 소화된다. 주인의 특별한 사랑을 받던 소 같은 특별한 의미 부여는 아무런 힘이 없다. 이제 팔려가는 소를 붙잡고 발버둥치고 우는 주니어들의 이야기는 없다. 이런 분위기 속에서 우리가 정성껏 특별하게 기른 아이들도 사회에 나가면 시장의 차가운 대우를 받는다. 신규 유입되고 대량 유출된다. 내가 누군가에게는 특별한 사람, 특별한 몸이라는 것도 사회에서는 의미가 없다. 이런 의미의 상실이 삶을 더 이상 사랑할 수 없는 것으로 만든다.

세 번째 농담은 동물 문제는 외계 생명체와 비교해봐야만 알 수 있을 정도로 시선을 바꾸기 어려울까, 라는 질문을 던지게 만든다. 하긴 우리는 저승사자나 사후세계를 상상해도 동물의 마음을 상상하진 못한다.

두 번째, 세 번째 이야기 모두 우리가 세상을 보는 방식에 관한 이야기다. 우리가 세상을 보는 방식(듣는 방식, 말하는 방식도 그렇다)은 우리가 믿는 방식에 영향을 받고, 나와 세계와의 관계를, 운명을 암시한다. 그동안 우리가 세상을 보는 방식은 비인간적인 면을 강화시켜왔다('보는 방식' 때문에 여자들은 오래 고통받았다. 여자들 또한 암탉이나 먹고 싶은 음식으로 여겨졌다).

동물뿐 아니라 그동안 지구와 인간이 맺은 관계도 인간 중심주의의 극치였다. 지구냐 인간이냐? 지구냐 경제냐? 답은 우리 모두 안다. 인간이고 경제였다. 지금 지구가 겪고 있는 지구온난화 문제 또한 어찌나 인간중심주의를 벗어나기 힘든지 외계인의 눈으로 봐야만 알 수 있을 정도다. 그런데 마침 외계인이 남긴 글을 내가 어렵게 입수했다. 해독하느라 고생깨나 했다. 그들의 문장은 아주 먼 곳에서 왔기 때문에 아득한 우주처럼 신비롭고 아름답지만 지면 관계상 아쉬움을 뒤로하고 간단히 정리하자면 이렇다.

지구 위에 지적 생명체가 있는가

어느 날 외계 탐사대원이 성간물질을 통과하여 태양계로 진입했다. 외계 탐사대원들은 지구를 발견했고 발견하자마자 '야! 저기 예쁜 행성이 있다. 가보자!'라고 생각했다. 외계 탐사대원들은 이렇게 예쁜 행성에 생명체 혹은 지적 생명체가 있을까, 설레는 마음으로 지구에 조금 더 가까이 다가왔다.

그들은 지구가 푸른색으로 보이는 이유가 궁금했다. 그 '푸름'이 바다라는 생각은 하지 못했다. 그런 행성은 보지 못했기 때문에 웬 행성에 액체가 이렇게 많을까, 라고만 생각했다. 한편 분광기를 통해 지구 공기의 5분의 1이 산소임을 밝혀냈다. 오랜 항해를 했지만 태양계에서 이렇게 산소가 많은 행성은 처음 봤다. 외계 탐사선은 좀 더 지구를 관찰해본다. 그리고 이내 두 종류의 지역이 존재하는 것을 알게 되었다. 하나는 지금까지 지나온 다른 행성이랑 비슷하다. 암석이랑 광물이 있는 지역, 다른 하나는 빨간빛을 강하게 흡수하는 물질이 분포되어 있는 이상한 지역. 이 빨간빛을 강력하게 흡수하는 물질은 엽록소다. 이것은 식물이 있다는 증거다.

외계인은 몇 가지 결론에 이르렀다. 이 행성엔 특이점이 세 가지 있다. '바다, 산소, 생물'이 있다. 외계인은 지구의 적외선 스펙트럼을 좀 더 주의해서 보기로 한다. 그런데 이상한 점을 또 발견했다. 메탄의 양이 너무 많다. 화성이나 금성에는 이렇게 메탄이 많지 않았다. 유일한 가능성은 메탄이 지구의 생물과 관련되어 있다는 것이다.* 지구로부터 방출되는 특정한 전파도 발견했다. 그 전파는 번개 같은 자연현상과는 관련이 없는 것이었다. 외계 탐사대원은 지구에는 한 종류 이상의 생물이 전파과학기술을 가지고 있다는 것을 알게 되었다. 대체 이 기술을 가진 족속은 누구인가?

기대와 궁금증을 더 이상 참을 수 없게 된 외계인은 망

---

* 메탄은 늪 속의 박테리아, 쌀 경작, 식물의 연소, 유정(油井)의 천연가스, 소의 배 속 가스에서 발생한다.

원경을 꺼내 든다. 분해능이 1킬로미터인 중급 정도의 망원경이다. 외계인은 산맥, 강, 화산을 관찰하고 이 행성이 여전히 지질학적으로 활발하게 활동 중이라는 것을 발견한다. 외계인은 좀 더 정밀한, 분해능이 백 미터인 망원경으로 지구를 본다. 이 행성은 사각형, 직선, 정방형, 원 들로 덮여 있는데 그 도형들은 강둑이나 평원이나 산기슭에 모여 있고 대양 위에는 없다. 규칙성과 복잡성을 이해하는 지적인 생명체가 아니고서는 이런 일을 하는 것은 불가능하다. 외계 탐사대원은 이 행성을 지배하는 족속은 땅과 유클리드 기하학을 좋아한다고 결론을 내린다.

외계인은 기하학을 좋아하고 높은 수준의 과학을 이해하고 있는 지적 생명체가 어떻게 생겼을지 너무 궁금해 미칠 지경이 되었다. 외계인 탐사대원은 긴장한 채로 분해능이 1미터 이내인 망원경을 꺼내 들었다. 도시 사이를 연결하는 긴 직선들이 보인다. 직선들은 길고 느린 행렬로 달리고 있는 물체들의 물결로 꽉 차 있다. 이 행렬은 가다 서다를 반복했다. 이 행렬들은 외계인의 눈에 서로서로 '호의'를 표시하는 것으로 보인다. 다른 흐름이 이어질 때 또 다른 흐름은 멈춰서 기다려주기 때문이다. 이들은 밤에 두 개의 밝은 빛을 비춰 길을 잃지 않고 가야 할 곳으로 가는 것 같다.

외계인들은 지구에 반했다. 그들은 지적 생물의 업적을 보았고 그 족속이 기하학을 이해한다는 것까지 알아냈다. 외계인들은 지구의 지적 생물과 꼭 친구가 되고 싶었다. 드디어 말이 통하는 족속을 만날 것이란 기쁨을 품고 외계인은 지구 궤도로 진입했다. 그런데 행성을 내려다보는 동안 외계인은 혼란에 빠졌다. 이 지적인 생명체는 지구 전체에 있는 큰 굴뚝에서 이산화탄소와 유해 화학물질을 공중에 내뿜고 있었다. 이산화탄소의 양이 계속 꾸준히 늘어나는 것이 보인다. 메탄도 마찬가지다. 만약 이대로 간다면 행성의 온도는 올라갈 것이다. 커다란 대륙의 중앙부, 이곳에서는 밤마다 수천 개의 빨간 불빛이 보였다. 숲이 활활 불타고 있었다. 초록색 삼림은 사라지고 있었다. 폭이 넓은 강물들은 갈색으로 물든 채 주위 바다를 크게 오염시키고 있었다. 육지의 표토가 바다로 씻겨나가는 것인데 속도가 빨라서 이대로 수십 년이 지나면 남는 표토가 없을 터였다. 외계인은 비슷한 현상들이 지구의 모든 강 하구에서 일어나고 있는 것을 보았다. 식량을 생산할 수 있는 토양은 두께가 겨우 15센티미터에서 20센티미터에 불과해 보인다는 것을 감안하면 토양은 놀라운 속도로 사라질 것이다. 그런데 표토가 없다는 것은 농업도 없다는 뜻이다. 그러면 다음 세기에 지구의 지적 생명체들은 무엇을 먹고 살아남을 것인가? 그들은 이 위험에 어떻게 대처할 것인가?

지구 궤도를 선회하면서 외계 탐사대원은 확실히 뭔가가 잘못되었다고 생각한다. 지구에 어떤 지적 생명체가 있는지 모르겠지만 그 생명체는 그 지적 능력으로 삼림을 파괴하고 작물을 기를 땅을 없애고 통제 불가능한 기후 실험을 하는 중인 것으로 보였다. 외계 탐사대원은 지구의 지적 생명체는 지구는 파괴되는 것과 같은 속도로 자신을 복원하는 능력이 없다는 것을 알고 있는지 궁금했다. 외계인은 우울한 질문을 던진다. 그들은 무슨 일이 일어나고 있는지 깨닫지 못하는가? 그들 눈에는 안 보이는가? 보이는데 안 보이는 척하기로 한 건가? 그들은 종족의 미래를 위해서라도 지구와 협력할 수 없단 말인가? 혹시 지구의 지적 생명체는 무슨 묵시론에 빠져들어 집단적으로 멸종하기로 내부에서 결정을 한 것인가?

이성적이란 것은 상황을 있는 그대로 본다는 것이고 미래와 공동체를 위해 지금 당장 자신의 이익에 반하는 것을 받아들일 줄도 안다는 것을 의미한다. 그것이 그들이 생각하는 지적 생명체의 의미였다. 외계 탐사대원은 지구에 지적 생명체가 있다는 추측을 재고할 때가 되었다고 생각했다. 다정한 그들은 지구인 중 가장 '외계인스러운' 사람을 찾아 메시지를 전달하고 지구를 떠나기로 결정한다. 물론 그 가장 '외계인스러운' 사람이 나다. 그들은 내 꿈에 나왔다. 그러나 그들은 나를 잘못 봤다. 나는 철저히 지구인이다. 나는 지구중심적 인간이다. 나는 여기서 살아야 한다. 나는 바다가 있는 '창백한 푸른 점' 지구가 아니면 살 수가 없다. 현실이 내가 사랑해야 하는 모든 것이다. 내세를 사랑하며 살 수는 없다. 다른 현실을 만들 수 있을 뿐이다. 그래서 나는 외계인이 진짜 좋은 친구로 느껴졌다. 외계인이 우리에게 보낸 메시지는 눈먼 자들의 지구에서 두 눈 똑바로 뜨고 사는 지적 생명체가 필요하단 뜻이다. 나는 외계인의 지구인 친구로서 이 메시지를 지구인 모두에게 전달한다.

사실 이 글은 외계인의 메시지가 아니다. 1996년 세상을 떠난 칼 세이건은 생전에 이미 지구의 환경위기를 감지했다. 그는 '만약 외계인이 현 단계의 지구를 보면 무엇을 보게 될까?' 상상하면서 『창백한 푸른 점』이란 책에 이 글을 썼다(거기에 내가 몇 가지를 추가했다). 그러나 칼 세이건도 상상에 의해서가 아니라 근거를 가지고 이 글을 썼다. 최초로 목성의 위성을 발견한 갈릴레오의 이름을 딴 NASA 우주선 '갈릴레오호'가 1990년 이후 보내온 사진이 근거였다. 갈릴레오호의 목적은 외계인이 지구 근처를 날아간다면 인간들을 탐지할 수 있는지 알아보는 것이었다. 일명 '지구생명탐사계획'이었는데 갈릴레오는 바로 위와 같은 갖가지 생명의 흔적들을 찾아냈다. 즉, 외계인은 우리를 발견할 수 있다. 바로 이런 모습으로.

책에 실린 이 글의 제목은 '지구 위에 지적 생명체가 있는가'였다. 이 글이 문제시한 것은 데카르트 이후의 명제 '나는 생각한다. 고로 존재한다'이다. 생각하는 존재가 대재앙을 가져올 수 있는 일을 그대로 놔둘 수 있을까? 그러고도 미래에 대해 말할 수 있을까? 나중에 올 사람들이 겪을 일을 알고도 모르는 척 방치하고 그들의 희망을 미리부터 갉아먹고 그러고도 수치심 없이 살 수 있을까? 이런 상태에서도 여전이 인간을 이상화해야 하는가? 우리는 인간에 대한 재평가 시점에 와 있고 관점을 재조정하지 않는 한 해결책을 발견할 가능성은 낮다.

뭔가를 보지 못하게 하는 것은 인간의 '확신'이다. 그러나 우리는 매일 조금씩 죽기 때문에 매일 탄생의 기적을 경험할 필요가 있다. 매일 새롭게 봐야 한다. 매일 다르게 보면서 더 풍요롭게 살아내야 한다. 앞으로 우리가 인간중심주의를 어떻게 벗어나느냐에 따라 인류 역사는 달라질 것이다. 인류세는 인류가 각성한 시기가 될 수도 있다. 인류는 어느 시기나 다른 방식으로 보는 사람들이 수많은 대안을 내면서 출구를 찾고 위험을 피해왔다. 우주는 결코 우리를 속이지 않고 세계는 늘 우리에게 말을 건다. "이봐, 주위를 좀 보라니까! 눈 좀 뜨라니까!"

사랑하는 ○○과
함께 살기

아홉째 날, 좋아하는 이야기

스스로를 보잘것없는 존재로 여기기 시작한다면 그 자리에서 악이 자란다.
— 어슐러 K. 르 귄

이윤을 쫓아야 한다는 중압감에 짓눌려 고꾸라지고 있는 세상, 기술-과학과 권력에 대한 탐욕이라는 만족할 줄 모르는 유혹에 시달리는 세상, 세계화와 새로운 형태의 노예화에 시달리는 세상에서도 그 모든 것 너머에, 모든 것 너머에 우정은, 사랑은 존재한다.
— 카르티에 브레송

───────────

오늘은 『존 버거의 글로 쓴 사진』에 나오는 「바위 아래 개

두 마리」라는 짧은 글 이야기를 들려주겠다.

　토니오와 안토닌은 마드리드 북쪽 해발 3천 미터 높이의 엘 레켄코 계곡에서 처음 만났다. 안토닌은 그곳에서 소를 치면서 살았고 토니오는 3년에 걸쳐 지은 오두막에서 그림을 그리고 살았다. 그곳은 외롭다고 할 만한 곳으로 벌통을 가득 실은 트럭이 가끔 달려오는 걸 빼면 양이나 염소, 도마뱀만 볼 수 있는 곳이었다. 토니오는 계곡의 모습을 자주 그렸다. 그가 그림을 그릴 때 머리 위에선 독수리의 희미한 울음소리가 들리곤 했다. 안토닌은 글을 전혀 읽을 줄 몰랐고 낡은 트럭 타이어를 잘라 만든 샌들을 신고 다녔다. 그 신발을 신고 소똥 묻은 길을 수없이 걸어다녔다. 안토닌에게는 아내가 있었지만 아내와 함께 있는 시간은 적었다. 안토닌은 아내가 죽었을 때 울었다. 그것이 그가 남들 앞에서 보인 첫 번째 눈물이었다. 우리의 이야기는 안토닌이 흘린 두 번째 눈물에 관한 것이다.

　토니오와 안토닌은 같은 계곡에 사는 두 남자였지만 둘은 서로 가까워지지 않으려고 노력했다. 가끔 담배를 나눠 피우거나 함께 계곡 아래를 향해 욕을 퍼부을 정도로만 가까웠다. 이다음 부분부터는 글을 직접 인용해보겠다.

　하루는 토니오가 감자와 베이컨으로 식사를 준비하고 있는데 안토닌이 우연히 들렀다. 토니오는 그에게 함께 식사하자고 권했다. 그저 별 생각 없이 초대한 것이다. 어젯밤에 오소리를 봤다고 얘기를 건네는 것만큼이나 가벼운 초대였다. 안토닌은 모자를 벗고 고개를 숙이는 것으로 그 초대에 응했다. 토니오는 데리고 다니는 개 두 마리는 밖에 놔두고 들어오라고 안토닌에게 손짓했다.

그러나 안토닌이 그 집에 있는 유일한 방의 문턱을 넘자마자, 그 둘 모두 전혀 예기치 못했던 일이 일어났다. 그 방 안은 한 사람에게는 눈을 감고도 익숙한 분위기였지만 다른 사람에게는 전혀 색다른 세계였다. 토니오는 테이블에 접시를 놓고 나이프와 포크를 가지런히 놓았으며 그 옆에는 잔을, 또 그 옆에는 포도주병을 놓았다. 그리고 빵도 내왔다. 안토닌은 이런 것에 전혀 익숙지 못했다. 어색한 듯 의자에 뒤로 기대어, 동물 우리와 개울, 또 토니오에겐 낯선 이름들에 관해 가끔 한마디씩 떠듬떠듬 말했다. 하지만 마치 이발소에서 머리를 깎는 사람처럼 대체로 아무 말 없이 조용히 앉아 있기만 했다.

토니오가 토마토를 쪼개 그 위에 올리브기름을 몇 방울 떨어뜨렸다. 밖에는 안토닌의 개 두 마리가 바위 그늘 아래 앉아 있었다. 마침내 토니오도 자리를 잡고 앉았고 안토닌은 두 사람의 잔에 포도주를 따랐다. 이것만 빼면 다른 모든 접대는 주인인 토니오가 한 셈이다.

맛있는 식사였다. 식사 도중 때로, 의자에 등을 기대고 얘기를 나누기도 했다. 음식을 다 먹고 이번에는 함께 포도주를 마셨다. 창밖으로 보이는 계곡의 더위는 잔인할 정도였다. 식사가 다 끝났다. 이윽고 안토닌이 자신의 모자를 챙겨 썼다. 꼬박 십 분간을 주머니에 손을 넣어 머뭇거리던 그가 천 페세타짜리 지폐 한 장을 꺼내더니 정중하게 테이블 위에 놓았다.

이런! 이게 무슨 짓인가요. 이러지 말아요. 즐겁게 한 초대에 이러면 안 돼요. 토니오가 소리를 질렀다.

평생 이런 식사는 처음이었소. 마치 고급 레스토랑에 온 기분이었소. 엄숙히 선언하듯 안토닌이 말했다.

집어넣어요. 내 기쁜 마음에 침을 뱉는 격이오. 토니오가 또 고함을 질렀다.

이런 제기랄…. 안토닌은 입 속으로 말을 삼켰다.

토니오가 손을 저으며 안토닌 쪽으로 돈을 밀었고 안토닌은 마지못해 다시 집어넣었다. 그러곤 모자를 벗더니 그 자리에 가만히 섰다. 두 팔을 땅딸막한 몸에서 약간 떼어 벌리고, 왼쪽 손가락에 불 안 붙인 담배를 끼운 채 오른손에는 모자를 들고 있었다. 미동도 없이 선 그의 볼에, 눈물이 타고 내렸다.

안토닌을 마주 보고 선 토니오의 눈에서도 눈물이 흘러내렸다. 두 사람 모두 눈물을 감추지 않았다.[51]

이야기는 여기서 끝나지 않는다. 몇 문장이 더 있다.

개들이 물끄러미 안을 들여다보고 있었다. 주인은 등을 돌리고 서 있고, 또 다른 사람은 마치 소금 병을 찾아주기라도 하려는 듯 엉거주춤 서 있었다. 꽤 긴 시간이 흘렀다. 가만히 선 두 사람은 움직이지 않았다. 이윽고 두 사람 모두 천천히 팔을 들어 올렸다. 그러곤 서로를 껴안았다.[52]

이것은 아름다운 글이고 아름다움은 이렇게나 쉽게 만들어졌다. 이 글에 대해서라면 별말 없이 그냥 조용히 있고 싶다. 그래도 이 글이 왜 나에게 이렇게 아름답게 느껴지는지 내 나름대로 조금이나마 설명해보려고 한다.

수많은 시간이 하나의 순간으로 모였다

이 글에는 카메라의 파노라마와 와이드앵글이 있다. 우선 외롭고 척박한 계곡이 있다. 틀림없이 햇살이 머리통 위로 인정사정없이 내리쬐는 곳일 것이다. 그곳에서 오래 일하려면 꼭 모자를 써야 할 것이다. 그리고 독수리가 나는 하늘 아래로 서늘한 오두막이 있고 두 남자와 개 두 마리가 있다. 독수리는 영감을 주지만 먹을 것을 주지는 않기 때문에 두 사람은 음식을 먹어야 한다. 개는 밖에 잘 있다. 시간은 평범하게 흘러간다. 이제 일을 하러 가거나 낮잠을 자러 가면 된다. 그런데 안토닌은 가지 않고 서서 꼬박 10분간을 망설인다. 10분이 중요하다. 짧지 않은 시간이다. 10분은 이제 막 사형대에 올라 총살을 기다리던 도스토예프스키에게 황제의 칙사가 뛰어와서 총살이 취소되었음을 알릴 때까지 걸린 시간이다. 그 10분간 도스토예프스키는 임사 체험을 했다. 그렇다면 10분 동안 안토닌은 무슨 생각을 했을까?

그는 돈을 지불하려고 한다. 도대체 무슨 생각이 그의 손을 움직여 돈을 꺼내게 만들었을까? 그냥 밥 한 끼 나눠 먹었을 뿐인데. 토니오 입장에선 돈을 받는다는 것은 말이 안 된다. 안토닌은 이런 식사는 평생 처음이었다고 말한다. 고급 레스토랑에 간 것 같다고. 어쩌면 안토닌은 고급 레스토랑에 가본 적이 없을 수도 있다. 안토닌이 눈물을 흘린다. 눈물은 저절로 흘러내리는 것처럼 보인다. 왜 울지? 그제야 나는 안토닌이 두 세트의 나이프와 유리잔을 어떻게 바라보았을지, 토마토와 올리브오일을 어떻게 바라보았을지, 식후의 포도주와 대화를 어떻게 생각했을지, 느끼게 된다. 눈물은 외로운 계곡에 외롭게 사는 소몰이꾼이라는 삶의 '조건'이 이끌어낸 거의 무의식적인 반응이란 것을 이해하게 된다. •

토니오도 나와 같은 것을 보았다. 토니오도 안토닌이 살아온 '시간'과 그의 삶의 '조건'을 봤다. 혼자서 대충 때운 수없이 많은 식사를 봤고, 대화 상대 없이 혼자 일하고 혼자 잠들던 많은 시간을 봤다. 그의 삶이 그에게 준 쓰라림을 봤다. 그 삶이 어떤 것이었을지 이해했다. 그리고 그의 노동과 외로움을 깊이 존중했다. 토니오도 울었다.

이렇게 해서 공간은 시간이 되었다. 수많은 시간이 하나의 순간으로 모였다. 고독한 노동의 한가운데에 있는, 삶이 준 쓰라림을 잠시나마 잊을 수 있는, 함께 있는 것의 온기를 잠시나마 맛볼 수 있는, 어떤 조건도 없고 아무것도 요구하지 않는, 그냥 그렇게 있었던 순간이다. 순수한 순간이다.

값을 헤아릴 수 없는 순간이다. 안토닌에게만 좋은 순간이 아니고 서로 좋은 순간이다. 두 사람은 안았고 나는 두 사람이 느꼈을 감정의 승화 같은 것을 함께 느낀다. 오두막에선 이 모든 일이 말없이 진행되었다. "자네 애쓰고 살았네" 같은 말도 필요하지 않았다. 이미 오두막의 침묵 속에서는 수많은 말이 오갔다. 가장 좋은 대화는 말 없이도 수많은 대화가 오가는 대화고, 라디오로 치면 말이 아니라 말의 뉘앙스와 음색, 침묵을 알아듣는 것과 같다. 침묵 속에서 우리는 가만히 있지 않는다. 헤아리고 상상한다. 연결된다. 이것이 오늘날 우리가 그렇게 많은 말을 하고도 고독한 이유다. 우리는 침묵 속의 상상을 팽개쳤다. 타인을 빠른 속도로 규정하거나 평가하고 있을 뿐이다. 어깨 한번 으쓱하고 털어낼 존재처럼.

왼손에 불을 붙이지 않은 담배를 들고, 오른손에 모자를 들고(그는 어쩌면 왼손잡이일 수도 있다) 두 세트의 식기와 두 개의 잔과 포도주병이 놓여 있는 테이블 앞에 소똥 묻은 샌들을 신고 다리를 벌리고 서서 눈물을 흘리는 안토닌의 모습은, 다른 사람의 삶이 아닌 오로지 안토닌의 삶에서만 나올 수 있는 모습이다. 고독했지만 이해와 존중을 받는, 지상에서 그 몸짓을 할 수 있는 유일한 인간 안토닌. 우리는 안토닌을 영원히 이 모습으로 기억할 것이다.

예전에 나는 이 글에 대해서 풀어야 할 한 가지 질문을 가지고 있었다. 나는 앞에서 이 글의 제목이 '바위 아래 개

두 마리'라고 했다. 이 글의 제목이 '계곡의 두 남자' 혹은 '소몰이꾼 안토닌의 두 번째 눈물'이 아니라 '바위 아래 개 두 마리'인 이유는 뭘까? 이 의문점을 어느 날 내 친구가 싱겁게 해결해버렸다.

"그게 이야기의 시작이니까. 개 주인의 동작을 생각해 봐. 먼저 개를 어디에 둬야 할지 생각하지 않겠어?"

그렇다면 이야기의 마무리도 개의 역할일 것이다. 안토닌은 이렇게 말할지 모르겠다. "개에게 가봐야겠어요." 혹은 개들이 직접 발언을 할 수도 있다. "오늘 무지하게 덥네. 멍멍", "근데 왜 저러고 있지? 멍멍", "가자고 해야 하려나 봐. 멍멍."

이 글의 마지막 문장 "그러곤 서로를 껴안았다"는 인간의 시선이 아니라 개의 시선으로 쓰였다. 개에게 발언권을 주고 싶은 사람만이 이렇게 쓸 수 있다. 덕분에 우리 눈도 오두막에서 개를 향해 간다. 개의 시선으로 두 사람을 보게 된다. 개는 두 사람의 이야기에서 더 많은 시선을 받을 가치가 있다. 개는 두 사람이 너무 오랫동안 포옹하는 것을 막아주고, 두 사람이 제 갈 길을 가고, 제 할 일을 하게 했을 것이다. 덕분에 두 사람은 지나치게 감상적이 되는 위험을 피할 수 있었다. 그래서 우리는 이 이야기를 토니오의 눈으로도 보고 안토닌의 눈으로도 보고 개의 눈으로도 볼 수 있게 된다.

그 전 동작, 그 전 동작, 그 전 동작

9월의 어느 날 내가 안토닌이 되는 일이 발생했다. 식사 초대를 받았다. 식당이 아니라 집에서 하는 식사였다. 집주인을 포함해서 네 명이 함께하는 식사 자리였다. 뜻밖의 초대였고 고마웠다. 테이블에 식기가 놓였다. 식전에 각자 좋아하는 술을 고를 수 있었다. 나는 1분 정도 여왕 대접을 받는 기분이 들었다. 집주인(나는 이 이야기에서 그를 원숭이라고 부르겠다. 나는 그가 원숭이 흉내를 낼 때 제일 좋다. 원숭이가 그의 지도교수처럼 보인다)이 내가 좋아한다고 언젠가 말했던 술 이름을 기억에 담아뒀다가 따로 준비했기 때문이었다. '나를 위해서 이 귀한 술을!' 이런 일은 내 평생 처음이었다. 그가 지출했을 비용이 부담스럽고 다소 황송했지만 입에 군침이 돌았다.

"얼음 없이 마실래요, 얼음 넣어서 마실래요?"

"얼음 있이요."

"얼음 있이."

꼭 고급 레스토랑에 온 것 같았다. 요리는 단순한 샐러드와 파스타였다. 식사는 맛있었고 대화는 격의 없이 즐거웠다. 진지한 관심거리를 이야기했지만 무겁지 않았다. 열어놓은 창에서 들어오는 바람은 순수한 사람의 미소처럼 깨끗했다. 집에 가려고 일어선 순간 내가 안토닌이 되었다. 뭔가가 나를 미적거리게 했다. 너무 고마운데 뭘 해야 하지? 돈을 내는 건 말도 안 되고 설거지인가? 돈을 지불하지 않으니 뭘로 감사를 표현해야 할지 어려워 마음의 짐이 되었다.

　그날을 복기하면 바람이 정말 좋았다는 게 역시 제일 먼저 떠오른다. 창문 밖으로는 인왕산 바위가 보였다. 나는 오로지 창밖만을 바라보며, 내가 만들지도 않은 것들이 주는 기쁨을 만끽하다가 우연히 주방 쪽을 바라보았다. 배가 고팠을 수도 있다. 원숭이가 파스타면을 프라이팬에 볶고 있었다. 면 하나를 들어서 살짝 맛보기도 했다. 흔한 모습이다. 그런데 동작이 좀 이상했다. 어깨에 힘이 많이 들어가 보였다. 나는 곧 이유를 알았다. 그는 가스레인지 앞이 아니라 옆에서 요리를 하고 있었다. 그러나 우리 몸은 정면에서 바라보는 데 익숙하다. 그래서 그의 몸은 하체는 가스레인지 옆에 서 있지만 상체는 약간 가스레인지를 향해 앞으로 기울어져 있었다. 그래서 내 눈에 그의 어깨의 움직임이 도드라져 보였던 것이다. 원숭이가 가스레인지 앞에 서서 요리하지 않은 것은 가스레인지 후드가 그의 이마에 닿을 만큼 낮아서일 것이고 그것을 수리하지 않은 것은 자기 소유의 집이 아니라서일 수도 있고 혹은 굳이 쓰레기를 만들고 싶지 않아서일 수도 있고… 하여간 그랬다.

　우리는 식사를 마치고 포도주 또는 물을 마시면서 대화를 했다. 그런데 대화하는 중에 뭔가가 자꾸 생각이 날 듯 말 듯했다. 이틀이 지나 생각났다. 그 생각날 듯 말 듯했던 것은 존 버저가 누드에 대해 쓴 글이었다. 원숭이가 누드로 보였다는 뜻은 아니다. 그는 제대로 입을 것을 다 입고 있었다. 존 버저의 글은 대략 이렇다.

이를테면 우리는 타인의 벌거벗은 몸을 좋아한다. 누군가 눈앞에서 벌거벗는다면 아무리 안 보려고 애를 써도 몇 초라도 눈길이 가는 것을 막을 수 없다. 그토록 우리의 흥미를 끄는 벌거벗은 몸을 보고 확인할 수 있는 것은 그 몸이 내 몸과 별로 다를 게 없는 비슷한 몸이란 것이다. 차이는 다소 있지만 그냥 여자 혹은 그냥 남자의 몸. 첫 성적 경험에서 서로가 두려워하는 것도 그때까지 서로를 잡아끌던 신비감이 옷을 벗으면서 사라지고 평범해지는 것이다. 힘을 줘서 아랫배의 살을 가리던 것도 더는 할 수 없고 하이힐을 신어서 다리를 길어 보이게 하는 것도 더는 할 수 없다. 하지만 성적 경험에서 분명한 것은 벌거벗는다는 것은 '상태'라기보다는 하나의 '과정'이라는 점이다. 완전히 벌거벗기까지 하나씩 하나씩 진행되는 긴장되는 과정이 없다면 벌거벗은 몸이야말로 가장 진부한 것이고 흔하디흔한 일반적인 것이다. 이것이 그렇게 많은 성장소설에 살짝 열린 문틈으로 옷을 벗고 있는 누군가를 훔쳐보는 장면이 등장하는 이유다. 목욕탕에 가서 우리가 벗은 몸들을 보느라 할 일을 못하지 않는 이유이기도 하다. 하지만 우리는 어떤 몸은 특별히 사랑하지 않나? 매번 처음 본 것처럼 뭔가를 발견하지 않나? 그것을 어떻게 표현할 수 있지?

존 버저는 루벤스가 그린 두 번째 아내의 벌거벗은 몸 그림 — 그녀는 벌거벗었지만 어깨에 모피를 걸치고 있다.

그러나 모피는 흘러내리기 직전이다 — 을 분석하면서 이것은 사진작가가 '순간'을 포착한 것과는 다른 것이라고 말한다. 막 흘러내리려는 모피 코트를 걸친 알몸 그림이 1, 2초 정도의 찰나를 보여주는 게 아니라면 대체 뭘 보여주는 것일까? 순간이 아니라 '시간' 혹은 '시간의 축적'을 보여준다는 것이 존 버저의 생각이다. 즉, 그녀는 조금 전까지 벌거벗고 있었다. 그리고 모피를 입었다. 그러나 그 모피는 곧 다시 떨어질 것이다. 이 주장의 근거는 무엇일까? 그림 속에서 상체에서 엉덩이에서 허벅지로 이어지는 선은 절대 만날 수 없는 방식으로 어긋나 있다. 이것은 우리가 가만히 서 있을 때가 아니라 움직이고 있을 때, 몸을 돌릴 때 드러나는 어긋남이다. 이렇게 상체와 하체의 선을 어긋나게 함으로써 루벤스의 그림은 그림이 그려지기 전후의 시간을 모두 보여준다. 이제 벌거벗은 그녀는 화가 앞에 서서 포즈를 취하는 일반적인 모델이 아니다. 화가가 사랑하는 눈길로 쭉 그녀가 움직이는 '과정'을 바라본, 그 자신에게 특별하고 고유한 여자다.

원숭이의 어딘가 낯설게 보이던 어긋난 몸동작도 나에게 같은 효과를 줬다. 나는 원숭이가 잠깐 프라이팬에 면을 볶는 것을 봤을 뿐이지만 그가 그 전에 했을 동작들, 가스레인지를 켜는 동작(불을 켠 다음 옆으로 가서 섰을까? 아니면 옆에 선 다음 팔을 길게 뻗어 가스레인지를 켰을까?)이 상상이 되고 연쇄적으로 그 전 동작, 그 전 동작, 그 전 동작 — 야채를 씻는 것, 냉장고를 여는 것, 장을 보는 것 — 까지 상상이 되었다. 그 순간 세상은 나에게 현재 눈에 보이는 것보다 훨씬 많은 것을 보여주었다. 이것이 존 버저가 말한 시간 혹은 시간의 축적일 것이다. 그 생각을 하자 저절로 이런 생각이 들었다. '내가 뭐라고!' 게다가 원숭이는 그날 이런 말까지 했다.

"후무스가 좀 거칠어요. 병아리콩을 갈다가 블렌더가 망가져서 부드럽게 갈리질 않았어요."

'내가 뭐라고…. 하필이면 블렌더까지 망가져서… 물어내야 할까?' 물론, 물어낸다는 말은 입 밖에 꺼내지 않았다. 불필요한 이야기 같았다. 그렇다면 이 싫지 않은 부담감과 감사를 어떻게 표현해야 할까? 우리는 노동에 관한 '존중'을 정당한 금액으로 지불하는 사회에 살고 있다. 돈이 가장 합리적이고 효율적인 셈법이다. 시간이 돈이다. 그러나 환영과 환대도 돈으로 환산해야 할까? 돈으로 그 가치를 환산할 수 없다고 느껴지는 순간엔 뭘 해야 할까? 안토닌적인 10분간의 망설임이 나에게 있었던 것이다. 토니오가 만약 "재료값이랑 내 노동력을 더하면…"이라고 했다면 이야기는 완전히 다르게 진행되었을 것이다. 토니오 말대로 기쁨에 침을 뱉지 말아야 한다.

피난처에서 우리는 재창조된다

우리는 돈 없이는 생계를 이어갈 수 없는 사회에 살기에 노동은 돈으로 '정당'하게 평가되어야 하지만, 모든 것이 돈으로만 환원되는 세계에서 살 수는 없다. 토니오와 안토닌과 두 마리 개와 원숭이의 이야기는 저항할 수 없이 좋다. 우리는 요란하게 번쩍거리지 않는 식탁을 사랑할 줄 안다. 기쁨을 좋아한다. 뜻밖의 선물 같은 순간을 좋아한다. 드물게 가식 없는 대화를 좋아한다. 감사의 마음을 간직할 줄 안다. 존중이 좋은 것임을 안다. 매일매일 이러한 것들과 함께 살아가면 좋을 것이다. 그러나 우리가 매일매일 사랑과 행복과 이해와 존중과 감사에 둘러싸여 있는 것은 아니다. 그보다는 온통 저항해야만 하는 이야기에 광범위하게 둘러싸여 있다. 그래서 이런 이야기는 우리에게 피난처가 된다.

앞으로 우리가 가장 시급하게 할 일도 피난처 만들기다. 피난처에 거(居)하기야말로 우리가 함께 행복할 수 있는 유일한 삶의 방식일 것이다. 우리를 둘러싼 가혹한 인간 조건은 쉽게 변하지 않을 것이므로 우리는 어디선가 힘을 얻어야 한다. 존중받아야 한다.

피난처에서 우리는 우리가 좋아하는 것들과 함께한다. '사랑하는 ㅇㅇ과 함께 살기'가 삶의 가장 중요한 기술이라면 'ㅇㅇ'에는 인간뿐 아니라 개, 화분, 나무, 제비, 돌고래, 책, 태양, 바다 등 온갖 비인간이 들어가는 것은 말할 것도 없다. 피난처는 우리가 사랑하는 것들이 파괴당하는 것에 대해 같이 욕하고 저항하는 장소이다. 그곳에서 우리는 인간성을 더 나쁜 것과 바꿀 필요가 없다. 굳이 이해가 되지 않는 것을 이해할 필요도 없다. 피난처는 삶을 살 만한 것으로 만들려는 노력이 모인 곳이다. 피난처는 계속 살아갈 힘을 얻어가는 곳이다. 그렇게 우리는 무엇이든 돈으로 환원하고 마는 세계에 저항하고 인간성을 하찮게 만드는 세계에 저항한다. 그곳에서 우리는 훨씬 마음에 드는 사람으로 재창조된다. 우리가 좋아하는 것들과 함께하면서, 서로 같이 그렇게 된다. 이렇게 살면서 우리는 서로 꿈의 세계를 만들고 나눈다.

피난처 만들기가 시급하다고 한 데는 이유가 있다. 최근에 노동자들의 잇따른 죽음이 있었다. 그중에 경북 칠곡 쿠팡 물류센터에서 일하던 대구에 사는 스물일곱 살의 장덕준 씨가 있었다. 그의 죽음에 대해서 알려진 것은 그가 하루 5만 보를 걸었다는 것과 체중이 급속도로 빠졌다는 것이다. 그와 그의 아버지 어머니는 친구 같은 관계였다. 아버지와는 일요일마다 같이 목욕탕에 가곤 했다. 그는 나이 차이가 나는 중학교 1학년 여동생에 대한 애틋한 애정을 드러냈다. 아무리 늦게 퇴근하더라도 편의점에 들러 여동생에게 줄 뭔가를 들고 집으로 돌아가곤 했다. 그의 생애 마지막 날을 보여주는 CCTV에도 여동생에게 줄 웨하스를 들고 엘리베이터로 뛰어가는 모습이 담겨 있다.
그와 아버지는 사이가 좋았지만 한 가지 주제를 들고

자주 싸우곤 했다. 세월호였다. 아버지는 아이들 죽었으면 이제 그만하고 돈 받고 합의하고 말지 왜 저렇게 하느냐고 유족들을 비난했다. 아들은 생각이 달랐다. 그는 아버지에게 이렇게 물었다. "아버지, 내가 죽어도 그렇게 말할 거예요?", "아버지, 내가 죽으면 어떻게 할 거예요?"

그렇게 말하던 아들이 죽어버렸다. 이제 아버지는 아들의 그 질문, "아버지, 내가 죽으면 어떻게 할 거예요?"라는 질문에 대답해야만 하는 상황이 되었다. 아버지에게는 장덕준 씨가 어떻게 일했는지, 어쩌다 죽음에 이르렀는지 같이 일하던 동료들의 증언이 필요했다. 그러나 증언을 얻을 수가 없었다. 동료들은 말했다. "아버지, 이거 우리 밥줄이 걸린 문제예요."

희망은 다른 데서 왔다. 우선 아파하는 시민들이 있었다. 그리고 아버지와 함께 열심히 세월호를 비난하던 아버지 친구들이 변했다. 그들은 스물일곱 살 청년의 몸에 벌어진 일을 아파했다. 그들은 아버지가 국회에 가고 쿠팡에 진실을 요구하는 길에 함께했다.

같이 아파하는 사람들과 그 슬픔을 헤아리는 사람들이 없다면 부모들은 한시도 살 수가 없을 것이다. 죽은 자식을 둔 부모들이 가장 먼저 잃어버리는 것은 편안한 숨이다. 그들에게 가볍고 상쾌하고 부드러운 숨은 없다. 앞으로도 그런 날은 드물 것이다. 숨 쉴 때마다 가슴 한쪽이 시리고 찔리고 아리고 결국은 찢어질 테니까. 그나마 숨 쉴 수 있는 곳은 이해와 연민 어린 마음이 모이는 곳, 함께 울고 슬퍼하고 저항하고 목소리를 높여 싸워주는 곳 — 피난처뿐이다.

오늘의 가장 좋은 시도와
내일의 가장 좋은 시도
사이에서

열째 날, 관대한 마음으로 모험을
행하는 자의 이야기

모두가 새출발해야 한다는 게 그의 생각이었다.
— 알베르 카뮈, 『페스트』[53]

인간답게 지낸다는 것은 거대한 운명 앞에 스스로의 삶을
즐겁게 던지는 것이지요. 그래야만 한다면 말입니다.
— 로자 룩셈부르크

당신의 영혼을 다 바칠 가치가 있는 곳으로 가십시오.
— 프리드리히 횔덜린

제 생각에 상황이 어떻든 미래를 위해 꼭 필요한 일의 결론
은 같습니다. 바로 아파트 준비입니다. 대책 없고 가식적인
환경운동가들은 인간이 노후 대책과 자식 교육 때문에 고
통받는다는 것을 솔직히 인정 못합니다. 그들은 마치 우리
의 미래가 기후변화나 전염병에 달려 있는 것처럼 말하는
데 미래는 부동산과 아파트 시세에 달려 있지 지구온난화

나 바이러스 창궐에 달려 있지 않습니다. 그들도 나이 들면 후회할 겁니다. 나는 자식을 위해 무엇을 준비했나. 부모로서 너무 무책임하지 않았나. 아마 지금도 벌써 후회할걸요. 정치는 절대 이 문제를 해결 못합니다. 그들도 부동산 부자잖아요. 믿을 만한 대안을 내놓은 적 있나요?

— 취재 중 만난 시민

실패하고 패배하고 고통과 어둠 속에 있을 때 이 사실을 기억하길 바란다. 어둠은 당신의 나라, 당신이 사는 곳이라는 사실을 […] 우리의 뿌리는 어둠 속에 있다. 대지는 우리의 나라다. 축복을 바랄 때 왜 위만 보고 주변과 밑은 보지 않았을까? 그곳에 어떤 희망이 있는가. […] 비옥한 어둠 속에서 인간은 자신의 영혼을 기른다.

— 어슐러 K. 르 귄, 『세상의 끝에서 춤추다』[54]

———————————

히틀러의 군대가 폴란드 국경을 넘어 소련을 침공한 것은 1941년 7월, 백야 기간이었다. 소련의 정보부도 그 사실을 사전에 알고 있었다. 그때 스탈린이 우려했던 것은 2백만 점이 넘는 회화와 보석, 조각을 소장하고 있는 에르미타주 박물관의 미술품들이 파괴되는 것이었다. 히틀러가 소련

땅에 들어온 지 이틀 만에 스탈린의 명령으로 박물관 소개 (疏開) 작업이 시작되었다. 히틀러의 부대가 시시각각 다가오는 급박한 상황 속에서 큐레이터, 역사학자, 학생, 노동자 수백 명이 엿새 만에 150만 점의 예술품을 포장재로 단단히 쌌다. 이 작품들은 박물관 지하 비밀 보관실, 성당, 외딴 시골에 은밀히 숨겨질 예정이었다. 박물관 최고의 문화재 보존 직원들이 현장에 파견되어 미술품들을 약탈로부터 지켜냈다. 이것은 에르미타주 박물관 역사상 가장 감동적인 순간으로 이야기되고 있다. 그러나 스탈린은 잘못 생각했다. 히틀러는 이미 파리의 루브르를 차지했다. 그림은 더 이상 탐나지 않았다. 히틀러는 다른 것이 탐났다. 그 다른 것이 에르미타주 박물관에서 불과 몇 블록 떨어진 곳에 있었다. 스탈린의 무관심 속에 방치된 인류의 다른 유산은 러시아의 세계적인 식물학자 바빌로프가 1894년부터 모은 38만 개가 넘는 발아 가능한 씨앗과 뿌리와 열매였다. 연구소 직원들은 독일이 우생학에 쏟는 관심을 고려하면 나치가 종자은행을 그냥 두지 않을 것이라고 생각했다. 그 생각은 틀리지 않았다. 히틀러는 특수부대를 만들고 대기 중이었다.

그는 씨앗의 힘을 믿었다

니콜라이 이바노비치 바빌로포는 1887년 로마노프 왕족이 다스리던 제정러시아에서 태어났다. 당시 러시아는 세계 영토의 7분의 1을 차지한 큰 나라였다. 로마노프 왕족의 제정 러시아 궁정의 힘은 막강했지만 농부들은 궁핍했다. 기근도 심했다. 특히 1873년 기근은 톨스토이에게 영향을 미쳤다. 톨스토이는 불평등한 식량 배분으로 수십만 명이 굶주리고 있다는 사실에 분노했고 딸과 함께 여러 마을을 돌며 무상으로 식량을 나눠줬다. 그러나 톨스토이는 질 좋은 식량이 아니라 그저 부자들이 게워낸 음식이나 배급하고 있는 셈이라고 슬픔 섞인 분노를 토해냈다.

바빌로프 가족은 부유했고 그런 굶주림을 면한 소수 중 하나였다. 바빌로프가 네 살 때인 1891년에도 농사는 흉작이었다. 혹독한 추위가 일찍 닥쳐왔고 눈도 조금밖에 오지 않아 새싹들을 포근하게 감싸주지 못했다. 그해 겨울 러시아에서는 50만 명이 죽었다. 굶어서 쇠약해진 사람을 희생자로 삼는 콜레라 같은 감염병 때문이기도 했지만 부유한 상인들이 계속해서 밀, 귀리, 보리 등 곡물을 수출했기 때문이기도 했다. 황제는 기근빵이라는 것을 나눠줬는데 빵의 재료는 이끼, 잡초, 나무껍질, 호밀껍질을 섞은 것이었다. 노동자들은 이런 빵은 더 이상 먹을 수 없다고 거부하기도 했다. 반면 부자들은 쉬지 않고 만찬을 즐겼는데, 메뉴에는 프랑스 남부에서 공수한 딸기도 있었다. 역사가들은 이 기근을 26년 뒤 일어난 러시아 혁명의 도화선으로 본다.

어린 바빌로프는 어려서 식물 표본 만들기와 어학 공부를 즐겼고 호기심이 많아 잠시도 가만히 있지 않았다. 하지만 대학 진학 직전엔 인생의 방향키도 없고, 구체적인 목표는 아직도 안개 속에 있다고 하소연을 했다. 그가 진로를 결정할 무렵 다시 흉년이 닥쳤다. 그는 농업을 공부해 식물학자가 되기로 결심했다. 바빌로프는 진화유전학을 공부했다. 그는 생물의 질병 면역력이 어떻게 생기는지 알고 싶어 했고 여러 해 동안 식물의 병충해 면역력 연구에 몰두했다. 그는 농민들이 전통적인 생태 지식으로 어떻게 질병에 대처했는지를 궁금해했다.

바빌로프는 특히 종자에 매력을 느꼈다. 그는 씨앗의 힘을 믿었다. 그는 스무 살이 되기 전부터 종자를 수집했고 1916년 5월, 지상의 모든 음식이 어디에서 유래하는지 알기 위해 첫 번째 해외 원정을 떠났다. 이후 그의 여정은 실크로드, 파미르 고원, 아프가니스탄, 이란, 이라크, 그루지야, 레바논, 시리아, 이집트, 에티오피아, 스페인, 그리스, 이탈리아, 아마존, 안데스, 브라질, 콜롬비아, 멕시코, 카리브해, 일본, 한국 등 다섯 대륙에 걸친 115회의 여정으로 이어졌다. 그가 수집한 종자는 케일, 박하, 감자, 샐러리, 아스파라거스, 붉은 토마토, 야생사과, 파파야, 망고, 오렌지, 카카오, 고구마, 캐슈, 콩, 각종 베리를 포함해 25만 종이었다. 그는 쌀, 대두, 밀, 보리, 귀리, 호밀, 감자, 옥수수의 탄생지를 찾아가 면역성 유전자를 찾아냈다. 이상 기후로부터 작물을 지켜내는 법을 아는 농부들을 찾아 인터뷰했고 종자 심는 법을 배워 꼼꼼히 기록을 남겼다.

그는 어려서부터 독일어, 이탈리아어, 영어, 라틴어, 프랑스어를 할 줄 알았고 나중에 페르시아어, 터키어, 암하라어 등 열다섯 가지 언어를 구사할 수 있게 되었다. 거기에 더해 유전학, 지리학, 생태학, 언어학, 진화 연구에 능통했다. 한 사람이 이 모든 능력을 갖췄다는 게 놀랍기도 하지만 그 지식을 온통 인류를 위해 썼다는 것은 더욱 놀랍다. 그는 안내인에게 버림받고 폭도들에게 붙들렸다 탈출하고 관리들에게 체포되고 말라리아에 걸리고 무장 반군에게 총격을 받고 사자 떼에 쫓기는 등 온갖 일을 겪으면서도 2백 편 남짓 논문을 썼다.

1927년 8월 공산당 기관지 『프라우다』에 아제르바이잔의 스물아홉 살 농부가 혹한에도 죽지 않는 완두콩을 기르고 있다는 기사가 실렸다. 그의 이름은 트로핌 데니소비치 리센코였다. 그는 완두콩을 얼음물에 담가두면 그것만으로도 후대 완두콩은 추위에 더 잘 견디게 된다고 주장했다. 그의 말이 사실이라면 만성적인 수급 문제를 겪던 소련의 식량문제는 해결될 가능성이 높았다. 리센코는 자신이 소련의 기근 문제를 해결할 수 있다고 스탈린에게 속삭였고 세계적인 명성을 날리고 있는 바빌로프를 날려버리고 싶어 했다. 스탈린은 바빌로프를 국가와 인민에게 도움이 되지 않는 연구나 일삼으며 국가 재정을 축내는 반역자쯤으로 생각했다.

1940년 8월 우크라이나 현장 연구소에 있던 바빌로프를 검은색 차가 와서 태우고 갔다. 비밀경찰은 그를 은밀한 곳에 가두고 한밤중에 깨워 내리 열두어 시간을 심문했다. 비밀경찰은 바빌로프로부터 백여 개의 농업학교를 세워 자신만의 제국을 만들려 했다는 자백을 받아내고 싶어 했다. 4백 회, 170시간가량 심문을 당한 뒤 바빌로프는 굴복했다. 정치범이 된 그는 총살형을 선고받았다. 1941년 그가 사형수 감방에서 처형을 기다리고 있을 때 감방 문이 열렸다. 그때가 바로 히틀러의 기갑사단이 모스크바로 진격할 때였다. 죄수들은 더 은밀한 곳으로 잠시 옮겨졌다.

그러나 그것은 모스크바의 일이었고 바빌로프의 식물 연구소가 있는 레닌그라드의 상황은 더 심각했다. 가을부터는 식량과 연료 공급이 모두 차단되었다. 겨울에는 전기 공급이 제한되었고 대부분의 가정에 물조차 공급되지 않았다. 곡물과 설탕이 동나고 양고기 내장, 소가죽, 산업 재료까지 식량으로 배급되었다. 연구소 안에는 1만 년 동안 인류를 먹여온 작물들의 씨앗이 있었다.

바빌로프의 동료들은 지하 저장실에 모였다. 그들은 추위에 떨면서 바빌로프라면 그들이 어떻게 하기를 바랐을까 상상해봤다. 그들은 바빌로프의 생사조차 몰랐지만 그래도 그러면 했을 일을 하기로 결심했다. 그들은 종자를 한 톨도 빠짐없이 잘 지킬 방법을 찾아야 한다고 생각했다. 그렇게 몇 달이 흘렀다. 식물학자들은 추위로 파랗게 질렸고 여위어갔지만 초를 켜고 큰 탁자에 모여 앉아 견과류, 씨앗, 쌀을 분류하고 기록하는 일을 계속했다. 식물학자들이 받는 배급은 빵 두 쪽으로 줄었지만 그들은 계속 일을 했다.

그동안에도 바빌로프는 살아 있었다. 사라토프, 서른한 살에 처음 교수가 되어서 학생들을 가르쳤던 곳이고 종자

보존자로 명성을 얻은 곳이기도 한 그곳 감옥에서, 그는 뼈만 남은 채 살아 있었다. 감옥에서 그는 마지막 힘을 쥐어짜내 편지를 썼는데 그 내용은 유미할수록 가슴이 아린다. 쉰넷인 자신은 식물 육종 분야에서 많은 경험과 지식을 갖고 있고 그것을 조국을 위해 쓸 수 있다면 기쁠 것이다, 아무리 하찮은 일이라도 좋으니 자신의 전문 분야에서 일하도록 허락해주시기를 바란다는 내용이었다. 물론 그는 답장을 받지 못했다. 인류의 기아 문제를 해결하려고 115회 원정을 다니면서 전 세계 다섯 대륙의 종자를 수집했던 유일한 과학자이자 탐험가였던 그는 서서히 굶어 죽어가고 있었다. 연구소의 식물학자들은 어떻게 되었을까?

연구원들은 문을 닫아건 채 얼어붙을 것 같은 음습하고 차가운 지하실에서 남은 종자와 씨감자를 지켰다. 추위로 몸이 얼어붙고 굶주림에 허덕이면서도 교대로 근무하며 계속 종자를 지켰다. 바빌로프의 동료 중 가장 헌신적이던 아홉 사람이 굶주림으로 죽었다. 그들은 끝내 자신이 돌보던 씨앗을 먹지 않았다.[55]

컬렉션에서는 쌀 한 톨 사라지지 않았다. 책상에 앉은 채 죽은 그들 옆에는 땅콩, 귀리, 완두콩 표본들이 그대로 있었다. 아홉 사람의 사연 하나하나도 가슴 아프다. 문서 보관실을 지키다 굶어 죽은 사람, 경작지에 심으려던 땅콩 씨앗을 손에 쥔 채 죽은 사람…. 그들이 목숨을 걸고 지킨 종자은행의 유산은 씨앗과 그 씨앗들을 언제 어떻게 심어야 할지 알려주는 전통 농업 지식이었다.

종자를 지킨 바빌로프와 동료들은 굶어 죽었지만 그들의 소원은 이루어졌다. 그 종자들에서 오늘날까지도 우리가 먹는 많은 음식이 나왔다. 이들의 이야기는 꼭 크리스마스 때 듣는 성인들의 이야기 같다. 성 바빌로프의 날. 자신의 생존 말고 다른 것을 중요하게 여길 줄 아는 사람들의 이야기는 늘 나를 매료시킨다. 무엇이 그들이 숨을 거둔 순간만큼 진실하고 깨끗할 수 있겠는가? 먼 곳에서 온 그들의 이야기가 우리의 일용할 양식들에 대해 생각할 기회를 준다. 삶이 우리를 속일지라도, 밥 한 끼 벌기가 수월치 않아도, 우리는 그들을 찬양해야 한다. 먼 곳에서 우리에게 삶의 기회를 주었으므로.

하나도 힘들지 않았어요

바빌로프의 이야기 초반은 자신을 실현한다는 게 뭔지 생각해보게 만든다. 자신이 하고 싶은 일을 하는 한 인간으로, 그는 풍요롭고 즐거워 보인다. 그는 냄새 맡고 맛보고 배우고 적고 관찰하고 노새를 타고 모험을 다니면서 자신을 실현한다. 그의 이야기는 감각적인 즐거움이 뭔지 알게 해준다. 그의 이야기에서는 야생의 향기가 난다. 살구, 딸기, 사과, 양배추, 배추, 땅콩…. 한 남자를 묘사하는 동안 세계가 온통 손으로 비벼보고 향기를 맡을 무언가가 되는 것 같다. 후반의 이야기는 용기를 준다. 나도 때가 되면 바빌로프와 동료들처럼 해내고 싶다. 내가 해야만 할 일을 하면서 버티고 싶다. 그들은 아직 태어나지도 않은 사람들을 위해, 알지도 못하는 사람들을 위해서 버텨냈다. 이들의 죽음은 거창한 말을 생각나게 한다. '운명을 건다'. 과연 그들도 그렇게 생각했을까?

내가 들려준 바빌루프와 동료들 이야기는 주로 쏠 나브한의 『지상의 모든 음식은 어디에서 오는가』에서 가져왔는데 한 부분을 더 인용해보겠다. 전쟁이 끝난 후 러시아 작가가 포탄이 쏟아지는 가운데서도 씨감자 밭을 지켰던 바빌로프의 동료 바딤 레흐노비치를 인터뷰한 적이 있었다. 질문은 여러 달 굶주리는 동안 씨감자를 먹지 않고 견디는 게 힘들지 않았느냐는 것이었다.

일하는 게 힘들었죠. 매일 아침 일어나기도 힘들었고 손발을 움직이기도 몹시 힘들었답니다. [⋯] 하지만 씨앗을 먹지 않고 견디는 일은 하나도 힘들지 않았어요. 그걸 먹는다니, 상상도 할 수 없는 일이죠. 씨앗에는 나와 내 동지들이 살아가는 이유가 들어 있으니까요.[56]

'하나도 힘들지 않았다'는 말이 참 좋다. 바빌로프와 동료들은 단순하게 죽어갔다(우리는 단순함이 부족한 채 죽어갈 것이란 말이 있다. 그 말이 무슨 뜻인지 바빌로프와 동료들을 읽으면서야 겨우 이해했다. 우리는 무엇을 해야 할지 모르는 채 혼란스럽게 죽어갈 수 있다. 얼마든지 그렇다). 그들은 자신들이 지키는 씨앗(종자)을 믿었다. 씨앗, 한 식물을 먹일 모든 영양분을 담은 저장고. 그들은 씨앗이 한 그루의 사과나무가 되고 무화과나무가 되고 오렌지와 올리브 나무가 되고 숲이 되고 밀밭이 되는 모습과, 그것들이 빛을 받아 크고 튼튼해지는 모습과 벌과 나비와 바람에 흔들리는 모습을 상상했을 것이다. 어쩌면 주린 배를 움켜쥐고 풍요로운 수확이 함께하는 우리들의 아름다운 여름날과 가을밤을 상상했을 수도 있을 것이다. 그 상상 속에서 얼마나 빛나는 초록과 야생의 향기가 넘실댔을까?

그들은 다가올 세상에 책임감을 가졌다. 최후의 순간까지 삶을 미래와 연결시켰다. 그들은 죽었지만 이미 미래에 속해 있었고 미래의 일부였고 언제나 미래의 일부일 것이었다. 그들 중 아무도 몰랐지만 당시 그들은 어두운 세상을 받치는 버팀목이었다. 그들은 "왜 내가 그 일을 해야 해?", "내가 그 일을 하면 남들은 나를 위해 뭘 해주는데?"라고 묻지 않고 해냈다. 사실 이렇게 묻기 시작하면 사랑도 끝이다. "왜 내가 너를 사랑해줘야 하는데? 너는 나에게 뭘 해줄 건데?" 사랑과 연대는 이런 말들 속에서 깨져왔다. 그들에게는 다른 숨은 이유 같은 건 없었다. 대가도 보상도 이유가 아니었다. 그냥 그렇게 하는 게 살아가는 이유 자체였다. 다른 이유는 필요 없는 것, 이것이 가장 급진적인 사랑이다. 이런 자발성이 주체적인 인간을 만든다.

나는 그들의 죽음을 느끼고 사랑을 느낀다. 모든 좋은 사랑은 무언가의 소멸과 관련이 있다. 자아의 소멸, 이해관계의 소멸, 나쁜 상황의 소멸…(나는 그들에 비하면 너무 조금 사랑하고 산다). 그들의 사랑은 내 마음을 미래로 이끈다. 미래를 생각하게 만든다. "모든 사람에게 밥처럼 중요한 무엇인가를 이어가보지 않을래요?"라는 제안을 받은 기분이 들게 만든다. 그리고 또 다른 이야기 하나를 떠올리게 한다. 천문학자 케플러는 갈릴레오에게 이렇게 말했다. "갈릴레오! 얼마 후 모험을 떠나려는 여행자들을 위해서 우리가 천문학을 확립해둡시다. 당신이 목성을 맡는다면, 달은 내가 맡을게요!" 바빌로프와 동료들이 식량을 맡았다면 나는 무엇을 맡으면 좋을까? 나에게도 나만의 노력, 나만의 어제가 있다면 나만이 만들 수 있는 변화, 나만이 만들 수 있는 내 일이 있을 것이다. 이 세상에 나만이 줄 수 있는 사랑이 있을 것이다. 나만이 낼 수 있는 용기가 있을 것이다. 나만이 질 수 있는 책임이 있을 것이다. 이렇게 생각하면 내게도 단순하게 나아갈 길이 또렷이 보인다.

향기에 압도된 세상

사실 나만이 줄 수 있는 사랑이 있긴 하다. 간단히 이야기하자면 그 일, 그러니까 내게도 씨앗 같은 어떤 일이 생긴 그 일은 내가 처음 열대 지방으로 여행을 갔을 때 벌어졌다.

오래전 어느 해, 나는 연한 장밋빛 일몰이 하늘을 적실 때 열대의 섬에 도착했다. 그날 처음 본 열대 바다는 책을 읽고 상상했던 것과 똑같았다. 파도는 해안선을 애무하느라 바빴다. 파도는 그 애무에 스스로 취했던지 가끔씩 신음 소리를 토해냈다. 나는 가방을 던져놓고 산책을 나섰다. 어느새 사방이 어둑어둑해져가고 있었다. 그래도 뭔가 환했다. 바닷바람도 더할 나위 없이 우호적이었다. 나는 바닷가 한쪽에 있던 커다란 정원 한가운데로 들어갔다. 어쩌면 더 큰 숲으로 이어지는 길이었을 수도 있다. 나는 나무들 사이로 점점 더 깊이 들어갔다. 어느 순간 갑자기 내 코에 뭔가가 밀려왔다. 어찌나 강렬했던지 입에서 "아!" 하는 소리가 흘러나왔다. 나는 조금 휘청거렸다. 바람에 밀려온 그 뭔가는 꽃향기였다. 열대의 꽃향기가 얼마나 무겁던지. 나는 그날 처음 향기의 무게를 느꼈다. 향기는 안개처럼 자욱했다. 나는 갑자기 열대를 온 감각으로 느꼈다. 점차 내가 향기 속에, 공기 속에 섞이고 녹아드는 것 같았다. 나란 존재는 형체도 없이 해체되고 몇 개의 공기 분자가 되어 주변 모든 것들과 뒤엉키는 것 같았다. 몇 초의 경험인지 몇 분의 경험인지 모르겠다.

나는 가만히 서 있기만 했다. 주변 사물에 완전히 나를 내맡기고 그냥 받아들이기만 했다. 그 순간 나는 나이면서 내가 아니었다. 그냥 꽃향기에 굴복한 한 마리 동물이었다. 꽃의 떨림, 향기의 진동이 심장을 뛰게 했다. 그렇게 멍하니 정신을 잃고 서 있던 순간이 그 어떤 현실보다 더 현실 같았고 강렬했다.

행복했다. 그런 행복이 다른 어떤 행복보다 더 행복같이 느껴졌다. 밀란 쿤데라는 "사람은 너무 기쁘면 한 가지만 원한다. 온 세상에 행복을 가져다 주는 것!"이라고 말했는데 그때가 그랬다. 온 세상의 손을 잡아끌어다 그 자리에 세우고 싶었다. 나는 누구를 향해서인지 모르는 모호하지만 강렬한 사랑을 느꼈다. 그 경험을 어떤 말로 표현해야 할지 몰라서 마음에만 담아뒀다. 어떻게 표현해야 할지는 몰랐지만 세상을 향한 나의 첫사랑이 시작되었다는 것만은 느낄 수 있었다.

아름다움에 압도된다는 것은 그토록 힘이 세다. 나는 이후로 몇 번 더 열대의 바닷가로 여행을 갔다. 내게 열대 바다 여행의 의미는 점점 더 확장되었다. 향기에서 출발해 생명으로 이어졌다. 매번 나는 바다의 많은 것들과 부드럽게 섞였다. 열대의 바닷가에서 책을 읽을 때, 바닷바람을 쐬며 걸을 때, 해가 뜨고 지거나 바다에 별이 쏟아지는 것을 볼 때, 스콜이 쏟아지면 읽던 책을 들고 맨발로 뛰어 숙소로 돌아갈 때, 소금기 묻은 머리를 감을 때, 그럴 때 삶은 참을 수 없이 환했다. 내가 있던 곳들에서는 생명력이 넘쳤고 나는 그것을 들이마시기만 하면 되었다. 세상엔 아직 아름다움이 여기저기 분산되어 남아 있었다. 세상은 우리가 알아야 할 세부사항으로 가득했다.

가끔 나는 도시에서도 마치 열대의 향을 찾으려는 듯 코를 벌름거리는 나를 발견한다. 훗날 마르셀 프루스트가 나와 같은 경험을 한 단어로 표현했음을 알게 되었다. '용해'라는 단어였다. 프루스트는 용해를 대략 이렇게 설명했다. "마치 사랑처럼 내 안에 번져가는 그 행복감과 더불어 내가 어떤 귀한 생명의 정수로 가득 채워지는 느낌이었다. 나는 이제 그저 우연히 태어나서 살아가는 무의미한 존재, 결국 나중에는 덧없이 죽어가고 말 존재로 더는 생각할 수가 없었다." 어쨌든 나는 그 단어를 알기 전부터 그 단어를 살아 내고 있었다는 생각이 든다.

내가 사랑해온 세계의 깊은 상처를 본다

방송 스튜디오에 'on air' 불빛이 들어올 때, 나는 가끔 열대의 향기를 상상한다. 그 불빛을 보면서 우리가 서로 섞이고 녹아들기 좋은 강한 향을 지닌 어떤 것을 공기 중에 풀어놓고 싶은 욕망을 느낀다. 칼 세이건의 녹음실에서처럼 영원히 좋은 목소리를 들려주고 싶은 욕망 또한 느낀다. 이것이 내가 내 일과 내 삶을 사랑하는 방식이었을 것이다. 세상에 나만이 줄 수 있는 사랑이었을 것이다.

나는 이제 내가 사랑해온 세계의 깊은 상처를 본다. 현재와 미래, 자연과 인간, 나와 타인, 이 모든 영역에서 길을 잃은 우리를 본다. 그러나 우리는 슬픔의 중지를 원할 수 있다. 불안의 중지를 원할 수 있다. 고통의 중지, 죽음의 중지 또한 원할 수 있다. 길을 잃을 때는 이야기를 미래의 관점에서 볼 줄 알아야 하고 앞날이 알고 싶다면 지향점과 방향성이 가리키는 쪽을 봐야 한다. 우리 시대 모순을 해결할 수 있는 유일한 방법은 삶의 방향성을 바꾸는 것뿐이다. 아마도 이런 고민 끝에 어슐러 K. 르 귄은 아름다운 의미를 담은 단어 하나를 만들어냈을 것이다.

그녀는 동양의 음양 기호가 디스토피아-유토피아 문제를 고민하는 데 요긴할 거라고 생각했다. 흔히 양은 남성, 밝음, 적극성, 활기, 발신을 뜻하고 음은 여성, 축축함, 수용성, 수동성, 억누름을 뜻한다고들 한다. 양은 통제고 음은 허용이다. 양이 음보다 강해 보이지만 둘 다 막강한 힘을 가지고 있다. 어느 쪽도 혼자 존재하지 않고 언제나 상대의 성질로 변하려고 한다. 음양은 상호보완적이어야 하지만 그동안 대체로 지배자였던 양은 항상 음과의 상호의존성을 부인할 방법을 찾고 음을 부정적이고 열등하고 나쁘다고 생각한다. 르 귄은 온통 디스토피아 이야기뿐이고 유토피아 이야기가 없는 상황에서 현재의 디스토피아가 양의 방식으로 쓰여진 것이라면, 그렇다면 유토피아는 음의 방식으로 쓰는 것이 어떻겠냐고 제안한다. 그래서 그녀가 만든 단어가 음의 유토피아, 즉 '유토피음'이다. 그런데 '유토피음'이 대체 뭘까?

우리가 마침내 시작한 '인류의 지배와 무한의 성장이라는 목표를 인류의 적응과 장기적 생존으로 어떻게 바꿀 것인가' 하는 사고의 전환이 바로 양에서 음으로의 전환이다.

그 사고는 덧없음과 불완전함에 대한 수용도 포함되며 불확실성과 임시변통에 대한 인내도 포함된다. 물과 어둠, 그리고 땅과의 우호적인 관계도 마찬가지일 것이다.[57]

이 사고의 전환이 바로 방향성의 전환이다. 성장이 아니라 장기적 생존으로 방향을 바꿀 때 꼭 생각해야 할 단어가 '연결'이다. 자연이 조각난 데 이어서 인간 사회 역시 말할 수 없이 파편화되는 중이다. 이제 인간관계는 산산이 깨진 유리 조각과 같다. 인간은 지구를 할퀴다가 이제 서로를 할퀴고 있다. 그러나 우리가 보지 않으려고 할 뿐 생명이란 원래 서로 연결되어 있다. 사랑이 어떻게 해도 분리될 수 없는 관계라고 한다면 자연과 우리는 사랑하는 사이여야 한다는 것이 진실이다. 법학자 제데디아 퍼디는 인간이 살면서 할 수 있는 가장 좋은 일을 이렇게 표현했다.

사람들은 자연에서 이 두 가지를 한꺼번에 발견했을 때 자신의 방식을 가장 잘 바꿀 수 있다. 두려운 것이자 꼭 피해야 하는 위협. 그리고 사랑하는 것이자 지켜내기 위해 최선을 다할 미덕. 두 충동 모두 인간의 손에 머물 수 있지만, 첫번째 것은 태워지거나 부서지지 않는 한 그 손을 멈추게 한다. 두 번째 것은 인사를 하거나 평화를 제안하기 위해 그 손을 뻗은 채로 있게 한다. 이 몸짓은 우리의 다음 집을 짓는 데 있어 사람들 사이의, 그러나 우리를 초월하는, 협업의 시작이다.[58]

오늘의 가장 좋은 시도와 내일의 가장 좋은 시도 사이에서

지금 우리가 사랑의 힘으로 하는 일은 크고 중요할 것이다. 인류가 공통의 위기에 처해 있으므로. 알베르 카뮈가 『페스트』에서 그려낸 전염병의 질서는 다음과 같다. 처음엔 공포와 충격, 그다음은 짜증과 지겨움(불행외 단조로움), 그다음은 불신(타인을 필요로 하고 따뜻함을 원하면서도 다가가지 못하는 것), 그다음은 좀처럼 뭘 하지 않으려 하는 것, 그다음은 받아들임(전염병은 쉽게 끝나지 않으리라는 체념). 정작 무슨 일인가 일어나는 것은 그다음 단계다. 절망만 하고 있는 것도 견디기 힘든 일이라서 사람들은 묻기 시작한다. "그럼 어떻게 다시 삶을 시작할 것인가?"

　보르헤스는 미래를 위해서 모든 사람이 모든 아이디어를 내는 세상을 믿었다. 희망은 모든 사람이 새출발해야 한다는 생각 속에 있다. '이제는 더 이상 전과 같이 살기를 원치 않는 것', 이것이 이 시대 희망의 말이다. 우리를 둘러싼 인간 조건은 절대 쉽게 달라지지 않을 것이다. 인간 조건은 계속 가혹할 것이다. 그러나 나는 지금 살아 있는 사람들의 얼굴 속에서 사랑을 보고 싶다. 이 위험한 세상 한가운데서 홀로 애쓰고 있는 사람은 늘 감동을 준다. 약간이라도 나아지려고 다시 시작하는 사람도 감동을 준다. 하루하루를 힘겹게 살면서도 미래를 생각하는 사람도 감동을 준다. 자신이 맡은, 해야 할 일을 해내기 위해 가진 힘을 다 쓰는 사람도 그렇다. 나는 이런 것들을 사랑하면서 버티고 있겠다.

이제 다섯째 날의 이야기에서 크레이크 아이들과 단어들을 이야기하듯 인사하고 싶다.

"잘 자요!"

"'잘 자요'는 무슨 뜻인가요?"

"'잘 자요'는 오늘의 가장 좋은 시도와 내일의 가장 좋은 시도 사이에서 잠드는 거예요."

주

1 알베르 카뮈, 유호식 옮김, 『페스트』, 문학동네, 213면

2 네이선 울프, 강주헌 옮김, 『바이러스 폭풍의 시대』,
   김영사, 27면

3 데이비드 콰먼, 강병철 옮김, 『인수공통 모든 전염병의
   열쇠』, 꿈꿀자유, 51면

4 알베르 카뮈, 『페스트』, 51면

5 조반니 보카치오, 박상진 옮김, 『데카메론』, 민음사, 23면

6 알베르 카뮈, 『페스트』, 114면

7 제이 그리피스, 전소영 옮김, 『땅, 물, 불, 바람과 얼음의
   여행자』, 알마, 92-93면

8 쿠르초 말라파르테, 이광일 옮김, 『망가진 세계』,
   문학동네, 83면

9 로버트 맥팔레인, 조은영 옮김, 『언더랜드』, 소소의책,
   357면

10 네이선 울프, 『바이러스 폭풍의 시대』, 69면

11 데이비드 콰먼, 『인수공통 모든 전염병의 열쇠』, 114면

12 더글러스 애덤스, 마크 카워다인, 강수정 옮김, 『마지막
    기회라니?』, 홍시, 242면

13 같은 책, 244-245면.

14 같은 책, 152-154면.

15 데이비드 콰먼, 『인수공통 모든 전염병의 열쇠』, 155-
    156면.

16 마이크 데이비스, 정병선 옮김, 『조류독감』, 돌베개,
    73-74면.

17 데이비드 조지 해스컬, 노승영 옮김, 『숲에서 우주를

보다』, 에이도스, 252-253면.

18 찰스 부코스키, 설준규 옮김, 『죽음을 주머니에 넣고』,
모멘토, 42면.

19 린다 리어, 김홍옥 옮김, 『레이첼 카슨 평전』, 샨티,
457면.

20 같은 책, 459-460면.

21 같은 책, 488면.

22 같은 책, 515면.

23 마리아 포포바, 지여울 옮김, 『진리의 발견』, 다른, 740면.

24 윌리엄 블레이크, 「순수의 전조」, 린다 리어, 『레이첼
카슨 평전』에서 재인용, 596면.

25 마리아 포포바, 『진리의 발견』, 744면.

26 같은 책, 768-769면.

27 같은 책, 776면.

28 같은 책, 807면.

29 같은 책, 809면.

30 같은 책, 815면.

31 레이첼 카슨, 『바닷바람을 맞으며』, 린다 리어, 『레이첼
카슨 평전』에서 재인용, 177-178면.

32 미셸 우엘벡, 장소미 옮김, 『세로토닌』, 문학동네, 53면.

33 같은 책, 44면.

34 같은 책, 125-126면.

35 같은 책, 195-196면.

36 같은 책, 405면.

37 같은 책, 23면.

38 슬라보예 지젝, 강우성 옮김, 『팬데믹 패닉』, 북하우스,
152-153면.

39 어슐러 K. 르 귄, 진서희 옮김, 『남겨둘 시간이 없답니다』,
황금가지, 177면.

40 네이선 울프, 『바이러스 폭풍의 시대』, 205면.

41 데이비드 콰먼, 『인수공통 모든 전염병의 열쇠』, 232면.

42 제이 그리피스, 『땅, 물, 불, 바람과 얼음의 여행자』, 115-

116면.

43 어슐러 K. 르 귄, 『남겨둘 시간이 없답니다』, 176면.

44 루이스 세풀베다, 정창 옮김, 『연애 소설 읽는 노인』, 열린책들, 34-36면.

45 같은 책, 125면.

46 같은 책, 160면.

47 퍼트리샤 하이스미스, 민승남 옮긴, 『동물 애호가를 위한 잔혹한 책』, 민음사, 7-8면.

48 같은 책, 8면.

49 마크 롤랜즈, 신상규·석기용 옮김, 『우주의 끝에서 철학하기』, 책세상, 279-280면.

50 데이비드 포스터 월리스, 이다희 옮김, 『거의 떠나온 상태에서 떠나오기』, 바다출판사, 93-94면.

51 존 버거, 김우룡 옮김, 『존 버거의 글로 쓴 사진』, 열화당, 47-48면.

52 같은 책, 48면.

53 알베르 카뮈, 『페스트』, 328면.

54 어슐러 K. 르 귄, 『세상의 끝에서 춤추다』, 제이 그리피스, 『땅, 물, 불, 바람과 얼음의 여행자』에서 재인용, 122면.

55 게리 폴 나브한, 강경이 옮김, 『지상의 모든 음식은 어디에서 오는가』, 아카이브, 32면.

56 같은 책, 35면.

57 어슐러 K. 르 귄, 『남겨둘 시간이 없답니다』, 139면.

58 제데디아 퍼디, 『애프터 네이처』, 로버트 맥팔레인, 『언더랜드』에서 재인용, 452면.

인용 및 참고 도서

게리 폴 나브한, 강경이 옮김, 『지상의 모든 음식은 어디에서 오는가』, 아카이브, 2010.

네이선 울프, 강주헌 옮김, 『바이러스 폭풍의 시대』, 김영사, 2015.

더글러스 애덤스, 마크 카워다인, 강수정 옮김, 『마지막 기회라니?』, 홍시, 2014.
데이비드 쾀먼, 강병철 옮김, 『인수공통 모든 전염병의 열쇠』, 꿈꿀자유, 2020.
데이비드 조지 해스컬, 노승영 옮김, 『숲에서 우주를 보다』, 2014.
데이비드 포스터 월리스, 이다희 옮김, 『거의 떠나온 상태에서 떠나오기』, 바다출판사, 2020.

로버트 맥팔레인, 조은영 옮김, 『언더랜드』, 소소의책, 2020.
루이스 세풀베다, 정창 옮김, 『연애 소설 읽는 노인』, 열린책들, 2009.
린다 리어, 김홍옥 옮김, 『레이첼 카슨 평전』, 샨티, 2004.

마거릿 애트우드, 이소영 옮김, 『미친 아담』, 민음사, 2019.
마거릿 애트우드, 차은정 옮김, 『오릭스와 크레이크』, 민음사, 2019.

마거릿 애트우드, 이소영 옮김,『홍수의 해』, 민음사, 2019.

마르틴 아우어, 인성기 옮김,『파브르 평전』, 청년사, 2003.

마리아 포포바, 지여울 옮김,『진리의 발견』, 다른, 2020.

마이크 데이비스, 정병선 옮김,『조류독감』, 돌베개, 2008.

마크 롤랜즈, 신상규·석기용 옮김,『우주의 끝에서
철학하기』, 책세상, 2014.

미셸 우엘벡, 장소미 옮김,『세로토닌』, 문학동네, 2020,

슬라보예 지젝, 강우성 옮김,『팬데믹 패닉』, 북하우스,
2020.

알베르 카뮈, 유호식 옮김,『페스트』, 문학동네, 2015.

앤 드루얀, 김명남 옮김,『코스모스』, 사이언스북스, 2020.

어슐러 K. 르 귄, 진서희 옮김,『남겨둘 시간이 없답니다』,
황금가지, 2019.

제이 그리피스, 전소영 옮김,『땅, 물, 불, 바람과 얼음의
여행자』, 알마, 2011.

조반니 보카치오, 박상진 옮김,『데카메론』, 민음사, 2012.

존 버거, 김우룡 옮김,『존 버거의 글로 쓴 사진』, 열화당,
2005.

찰스 부코스키, 설준규 옮김,『죽음을 주머니에 넣고』,
모멘토, 2015.

칼 세이건·프랭크 도널드 드레이크·앤 드루얀·린다
살츠먼 세이건·존 롬버그·티머시 페리스, 김명남 옮김,
『지구의 속삭임』, 사이언스북스, 2016.

쿠르초 말라파르테, 이광일 옮김,『망가진 세계』,
문학동네, 2013.

클라우디오 마그리스, 김운찬 옮김, 『작은 우주들』, 문학동네, 2017.

퍼트리샤 하이스미스, 민승남 옮김, 『동물 애호가를 위한 잔혹한 책』, 민음사, 2005.

호르헤 루이스 보르헤스, 남진희 옮김, 『보르헤스의 상상 동물 이야기』, 민음사, 2016.

앞으로 올 사랑

초판 1쇄 2020년 12월 5일
초판 4쇄 2022년 7월 15일

지은이 정혜윤
펴낸이 이재현, 조소정, 조형희
제작 세걸음

펴낸곳 위고
주소 10881 경기도 파주시 회동길 290 206-제5호
전화 031-946-9276
팩스 031-946-9277
출판등록 2012년 10월 29일 제406-2012-000115호

hugo@hugobooks.co.kr
hugobooks.co.kr

ⓒ 정혜윤 2020

ISBN 979-11-86602-57-7 03810